Sonja Bethke-Jehle

Träume in Rot

Roman

Sonja Bethke-Jehle

Träume in Rot

Roman

Bibliografische Information der Deutschen Nationalbibliothek:
Die Deutsche Nationalbibliothek verzeichnet diese Publikation in der Deutschen Nationalbibliografie; detaillierte bibliografische Daten sind im Internet über http://dnb.dnb.de abrufbar.

Illustration: BG-Coverdesign
Lektorat und Korrektorat: Juno Dean
Herstellung und Verlag: BoD – Books on Demand, Norderstedt
ISBN: 9783755799399

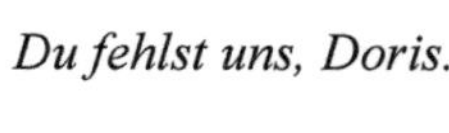

Du fehlst uns, Doris.

Sonja Bethke-Jehle wurde am 07.11.1984 im Odenwald geboren und lebt heute an der Bergstraße. Das Lesen und Schreiben ist seit der Kindheit ihre große Leidenschaft. 2015 erfüllt sich mit der Veröffentlichung des ersten Teils der Umdrehungen-Trilogie ein großer Traum. Die beiden Nachfolgebände, diverse Kurzgeschichten, die erfolgreiche Gesamtausgabe sowie die eigenständigen Romane Kontaktaufnahme, Tango in der Dunkelheit und Schrankgeflüster folgen. Weitere Romane sind geplant. Zusätzliche Informationen zur Autorin finden Sie im Internet unter www.sonja-bethke-jehle.de

Inhaltsverzeichnis

Vorwort

Es zog mich schon immer in den Weltraum. Die Faszination des Fremden, neue Welten und möglicherweise der Beweis, dass wir in diesem riesigen All nicht alleine sind, begleitet mich seit Langem. Für jemanden, der bereits Angst davor hat, mit einem Flugzeug zu fliegen, bot es sich an, die Reisen statt mit einem Raumschiff mit Hilfe von Büchern zu machen. Ganz davon abgesehen, dass es natürlich klimaschonender und günstiger ist, ein Buch zu lesen ;-) Der Mars ist einer meiner Lieblingsplaneten. Neben der Erde ist er der Planet, den wir am besten erforschen konnten. Wir wissen, dass es dort früher einmal fließendes Wasser und eine Atmosphäre gab. Leben könnte dort existiert haben. Viele Untersuchungen, die die Mars-Rover gemacht haben, deuten das an, auch wenn uns bis jetzt immer noch der Beweis fehlt.

Leas Kapitel sind eine Utopie, geprägt von meinem Optimismus, der - wie ich manchmal glaube - pure Naivität ist. Die Kapitel über Eva und Nina hingegen sind kleine Ausschnitte der faszinierenden Erforschung des Mars in der Vergangenheit bis hin zur Gegenwart. Natürlich sind die Figuren Eva und Nina und alle Nebenfiguren frei erfunden und eventuelle Ähnlichkeiten mit reellen Personen wären zufällig. Davon abgesehen habe ich versucht, die historischen Ereignisse so gut wie möglich in meine Geschichte einzubauen. So sind zum Beispiel die Mariner-Missionen, die Vietnamkriegslotterie und die Mars-Rover echte Ereignisse, die stattgefunden haben. Der Mars-Rover Curiosity ist zum Zeitpunkt der Veröffentlichung des Romans noch aktiv auf dem Mars und hat erst vor Kurzem im Boden Kohlenstoff gefunden – was ein weiterer Hinweis auf biologische Vorgänge sein könnte. Um die zeitliche Zuordnung zu erleichtern, habe ich relevante historische Begebenheiten als Übersicht angehängt, damit aufwändige Recherchen während des Lesens nicht notwendig sind. Damit hatten ich und die Lektorin schon gut genug zu tun ;-)

Wer bereits eine Geschichte von mir gelesen hat, der weiß, dass mich vor allem zwischenmenschliche Beziehungen interessieren, sowie die Menschen, die eine Herausforderung bestehen oder Grenzen überwinden müssen. Keine Sorge, es wird hier nicht nur um Roboter, Raumschiffe und Technik gehen, sondern auch intensiv um eben diese Themen. Ich fand die Frage spannend, wie sich Frauen in Evas Generation in der Weltraumforschung behaupten konnten und was es mit einer Ehe macht, wenn eine Frau wie Nina vollkommen in ihrer Arbeit aufgeht und alles um sich herum vergisst – auch ihre Partnerin. Und besonders hat mich interessiert, wie es wohl für eine Gruppe von Menschen ist, die monatelang in einem engen, unbequemen Raumschiff unterwegs ist, mehr oder wenig ohne Kontakt zur Erde. Sie alle müssen mit dem Umstand klarkommen, dass sie jederzeit hochkonzentriert arbeiten müssen, gleichzeitig aber auch gelangweilt sind, weil es kaum Ablenkung und gar nicht so viel zu tun gibt. Letzteres ist die Geschichte von Lea und der Crew der Endurance.

Ich wünsche euch viel Spaß mit Eva, Nina und Lea.

Eure Sonja

Träume in Rot

LEA – Jahr 2033, Tag 83 auf dem Raumschiff ISS Endurance

Seit sie auf dem Weg zum Mars war, war ihr Schlaf leichter, was zur Folge hatte, dass sie bedeutend mehr träumte und gefühlt mehr Schlaf als auf der Erde benötigte, um tagsüber ausgeruht zu sein.

In diesem Fall war *tagsüber* natürlich bloß eine Definition für die Zeit, in der sie nicht schlief. Es gab hier ebenso wenig Tage, wie es Nächte gab, keinen Sonnenuntergang, keinen Mondaufgang – sondern ausschließlich Dunkelheit, die nie verschwand und nur von weit entfernten Sternen und einer stetig schwacher wirkenden Sonne unterbrochen wurde. Der einzige Unterschied war, dass sie in der einen Phase eine reduzierte Anwesenheitspflicht hatten und lediglich zwei der sieben Crewmitglieder im Dienst waren, während das Haupttreiben innerhalb des Raumschiffes in der anderen Phase stattfand. Weil ihre Sprache nicht ausgelegt war für diese besondere Situation, nannten sie das eine aus Gewohnheit *Nacht*, das andere *Tag*.

Es war von Anfang an ihr Auftrag gewesen, dass zu jeder Zeit mindestens zwei von ihnen wach blieben und sich außerhalb ihrer Kapseln befanden, die an Betten kaum noch erinnerten; sie sahen eher wie Särge aus. Die *Nachtschicht* musste bereit sein für den Fall, dass es zu Anomalien oder Komplikationen kam. Der Kontakt mit der Bodencrew auf der Erde war inzwischen nur noch zeitverzögert möglich, weshalb sie immer mehr auf sich alleine gestellt waren, während es genug Gefahren von außen gab, die ihre Aufmerksamkeit benötigten.

Lea rieb sich mit ihren Händen über das Gesicht, seufzte und schlug sich leicht gegen die Wange, um die Müdigkeit zu vertreiben.

Sie starrte auf die Fotos, die sie an die Innenwand ihrer telefonzellengroßen Schlafkabine geklebt hatte. Die Tatsache, dass es normale Klebestreifen waren, die ihre Bilder an Ort und Stelle hielten, ließ sie schmunzeln. Ein kleines Stück Normalität innerhalb dieser surrealen Umgebung.

Eines der Bilder zeigte Nina, die Frau, der sie alles zu verdanken hatte. Sie hatte Leas Doktorarbeit betreut, sie angespornt, wenn sie aufgeben wollte, und ihr zugehört, wenn Lea überfordert war. Ohne sie hätte Lea es nie bis hier her geschafft. Sie hatte sie gefordert und gefördert, in ihr etwas gesehen und ganz früh entschieden, dass sie jede Unterstützung verdiente. Sie war mehr als nur ihre Doktormutter. Sie war schon vor ihrer Promotion ihre Befürworterin gewesen und danach zu einer Freundin geworden.

Gedankenverloren griff Lea zu der Kette unter ihrem Oberteil, an der sich zwei Eheringe befanden. Der eine war dünn und aus Gold, der andere silberfarben mit sieben glitzernden Brillanten. Sie waren ihre Glücksbringer und ihre Erinnerung an zu Hause.

Neben Ninas Foto hingen die Bilder, die sie von ihrer Familie erhalten hatte, bevor sie losgeflogen waren. Ein tränenreicher Abschied, an den Lea sich nicht gerne erinnerte. Sie zu verlassen für viele Jahre – mit dem nicht zu vernachlässigenden Risiko, dass es ein Verlassen ohne Rückkehr werden könnte –, gehörte zu dem größten Opfer, das sie bereit war zu bringen, um ihren Traum zu verwirklichen.

Auf einem Bild waren ihre Eltern, ihre Schwester, ihre Nichte und die Familienhündin Aika zu sehen. Das Foto war einige Tage vor Leas Abflug im Garten ihrer Eltern entstanden. Ihre Eltern sahen stolz aus. Regelmäßig hatten sie betont, wie spannend sie die Karriere ihrer Tochter fanden. Lea wusste, dass das nur ein Teil der Wahrheit war. Eigentlich waren sie voller Sorgen, Zweifel und Ängste. Sie hatten allerdings nie mit Lea über diese Gefühle gesprochen, um ihr nicht im Weg zu stehen.

Ihre Schwester war ganz anders als Lea, nicht interessiert an Technik oder Robotern und schon gar nicht am Weltraum, doch sie freute sich einfach für Lea und verschwendete keinen Gedanken an die Risiken. Sie strahlte Zuversicht und Optimismus aus, was ihr die letzten Tage vor der Abreise etwas leichter gemacht hatte. Wenn Lea mit ihren Eltern gesprochen hatte, war alles voller Schwere gewesen. Ihre Schwester hingegen konnte einschätzen, was es ihr bedeutete, und freute sich, dass Lea ihren Traum wahr machen konnte. Sie verstand den Traum nicht, aber sie verstand, was er Lea bedeutete.

Ihr Blick verweilte auf dem Foto, und sie verspürte eine Enge in der Brust. Aika, die Hündin, die ein großer Teil von Leas Leben war, die ihr Gesellschaft leistete, wenn sie ihre Sonntage im elterlichen Garten verbrachte. Natürlich hatte sie zu dem Zeitpunkt keine Ahnung, dass Lea bald für immer verschwunden wäre. Es war unmöglich, dass Aika noch am Leben war, wenn Lea zurückkam. Sie würde im Garten begraben sein, in dem sie zuvor mit Lea gespielt hatte. Keine Macht der Welt oder des Sonnensystems konnte Lea rechtzeitig zurückbringen, um das Tier noch lebendig anzutreffen.

Ein anderes Bild zeigte erneut ihre Nichte – mit ihrer Schultüte im Arm, strahlend und voller Vorfreude auf die Schule. Ihre Zahnlücke würde verschwunden sein, wenn Lea wieder da war. Sie würde vermutlich keine zwei Zöpfe mehr tragen und vielleicht längst erkannt haben, dass die Schule doch nicht so toll war, wie sie anfangs geglaubt hatte. Lea fragte sich oft, zu was für einer jungen Frau ihre Nichte heranwachsen würde, wie sie aussehen würde, wer sie sein würde … Wie fremd sie Lea bereits jetzt geworden war. Sie war noch ein Kind, aber wenn Lea ihre Nichte das nächste Mal in den Arm nehmen würde, wäre sie eine Jugendliche.

Wenn …

Wütend über sich selber schüttelte Lea den Kopf. Woher kam ständig dieser Pessimismus? Natürlich würde sie nach Hause kommen. Ja, es war eine gefährliche Reise, aber wenn sie sich alle an die Vorschriften hielten, dann war ein Überleben recht sicher.

Um nicht mehr weiter nachzudenken, öffnete Lea die Schlafkapsel und schwebte hinaus.

Auf der Erde war ihre Morgenroutine anders gewesen, hier allerdings hatte sie sich inzwischen daran gewöhnt, dass es keinen heißen Kaffee und ebenso wenig eine anschließende warme Dusche gab.

Sie trug sowohl zum Schlafen als auch zum Arbeiten oder in ihrer Freizeit die gleichen Klamotten. Das war anfangs ungewohnt für sie gewesen; den Luxus, sich ständig umziehen zu können, hatte sie nun nicht mehr. Das Waschen der Kleidung verbrauchte viel Energie und Wasser. Dinge, die sie nicht unbegrenzt zur Verfügung hatten, die aber in einem Notfall überlebenswichtig waren. Sie alle machten das so und hielten sich an die Regeln. Also trugen sie die bequemen, von der Raumfahrtbehörde gestellte Kleidung. Dass ihnen damit ein Stück Individualität geraubt worden war, empfand Lea als einen eher vernachlässigbaren Nebeneffekt.

Da war die Tatsache mit der eingeschränkten Hygiene für sie tragischer. Denn auch das Duschen nach Lust und Laune entfiel. Da täglicher Sport Pflicht war, um die körperlichen Folgen der Schwerelosigkeit so gering wie möglich zu halten, wollte sie nach dem Training duschen. Zweimal am Tag duschen war ein Luxus, der nicht mehr gestattet war.

Sie war die Letzte, die durch den engen Gang in das Modul schwebte, in dem sie sich meist aufhielten, wenn sie nicht arbeiteten. An dem sogenannten Vormittag arbeitete keiner von ihnen, und sie verbrachten die Zeit gemeinsam.

Das war eine Regel, die die Psychologin Adua festgelegt hatte, um den Zusammenhalt des Teams zu stärken.

Danach gingen die beiden, die nachts aufgeblieben waren, in ihre Schlafkapseln, und der Rest machte seine Arbeit, doch diese zwei Stunden verbrachten sie alle gemeinsam.

»Guten Morgen«, murmelte Lea, als sie sich von der Wand Richtung Kaffeemaschine abstieß. Die Maschine war von der ESA extra für den Weltraum konzipiert worden, und sie sorgte schon viele Jahre für mehr Lebensqualität im Weltall. Bereits auf der ISS hatte sie gute Dienste geleistet. Da umziehen und duschen wegfielen, war der morgendliche Kaffee die einzige Routine, die geblieben war, und deswegen war sie ihnen allen vermutlich so heilig.

»Hey, Prinzessin Leia!«, rief James, der Techniker.

Lea schmunzelte. »Halt die Klappe, James … T. Kirk.«

Ihr Kollege strahlte übers ganze Gesicht. Er nannte sie nur deshalb Prinzessin Leia, weil er es liebte, wenn sie ihn im Gegenzug Kirk nannte. Er war leidenschaftlicher Fan der Serie Star Trek und hatte alle knapp zwölfhundert Folgen mit auf seine Reise genommen. Ständig versuchte er, die anderen zu überreden, sie zusammen mit ihm zu schauen.

Lea erteilte ihm ständig eine Abfuhr. Sie hatte Weltraum genug, sie benötigte weder Star Trek noch Star Wars zur Ablenkung. Stattdessen liebte sie Filme, die auf der Erde spielten, in denen Menschen in Autos auf Straßen fuhren, ihrem normalen Alltag nachgingen oder ihre Schwerkraft genießend im Wald herumliefen. Aus diesem Grund hatte sie viele Filme unterschiedlicher Genres dabei: Dramen, Komödien, Krimis – bloß keine Science-Fiction. Wenn sie ein Raumschiff sehen wollte, dann schaute sie sich einfach um.

Lea schlürfte ihren Kaffee durch einen Strohhalm und lauschte dem Bericht von Owen, dem kanadischen Fachmann für Botanik und Astrobiologie, der gemeinsam mit Rio, der Geologin und Klimatologin aus Vietnam, wach gewesen war, während der Rest von ihnen geschlafen hatte.

Wie so oft hatte sich nichts ereignet. Lediglich ein winziger Asteroid war so knapp an ihnen vorbeigeflogen, dass es fast zu einer Kollision gekommen wäre. Aber nur fast. Alle atmeten erleichtert aus, als wäre eine Reparatur der Außenhülle nicht eine willkommene Abwechslung gewesen. Aber die hätte auch ein hohes Risiko bedeutet und wäre womöglich wirklich gefährlich geworden. Es gab hier keine Abwechslung, die nicht gleichzeitig lebensbedrohlich war.

Das war vermutlich die Ursache, warum alle hin und her gerissen waren zwischen dem Wunsch, mal was erleben zu können, und der Dankbarkeit, dass bisher alles glatt gelaufen war. Lea tendierte dazu, sich einen kleinen Notfall zu wünschen, der ihren recht eintönigen Alltag und die vielen dem Protokoll geschuldeten Routinen durchbrach. Sie wusste, sobald sie einen größeren Notfall hätten, würde sie sich für diesen heimlichen Wunsch schämen.

Lethargisch starrte Lea in ihren Kaffee und versuchte zu ignorieren, wie ihre Kollegen und sie auf ihren Bänken hin und her schwankten. Zwar befanden sie sich alle in einer sitzenden Position, weil sie angeschnallt und die Bänke und der Tisch fest mit dem Boden verankert waren, doch es fühlte sich nicht so an.

Die Schwerelosigkeit begann Lea zu nerven.

Am Anfang hatte sie es noch genossen. Vielleicht nicht ganz am Anfang, da hatte sie mit der typischen Umstellung zu kämpfen gehabt und sehr unter der Weltraumkrankheit gelitten. Ihr war ständig übel geworden, und sie hatte einen Dauerkopfschmerz entwickelt, der erst verschwunden war, als Baihu, der zusammen mit Adua das medizinische Team bildete, ihr eine Atemübung gezeigt hatte, durch die sie die Nebenwirkungen besser ertragen konnte.

Danach begann allerdings eine Phase, in der sie die Reise zum Mars als richtiges Abenteuer empfunden hatte. Sie war aufgeblüht und hatte die Arbeiten, die anstanden, sehr gerne gemacht. Sie hatte viel Zeit mit den Kollegen verbracht, die für sie inzwischen mehr als Kollegen waren, sondern eher eine Familie. Oder Freunde. Sie bewohnten eine Weltraum-WG und würden die nächsten fünf Jahre gemeinsam auf engstem Raum verbringen.

Irgendwann in den letzten Tagen hatte es dann begonnen, dass Lea sich kraftlos und seltsam frustriert fühlte. Sie vertrug die kuriose Mischung aus Langeweile und ständiger Lebensgefahr nicht mehr. Tatsache war, dass einfach nichts passierte. Sie hatte Zeit in Hülle und Fülle, die sie nicht sinnvoll nutzen konnte. Es war weniger spannend, Astronautin zu sein, als die meisten Menschen glaubten, und sie hatte das ebenfalls unterschätzt. Das Team, das sie vorbereitet hatte, hatte zwar darauf hingewiesen; Lea war jedoch der Meinung gewesen, dass sie die freie Zeit gut nutzen konnte. Immerhin war sie im Weltall! Die Sicht aus dem Fenster war einmalig, und es war ein Privileg, diese Reise erleben zu dürfen. Sie war aus einer Vielzahl an ehrgeizigen und fachlich kompetenten Interessenten auserwählt worden. Das änderte allerdings nichts daran, dass auch der herausragendste Fensterblick seinen Reiz verlor, wenn man nur oft genug hinausgesehen hatte.

Der interessante Teil der Arbeit würde erst auf dem Mars beginnen, hier war sie nur für die Wartung und Reparatur der Instrumente und Maschinen zuständig, zusammen mit James. Der hatte lediglich Star Trek im Kopf und bezeichnete ihre Reise zum Mars als seine eigene Mission, so als wäre er Teil eines riesigen TV-Universums. Obwohl die Enterprise und all die anderen Raumschiffe, die in der fast achtzigjährigen Serienvergangenheit über die Bildschirme der Haushalte geflogen waren, meist innerhalb von 45 Minuten ihr Ziel erreichten, während ihre Reise niemals in eine Folge gepasst hätte, fand James ihre Reise stets aufregend und faszinierend.

»Das«, sagte er manchmal zu Lea, »ist die beste Star Trek-Folge aller Zeiten, und wir sind ein Teil davon.« Er war Amerikaner, und auch wenn Lea längst gelernt hatte, dass Klischees sich sehr oft nicht bestätigten, zeigte ihr James immer wieder, dass manche Klischees sehr wohl zutrafen. Für James war alles *amazing* und *big*, und natürlich liebte er sie alle und jeden Moment ihrer Reise und übertrieb es mit seiner ausschweifenden Art zu reden, bis Lea ihm genervt zuraunte, er möge für einen Moment mal ruhig sein.

Obwohl Lea nicht besonders viel Stress hatte, konnte sie sich nie entspannen. Von ihnen allen wurde ständige Aufmerksamkeit und höchste Vorsicht verlangt, denn sie lebten in einer menschenfeindlichen Umgebung und waren abhängig von dem Funktionieren der Maschinen, die sie betreuten. Es war wie auf einer Autobahn den Autopiloten bei 200 km/h abzuschalten. Das war ebenso langweilig und nichts passierte, trotzdem verlangte jede Sekunde vollste Konzentration. Kein Mensch würde auf einer Autobahn den Autopiloten abschalten und mit dieser hohen Geschwindigkeit selbst fahren. Das wäre unlogisch. Vielleicht machte man das irgendwo in den Bergen, wenn man eine besonders schöne Serpentinenstraße gemächlich fahren oder bei einer Küstenstraße die Aussicht genießen wollte.

Genauso fühlte Lea sich. Sie hatte nichts zu tun, alle Tage glichen den vorherigen, nichts war aufregend, und doch … Sie wusste, dass eine kleine Unaufmerksamkeit sie alle das Leben kosten könnte.

»Geht es dir gut?«, fragte Irina mit ihrem russischen Akzent, der sie schon einige Male zum Lachen gebracht hatte.

Wie alle anderen war sie gleichermaßen zweifach qualifiziert. Je mehr Besatzung mitflog, desto teurer wurde die Unternehmung, deswegen hatte man bei der Zusammenstellung der Mannschaft nicht nur auf soziale und psychologische Aspekte geachtet, sondern ebenfalls auf eine hohe fachliche Kompetenz. Irina war sowohl die Astrochemikerin als auch die Astrophysikerin, hochintelligent und sehr ehrgeizig.

»Lea?«

»Was?« Lea riss den Kopf hoch. »Ach, du meinst mich?«, fragte sie erstaunt, als sie bemerkte, dass Irina sie fragend ansah.

Alle anderen starrten sie genauso an, Adua und Baihu tauschten Blicke miteinander aus, und James runzelte die Stirn.

Lea verdrehte die Augen. »Klar, warum sollte es mir nicht gutgehen?«, brummte sie unfreundlich.

Irinas Gesichtsausdruck wurde noch ein wenig verwirrter, dann wandte sie sich abermals an Rio und Owen.

Die drei bildeten eine Art wissenschaftliches Team, während James und sie die Techniker und Baihu und Adua die Mediziner waren, obwohl diese Einteilung nicht offiziell und vom Bodenpersonal sicher nicht gewünscht war. Sie alle sollten sich gegenseitig vertreten und in allen Fachbereichen zumindest über ein hohes Interesse und solide Grundkenntnisse verfügen. Wiederholt waren sie darauf hingewiesen worden, dass sie zur Not mit einer dezimierten Besetzung sicher ans Ziel kommen mussten und sich nie als Spezialisten auf einem Gebiet, sondern eher als Generalisten zu definieren hatten.

Nach dem gemeinsamen Essen verabschiedeten sich Owen und Rio, um zu schlafen, und James und Irina kündigten an, sich an die Arbeit zu machen. Baihu und Adua zogen ein Schachbrett in die Mitte des Tisches. Die Figuren waren magnetisch, weswegen man fast normal spielen konnte, wenn man mal davon absah, dass das Spielbrett stabiler auf dem Tisch platziert war als die Spieler auf ihren Sitzflächen.

Sie fragten, ob auch Lea spielen wollte, die den Kopf schüttelte. Zu dritt würde das nicht gehen, außerdem wollte sie sich nicht hineindrängen und der Grund sein, dass die beiden sich für ein anderes Spiel entscheiden mussten. Jetzt, wo alle anderen beschäftigt waren, war sowieso ihre Zeit gekommen, sich auszupowern.

Sie schwebte in das Modul, in dem die Fitnessgeräte am Boden verankert waren. Da angekommen suchte sie sich eine rockige Musik aus und steckte die beiden kabellosen Kopfhörer in die Ohren. Sie stieg auf den Hometrainer und begann zu trainieren.

Sport war hier überlebenswichtig. Wenn sie nicht täglich mindestens zwei Stunden trainierten, würden sie mehr unter den Folgen der Schwerelosigkeit leiden, als sie es sowieso schon taten. Also nahmen alle das Sportprogramm sehr ernst. Selbst als sie zu Beginn unter der Weltraumkrankheit gelitten hatten, hatten sie täglich Sport gemacht – ohne Ausnahme.

Aber abgesehen von der Notwendigkeit genoss Lea das Training auch. Es war eine der wenigen Möglichkeiten, etwas Privatsphäre zu haben. Ihre Schlafkapsel zählte nicht, dort war es zu ungemütlich, zu eng. Hier auf den Geräten akzeptierte das Team, dass sie Musik hörte, außerdem wählte sie für ihr Training immer die Zeiten aus, in denen sie hier alleine war.

Ihr Puls stieg schnell, der Schweiß perlte von ihr ab und schwebte in winzigen Wasserbällchen um sie herum. Alles hier war anders, sogar das Schwitzen. Doch die Schweißperlen, die um sie herum waberten, störten sie nicht. Der Filter würde die Feuchtigkeit bald aus der Luft holen, aufbereiten und in einigen Tagen würde sie ihren Kaffee trinken, aus Koffein und gereinigtem Schweiß, Urin und Kondenswasser. So war das nun mal. Sie hatten nicht den Luxus, Wasservorrat für sieben Personen auf eine fünfjährige Mission mitzunehmen.

Ihre Nichte hatte sie angeekelt angesehen, als Lea ihr das vor ihrem Abflug erzählt hatte. Sie hatte glorreiche Geschichten über ihre Tante in der Schule erzählt, aber diesen Fakt – hatte sie mit hochgezogener Nase erklärt – würde sie unerwähnt lassen. Daraufhin hatte Lea gelacht und so überspielt, dass auch ihr der Gedanke nicht wirklich angenehm war. Sie versuchte, nicht zu viel über den Kreislauf nachzudenken, und ignorierte das Wissen darum, wenn sie etwas trank oder aß.

Nach dem Sportprogramm ging Lea in die Trockendusche, eine kleine Kabine, in der sie sich lediglich mit einem feuchten Tuch und einer antibakteriellen Seife wusch. Sie putzte sich die Zähne, kämmte ihre Haare und starrte in den Spiegel. Das Immunsystem im All war geschwächt, deshalb war Hygiene sehr wichtig, weil sich Bakterien und Pilze hier besonders gut ausbreiten konnten; gleichzeitig war es aber schwieriger, auf eine angemessene Hygiene zu achten. Sie sehnte sich nach einer normalen Dusche, mit warmem Wasser, das sich von der Schwerkraft geführt auf ihren Kopf ergoss und sie beim Herunterfließen umhüllte. Sie vermisste es so sehr …

Um nicht mehr darüber nachdenken zu müssen, zog Lea sich an und band ihre Haare zu einem Dutt zusammen, damit die umherfliegenden Haare sie nicht bei der Arbeit störten. Sie wollte James suchen und zusammen mit ihm den Roboterarm reparieren, der am gestrigen Tag eine Störung gehabt hatte. Oder die Rettungskapsel putzen. Oder nach dem Steuerungspult sehen, ob dort alles in Ordnung war.

Sie versuchte, sich die Arbeit so einzuteilen, dass sie nicht das Spannendste sofort machte und dann die restlichen Tage gezwungen war, irgendwelchen sinnlosen Tätigkeiten nachzugehen. Nicht ohne Grund erhielten sie vom Bodenpersonal ständig Aufträge, deren Zweck nur darin bestand, sie zu beschäftigen. Das bedeutete, wer schnell arbeitete, verbrachte einen größeren Teil seiner Arbeit damit, Sachen zu säubern oder zu protokollieren.

Auf dem Weg zu James schwebte Adua ihr in den Weg. Sie berührte sie am Arm. »Alles okay?«, fragte sie.

Lea zögerte kurz. Adua redete mit ihnen allen ausführlich und eng getaktet, immer der jeweiligen Situation angepasst. In dieser Phase ihrer Reise bedeutete das alle drei Tage eine Stunde lang. Das war eine Anordnung vom Bodenpersonal, um depressive Verstimmungen und Konflikte innerhalb der Gruppe zu vermeiden.

Schon bei der letzten Sitzung hatte Adua angedeutet, dass Lea unter einer Depression leiden könnte, und sie hatte angekündigt, darüber mit Baihu zu reden, um sich mit ihm über eine medikamentöse Behandlung zu beraten. Lea hatte die Augen verdreht. Gleichzeitig wusste sie, dass das Aduas Pflicht war. Das gesamte Team musste hier funktionieren. Sie konnten sich keine Ausfälle leisten. Genau dafür musste Adua Sorge tragen, und sie nahm ihre Aufgabe sehr ernst.

Sie war in Kenia geboren und hatte Medizin und Psychologie studiert. Sie war Fachärztin für Psychiatrie und in erster Linie als Schiffspychologin an Bord, doch da sie ebenso über eine Zusatzausbildung als Notärztin verfügte, war sie ebenfalls als Vertretung von Baihu angedacht. Sollte Baihu etwas zustoßen, hätte sie die alleinige Verantwortung für die psychische und körperliche Gesundheit der Crew. Ihre gute Ausbildung war einer der Gründe, warum sie hier war. Das und ihre Fähigkeit, perfekt im Team arbeiten zu können, ruhig und besonnen auch in Ausnahmesituationen zu bleiben und bereit gewesen zu sein, sich dem harten Konkurrenzkampf im Auswahlprozess zu stellen.

Obwohl sich die afrikanischen Länder nur in geringem Maße an den hohen Kosten des weltweiten Projekts beteiligen konnten, war es von Anfang an klar gewesen, dass Afrika ein Crewmitglied stellen würde, als Anerkennung für den Aufstieg, den einige afrikanische Länder in den letzten Jahren gemacht hatten. Vor zwei Jahrzehnten hatte es damit begonnen, dass Südafrika, Ghana, Nigeria und Kenia Satelliten mit Unterstützung der chinesischen Raumfahrbehörde ins Weltall schossen. Letztendlich hatte es dazu geführt, dass mit Adua vor zwei Jahren die erste afrikanische Frau zum Mond geflogen war, um sich auf die Reise zum Mars vorzubereiten. Sie machte einen ganzen Kontinent stolz.

»Ich weiß nicht«, sagte Lea ehrlich.

»Komm, lass uns reden«, bat Adua und zog Lea an der Hand mit sich mit zu einem Bereich des Raumschiffes, wo sie ungestört reden konnten: den medizinischen Trakt, in dem zur Not selbst Operationen möglich waren. Doch auch hier gab es keine Türen, keine Privatsphäre. Sie waren lediglich durch die Entfernung von den anderen abgeschirmt.

Baihu war nicht zu sehen. Vielleicht kümmerte er sich um Owens Proben. Wie alle anderen war er ebenfalls mehrfach fachlich geeignet diese Reise anzutreten. Er war nicht nur Arzt, sondern zusätzlich Biologe und unterstützte Owen bei seiner Arbeit an den mitgebrachten Pflanzen.

»Lea, was ist los?«, fragte Adua geradeaus und hielt sich mit einer Hand an der Haltestange fest, um sich auf das Gespräch konzentrieren zu können.

Sie redete nie drumherum, war direkt und nannte Probleme immer beim Namen. Das war manchmal nervig, aber Lea konnte verstehen, warum sie das in den Augen der Fachleute, die sie ausgewählt hatten, so wertvoll machte. Hier oben war kein Platz für Interpretationen, vage Vermutungen oder Missverständnisse.

»Ich fühle mich nicht depressiv«, begann Lea, »sondern eher … gelangweilt. Ich wünsche mir manchmal, dass etwas passiert, und schäme mich später dafür, weil das unsere Gesundheit oder sogar das Leben kosten könnte.«

»Möchtest du mehr Tätigkeiten übernehmen?«, fragte Adua.

Lea verdrehte die Augen. Noch vor der Mission war klar gewesen, dass sie auf der langen Reise zum Mars ständig beschäftigt werden würden, aber jedem hier war klar, dass viele der Aufgaben nur Arbeitsbeschaffungsmaßnahmen und Beschäftigungstherapie waren.

Sie war die Fachfrau für Robotik und Technik. Doch ihre Roboter würden den großen Einsatz erst auf der Marsoberfläche erhalten, wo sie ihr Überleben und den Erfolg der Mission sicherstellen sollten. Ohne ihre Roboter würden Owen, Rio und Irina keine Proben erhalten, ohne ihre Maschinen würden sie nicht über Sauerstoff, nicht über Wasser verfügen. Und Owen könnte ohne technische Unterstützung auch keine Pflanzen halten, um ihnen abwechslungsreiche Nahrung zu gewährleisten. Ohne ihre Roboter, Maschinen und Geräte hätten sie genau genommen nicht mal Wohn- und Arbeitsbereiche oder das Marsfahrzeug.

Hier auf dem Raumschiff war die Technik zwar komplex, aber es funktionierte alles. Alles, was James und sie zu tun hatten, war zu warten, bis eine mittlere bis größere Katastrophe passierte.

»Lea?« Adua wartete auf eine Antwort.

Lea zögerte. »Ich weiß nicht. Sag mir jetzt bitte nicht, dass ich die Trockendusche häufiger säubern soll oder die Küchengeräte warten könnte.«

»Du möchtest eine sinnvolle Arbeit«, riet Adua. »Hast du etwas Bestimmtes vor Augen?«

Ihre Stimme war ruhig und tief, sehr beruhigend. Sicher war das kein Auswahlkriterium dafür gewesen, sie zu nehmen, Lea fand trotzdem, dass diese Stimme perfekt zu der Schiffspsychologin passte. Adua wirkte stets entspannt und hatte eine ausgleichende Art an sich. Deswegen mochte Lea sie sehr.

Irina war manchmal zu gut gelaunt und nervte damit, und Rio konnte zickig sein, wenn sie schlecht gelaunt war. Adua war ihr von den weiblichen Besatzungsmitgliedern irgendwie am liebsten, obwohl sie nicht zu einer lustigen und ausgelassenen Atmosphäre beitrug.

Dafür war definitiv James zuständig.

»Lea?«, hakte Adua erneut nach.

»Tut mir leid, ich weiß wirklich nicht, was mit mir los ist«, sagte Lea laut und schüttelte den Kopf. Sie hielt sich am Haltegriff neben der am Boden verankerten Liege fest und sah zur Wand. Sie sehnte sich danach, nach draußen sehen zu können. Fenster waren jedoch teuer, und somit hatten sie lediglich im Wohnbereich zwei mickrige Fenster und ein größeres in der Observation, wo Lea sich aus diesem Grund sehr gerne aufhielt. Dort gab es auch Fernrohre, und man konnte das Sonnensystem aus einer ganz neuen Perspektive betrachten. Nur die Sicht auf die stetig kleiner werdende Erde mochte Lea nicht.

Des Weiteren gab es Außenkameras, die über Bildschirme den Blick nach draußen ermöglichten. Einmal alle zwei Monate waren Lea und James dafür zuständig, diese zu säubern. Dafür mussten sie in ihren Raumzügen auf Außenmission gehen. Eine Arbeit, die Lea sehr gerne machte, die aber aufgrund der Risiken nicht zu oft gemacht werden durfte und von den Kollegen im Inneren durch Anweisungen begleitet wurden. Jede Außenmission war auf die

Sekunde genau protokolliert, deswegen fühlte Lea sich selbst draußen im All wie fremdbestimmt und nicht besonders frei.

Dennoch, es war eine abwechslungsreiche Erfahrung. Etwas Besonderes.

»Wie wäre es mit den Außenkameras?«, fragte sie.

»Die habt ihr vor sechs Wochen erst gewartet«, wandte Adua ein. »Und gerade hätte ich kein gutes Gefühl dabei, dich rauszulassen. Es geht mir auch um James. Ihr müsst wie ein eingespieltes Team funktionieren. Er muss auf dich zählen können. Immer.«

Lea runzelte die Stirn. »Denkst du wirklich, ich würde irgendwas machen, das James gefährden könnte?« Sie verspürte Ärger in sich aufsteigen. »Was denkst du von mir, ich …«

»Lea.« Adua legte eine Hand auf ihren Arm. Damit brachte sie Lea zum Schweigen. Das schaffte sie auf die Weise ständig. Sobald jemand von ihnen emotional wurde, beruhigte sie ihn mit ihrer Art, und dann ging sie logisch und rational an die Lösungsfindung.

Lea hob den Kopf und sah in Aduas schwarze Augen, die umrahmt von glänzenden dichten Wimpern waren. Neben den Augen waren leichte Falten zu sehen, die aber nicht auf Aduas Alter von Mitte 40 hindeuteten. Stattdessen ließen die lockigen Haare, die sich wild hin und her schlängelten, sie jünger wirken.

Sie alle hatten weitere Gemeinsamkeiten. Keiner von ihnen lebte in einer festen Beziehung und keiner hatte Kinder. Und sie alle waren in einem Alter, in dem man mit der Familienplanung bereits abgeschlossen hatte.

Somit hatten sie alle einen ähnlichen Lebenslauf, hoch qualifiziert und pausenlos fokussiert auf die Arbeit, keine Zeit für ein Privatleben und ohne Ambitionen, eine feste Beziehung einzugehen. Zu hoch war das Risiko, dass sie wegen einer bestehenden Partnerschaft die Mission bereuten oder gar einen Zusammenbruch erlitten.

Zwar waren sie alle auf unterschiedlichen Kontinenten zur Schule gegangen und hatten in verschiedenen Unis studiert, hatten andere kulturelle und religiöse Hintergründe, aber sie alle hatten Körper, die nur auf der Erde gut funktionierten und für das Weltall eigentlich zu empfindlich waren.

Sie waren einer höheren Dosis kosmischer Strahlung ausgesetzt als auf der Erde, und das konnte das Erbgut verändern. Eine Konsequenz, mit der sie leben mussten, war, dass sie zukünftig keine Kinder zeugen oder bekommen konnten, eine weitere war ein erhöhtes Risiko für Krebs.

Deswegen waren nur Astronauten in die enge Auswahl gekommen, die noch jung genug für diese strapazierende Reise waren, allerdings nicht mehr jung genug, um es zu bereuen, keine Kinder mehr bekommen zu können. Außerdem waren sie alle genetisch geprüft und nach krebserkrankten Familienmitgliedern befragt worden. Hatte jemand Anlagen dazu, krebskrank zu werden, dann war er nicht geeignet für solch eine Reise und schon früh aussortiert worden, selbst wenn er fachlich und psychologisch qualifiziert gewesen wäre.

»Baihu meinte, ich sollte dir mal Blut abnehmen. Wie schläfst du?«, fragte Adua nach einem Moment, in dem sich Lea innerlich beruhigt hatte.

»Ich schlafe gut ein und schlafe auch immer lange, aber ich träume sehr intensiv.« Lea hob die Schultern.

Adua legte Besteck zur Blutabnahme bereit. Lea bewunderte sie dafür, wie geschickt sie in der Schwerelosigkeit mit medizinischem Werkzeug hantieren konnte. Sie alle waren zu Sanitätern ausgebildet worden. Für den Notfall. Falls Adua und Baihu beide schwer verletzt werden würden. Lea war sich sicher, dass sie sich wie ein Trottel anstellen würde. Sie hoffte inständig, dass sie niemals dazu gezwungen war, die Notfallversorgung eines verletzten Crewmitglieds zu übernehmen.

Während sie zusah, wie Adua die Nadel legte, sagte sie: »Ich habe mir überlegt, ob ich Nina schreiben soll.«

»Nina?« Adua gab ihr das Gefühl, ihr zuzuhören, während sie sich parallel auf die Blutabnahme konzentrierte.

»Die Frau, die mich gefördert hat. Ohne die ich nie hierhergekommen wäre«, erläuterte Lea.

»Willst du ihr die Hölle heiß machen, weil du ohne sie in einem normalen kuscheligen Bett schlafen könntest?«, fragte Adua und grinste.

Lea hob erstaunt die Augenbrauen. So einen Spruch hätte sie eher von James erwartet. Oder von Irina oder Owen. Aber nicht von Adua. Dann grinste auch sie. »Ja, so in etwa.«

»Das ist eine tolle Idee. Du hast generell wenig Kontakt zur Erde. Deine Schwester schickt dir öfters Bilder von deiner Nichte, richtig?«

Lea nickte und starrte zu dem Blut, das aus ihrem Arm in die dünne Phiole strömte. Anschließend beobachtete sie, wie Adua die Nadel aus ihrer Haut zog und ein Pflaster über die kleine Wunde klebte. Sie hob den Kopf.

Adua betrachtete sie, während sie die Monovetten in Baihus Fach legte, der das Blut analysieren würde. Sie machten das regelmäßig, um Mangelerscheinungen rechtzeitig zu erkennen. »Und?«

»Ich habe ständig Heimweh. Momentan tut mir das nicht so gut. Aber meine Schwester wusste, dass ich möglicherweise nicht so oft antworte«, sagte Lea.

Adua räumte das Besteck weg, das drohte, in der Schwerelosigkeit durch den Raum zu schweben. Etwas, das bei Spritzen fatal enden könnte. »Du solltest dich, bei allem was du tust, wohlfühlen. Die Idee mit Nina gefällt mir.«

Lea nickte. Nachdenklich machte sie sich auf den Weg zu dem Bereich, in dem die Computer an die Wand des Raumschiffes geschraubt waren. Davor waren Sitzgelegenheiten mit Hebel, die fest auf die Oberschenkel gedrückt wurden und einem somit tatsächlich das Gefühl gaben zu sitzen. Mehr als die Bänke im Essbereich.

LEA – Jahr 2033, Tag 95 auf dem Raumschiff ISS Endurance

»Verträgst du die Tabletten?«

Lea nickte und lächelte Baihu an. Seit einigen Tagen nahm sie ein niedrig dosiertes Antidepressivum. Sie verspürte weder Höhenflüge noch eine besorgniserregende Niedergeschlagenheit, sondern fühlte sich ganz normal. Wäre sie auf der Erde, hätte sie in die Einnahme niemals eingewilligt, aber hier verstand sie die Notwendigkeit. Sowohl Baihu als auch Adua würden das Risiko nicht eingehen, dass sich bei ihr eine ernstzunehmende depressive Erschöpfung herausbildete und sie bei einem eventuellen Notfall nicht einsetzbar wäre.

»Was ist mit Nebenwirkungen?« Baihu betrachtete sie.

Lea hob die Schultern. »Keine«, sagte sie. »Aber eine besonders tolle Wirkung ebenfalls nicht.«

Baihu nickte. Er hatte Mühe, sich ihre Antworten zu notieren. Mit der einen Hand hielt er sein Klemmbrett, mit der anderen den Stift, ohne sich selbst festhalten zu können. Er versuchte, mit den Füßen an der Metallstange Halt zu finden, es gelang ihm allerdings nur mäßig. »Wie geht es dir?«, fragte er weiter.

Nach wie vor litt Lea unter Zweifeln. Ihr machte der Gedanke zu schaffen, dass sie hier fünf Jahre ihres Lebens und ihre Gesundheit opferte, für nichts, das sie weiterbringen würde. Zumindest, wenn alles gut ausging. Wenn es schlecht lief, würde sie sogar ihr Leben auf dieser Reise lassen, auch wenn das eher unwahrscheinlich war, aber die Möglichkeit war stets allgegenwärtig. Es war *die* Reise ihres Lebens und alles, was sie dabei empfand, war Langeweile. Und immer, wenn ihr das bewusst wurde, überkamen sie Schuldgefühle, weil sie wusste, dass viele Menschen sie um solch eine Erfahrung beneideten.

»Lea?« Baihu wartete auf eine Antwort.

Kurz dachte Lea nach und überlegte, wie sie ihre Überlegungen in Worte fassen konnte. »Ich … bin vielleicht etwas enttäuscht und unterfordert, weil ich … so wenig zu tun habe.«

Das ließ Baihu unkommentiert und fragte stattdessen: »Wie läuft es mit Owen?«

Lea runzelte die Stirn und kämpfte den Drang nieder, erneut mit den Achseln zu zucken. Sie öffnete den Mund, um was zu sagen, Baihu kam ihr jedoch zuvor.

»Es ist eine sehr sinnvolle Arbeit, die ihr da macht«, erinnerte er sie ernst.

»Ja, das stimmt.« Lea nickte. Nach dem Gespräch mit Adua hatte Baihu ihr das Antidepressivum verschrieben und Adua ihr eine Art Job bei Owen vermittelt. Sie war lediglich die Assistentin des Botanikers und hatte ihre festen Aufgaben. Adua empfand es als wichtig, dass Lea was Nützliches zu tun bekam, und Baihu hatte es ebenso gesehen.

Also hatte Lea sich gebeugt, obwohl sie genau wusste, dass Owen ganz gut ohne sie klarkam. Sie musste lächeln, als sie daran dachte, wie nervös Owen gewesen war, als er sie eingewiesen hatte. Es war offensichtlich gewesen, dass Owen sich gefreut hatte, jemandem etwas über seine Pflanzen zu erzählen.

»Er ist halt ein Nerd«, meinte Lea leise. »Manchmal muss ich lachen, mit welcher Ernsthaftigkeit er mir Dinge erzählt und wie fasziniert und verzückt er von jeder kleinsten Veränderung an seinem Grünzeug ist. Ich wünschte, ich könnte die Begeisterung nachempfinden, wenn ich meine Rover zum wiederholten Male öle, da es nichts an ihnen zu reparieren gibt.«

Baihu grinste. »Mir musst du das nicht erzählen. Ich habe schließlich vorher mit Owen zusammengearbeitet.«

Erst jetzt wurde Lea bewusst, dass Baihu nicht nur Medizin, sondern auch Biologie studiert hatte und zuvor Owen unterstützt hatte. Ob er die Arbeit mit dem Biologen vermisste und ihm jetzt eine Aufgabe fehlte, in die *er* sich stürzen konnte? Lea betrachtete Baihu nachdenklich, aber sie sagte nichts – vielleicht aus Angst, dass er zugeben könnte, den Job bald zurückhaben zu wollen. Sie blickte zu der Metallstange, an der Baihu weiterhin seine Füße verkeilte, um möglichst aufrecht bleiben zu können.

»Du machst einen besseren Eindruck auf mich.«

Lea hob den Kopf. Sie war verwirrt, denn sie fühlte sich nicht unbedingt besser. Dann musste sie aber erneut grinsen, weil sie zugeben musste, dass es eine gute Idee von Baihu und Adua gewesen war, ihr den Job zu geben, statt ihr lediglich noch mehr Putzaufgaben zu überlassen.

»Danke«, sagte sie freundlich und lächelte Baihu an.

Er war in China geboren, hatte allerdings nicht die zierliche Statur eines Asiaten, sondern war muskulös und kräftig gebaut. Er hatte lange Haare, die er zu einem Knoten im Nacken zusammengebunden hatte. Früher hatte er seine Haare in einem langen Pferdeschwanz getragen, aber seit sie im All der Schwerelosigkeit ausgesetzt waren, hatten sie alle feststellen müssen, dass Haare nervend waren, wenn man ihnen zu viel Freiraum ließ.

Zum wiederholten Male fragte Lea sich, warum Baihu sie sich nie abgeschnitten hatte. Eines Tages würde sie das tun, bisher hatte sie sich das nicht getraut.

Ein dichter Bart bedeckte Baihus Mundpartie, und an seinem Kinn hatte er ein längeres Ziegenbärtchen zu einem dünnen Zopf geflochten, der durch die Schwerelosigkeit meist abstand und lustig hin und her wippte.

Im Gegensatz zu Adua war er energischer, konnte laut werden, wenn ihn etwas ärgerte, und machte manchmal auch einen ungeduldigen Eindruck. Wenn er jedoch in einem Patientengespräch war, Behandlungen durchführte oder sensible Themen ansprach, war er konzentriert und akzeptierte keine Störung von außen.

Zusammen mit Adua gab er ein perfektes Team ab, und Lea hatte großes Vertrauen zu beiden. Sie hätte ihnen ebenfalls einzeln vertraut, aber gemeinsam ergänzten sie sich und scheuten auch nicht, Diskussionen über Medikamente oder Diagnosen offen auszutragen. Dabei gingen beide stets respektvoll miteinander um.

»Wenn irgendwas ist, wenn du doch Nebenwirkungen verspürst oder …«

»… dann melde ich mich«, unterbrach Lea und nickte erneut. Sie berührte Baihu an der Schulter.

Wie alle anderen kannte sie Baihu bereits seit vielen Jahren. Seit sie als Crew zusammengestellt waren, arbeiteten sie miteinander und bereiteten sich auf den jetzigen Einsatz vor. Sie hatten unzählige gemeinsame Trainings hinter sich und haufenweise Teambildungsmaßnahmen über sich ergehen lassen müssen, dass es ihnen zum Hals rausgehangen hatte. Als Vorbereitung auf diese Reise waren sie sogar gemeinsam zum Mond geflogen, hatten dort Proben eingesammelt und einige Wochen auf der ISS verbracht. Sie hatten zusammen Sporteinheiten, medizinische Tests und psychologische Übungen absolvieren müssen, bevor man sie gemeinsam ins All geschickt hatte.

Es war immer klar gewesen, dass sie als Team auf der Erde zusammenwachsen müssten, sonst hätte niemand gewagt, sie zum Mars zu schicken. Hier mussten sie einander vertrauen und sich aufeinander verlassen können. Sie hatten keinen Raum für Streitereien, Zickereien oder Neid.

Trotzdem waren sie nie alleine gewesen. Der Ernstfall hatte entgegen aller Bemühungen nie komplett simuliert werden können. Erst hier in aller Abgeschiedenheit und von allen anderen Kontakten separiert waren sie auf Charaktereigenschaften gestoßen, die sie weder von den anderen und schon gar nicht von sich selbst erwartet hätten.

Das war der Grund, warum Lea das Gefühl hatte, die anderen Crewmitglieder anfangs gar nicht richtig gekannt zu haben. Sie waren nur ein Teil einer noch größeren Crew gewesen. Jetzt waren sie alles, was Lea als sozialen Rückhalt hatte.

»Du kennst mich doch«, betonte Lea leise.

»Ja.« Baihu nickte langsam und sah sie ernst an. »Deswegen ja.« Er berührte ihre Hand und drücke sie leicht.

»Mach dir nicht so viele Sorgen.« Lea schnalzte streng mit der Zunge, dann fiel ihr etwas ein, was Baihu ihr am Morgen erzählt hatte. »Vermisst du sie?«

Baihu wusste sofort, von wem sie sprach. Sein Blick verdüsterte sich, und sein Kinn war ein bisschen angespannter als sonst. »Sie ist meine Schwester, und heute ist ihr Geburtstag. Ich denke ständig an sie.«

»Es wird nicht der letzte Geburtstag sein, an dem wir nicht dabei sein können«, betonte Lea.

Baihu zögerte kurz, anschließend nickte er. »Nein, aber wir können das Feiern nachholen, wenn wir zu Hause bei unseren Lieben sind. Und bis dahin werden wir unsere eigenen Geburtstage miteinander feiern.« Baihu zwinkerte. »Immerhin sind wir eine siebenköpfige Crew, das bedeutet, wir haben ordentlich was zu feiern.«

Lea runzelte die Stirn. »Ja, grandiose Partys mit eingeschweißter Astronautennahrung, alkoholfreien Getränken aus dem Strohhalm und dem kläglichen Versuch, in der Schwerelosigkeit zu tanzen. Wie erstrebenswert ist *das* denn?«

»Keine Ahnung.« Baihu lachte. »Hab es nie ausprobiert, allerdings sollten wir das mal testen. Ich denke, ich werde dich zu meiner Geburtstagsparty einladen.«

Auch Lea lachte.

»Komm schon, Owen wird bereits warten.« Baihu drückte erneut ihre Hand.

»Ja. Danke«, fügte Lea noch hinzu, bevor sie sich abstieß und aus dem Krankenzimmer schwebte.

*

Während sie sich am Gang von den Wänden abstieß, um möglichst schnell zum Labor zu kommen, dachte sie an ihre eigene Schwester und daran, wie elendig sie sich an dem Geburtstag ihrer Mutter gefühlt hatte. Wie heimatlos und einsam und verzweifelt der Gedanke gewesen war, dass ihre Familie nun zusammensaß, ohne sie, und das normalste der Welt machte: miteinander anstoßen, Kuchen essen, Geschenke auspacken. Noch nie zuvor waren Lea solche Kleinigkeiten so wichtig erschienen.

Der Blick von Baihu hatte es verraten. Er empfand ähnlich. Für ihn war es ebenfalls schwer, jetzt nicht bei seiner Schwester sein zu können. Auch er fühlte sich einsam.

Sie war nicht die Einzige, die hier eine besondere Erfahrung machte. Sie alle waren isoliert von der Außenwelt. Sie alle gingen mal besser, mal schlechter damit um, dass es hier wenig zu tun gab, sie sich aber nie wohl genug fühlen durften, um sich völlig zu entspannen. Die Einsamkeit konnten sie je nach Tagesform besser ignorieren oder eben gar nicht. Alle saßen buchstäblich im selben Boot, das in ihrem Fall ein Raumschiff war, umgeben von einer feindlichen und unüberwindbaren Umgebung.

Sie war nicht alleine.

*

Als sie in Owens Labor schwebte, fühlte sie sich besser. Nicht mehr so einsam. Besser gelaunt. Und Owen zu sehen, tat ihr zusätzlich noch gut.

Er war vertieft in seine Arbeit, und als sie ihn antippte, um ihm zu zeigen, dass sie da war, zuckte er zusammen. Er nahm seine Brille ab und legte sie auf dem Labortisch ab, die Schwerelosigkeit dabei wohl vergessend. Erst als die Brille nach oben glitt und seine Hand berührte, wurde er rot und grinste, während er die Augen verdrehte. Er setzte sich die Brille erneut auf, zog sie sich dann aber wieder ab und schob sie in die Tasche seines Oberteils.

Er war extrem weitsichtig und konnte nur mit Brille die Buchstaben auf dem Computerbildschirm neben dem Mikroskop erkennen. Die Tatsache, dass er Kontaktlinsen nicht vertrug, hätte ihn fast die Teilnahme an ihrer Mission gekostet. Es war anfangs nicht klar gewesen, ob sie eine Person ins Weltall schicken wollten, die so sehr auf eine Brille angewiesen war. Auf der ISS war das kein Problem. Eine Ersatzbrille konnte dorthin jederzeit nachgeschickt werden. Hier im Raumschiff hatten sie dafür einen 3D-Drucker, mit dem sie auch Brillengläser drucken konnten, doch Kontaktlinsen zu drucken wäre leichter und das benötigte Material überschaubarer.

»Und ist der Arzt zufrieden?«, fragte Owen.

Lea winkte ab. Erstens hatte sie nicht das Bedürfnis, mit Owen darüber zu reden, zweitens hatte sie nicht das Gefühl, dass Owen in dem Moment ein besonders aufmerksamer Zuhörer war. Dafür wirkte er zu versunken in seine Arbeit und zu aufgeregt über eine Entdeckung, die er gemacht hatte.

»Schau dir das an.« Owen setzte sich die Brille wieder auf die Nase und beugte sich über den Bildschirm. Er zeigte auf die Analyse.

Lea beugte sich ebenfalls über den Computer, der die Ergebnisse der Proben anzeigte. Innerlich musste sie schmunzeln, weil sie Owen inzwischen so gut kannte, dass sie merkte, wenn er im Tunnel war und es bevorzugte, nicht aus seiner Konzentration gerissen zu werden.

Wie so oft, erkannte sie nicht sofort, was Owen ihr zeigen wollte, aber sie spürte die Wärme, die von seinen schlanken Armen ausging. Seine Haut fühlte sich weich an. »Was?«, fragte Lea und lehnte sich gegen Owen. Die Berührung gab ihr Trost und Hoffnung, in einer Zeit, in der sie damit haderte, ihre engsten Verwandten weder sehen noch umarmen zu können.

»Siehst du die Zellstruktur? Und diese Faser hier?« Owens Stimme war leise und auf einmal viel selbstsicherer.

Owen war eher introvertiert und blühte immer nur dann auf, wenn er in seinem Labor war. Er war begeisterter Botaniker und Astrobiologe und vermutlich der Einzige außer den beiden Medizinern, der wirklich an etwas vernünftigem arbeitete. Zumindest kam es Lea so vor. Stets wirkte Owen hochkonzentriert und der Arbeit zugewandt.

Ob Owen den Anweisungen des Bodenpersonals folgte und seine Aufgaben erledigte oder sich selbst nur gut beschäftigen konnte, konnte Lea nicht beurteilen. Owen hatte allerdings ein Talent dafür, alles um sich herum zu vergessen, Leidenschaft für Dinge zu entwickeln, die auf den ersten Blick langweilig und sinnlos wirkten, und tagelang begeistert über die Ergebnisse zu sein.

Darum beneidete Lea ihn. Auch sie könnte einfach mal so irgendwo herumschrauben, und am Ende würde sie das Produkt ihrer Bemühung ansehen und sich denken, dass es keinen Nutzen brachte, außer sich abgelenkt zu haben. Hatte sie zu hohe Maßstäbe an sich selbst? Hatte sie zu lange an relevanten Maschinen gearbeitet, dass sie verlernt hatte, aus reiner Neugierde zu forschen und sich darauf zu fokussieren, nur weil es Spaß machte?

Manchmal merkte man Owen gar nicht an, dass er unterwegs zum Mars war und mit der Schwerelosigkeit zu kämpfen hatte. Es machte den Eindruck, als wäre er glücklich, weil er ein Labor hatte, in dem ein Mikroskop, Proben und ein Computer standen, und alles andere schien ihn nicht zu interessieren.

Lea glaubte zu wissen, dass es für die Mission nicht besonders wesentlich war, sich die Proben ständig anzusehen und die Veränderungen zu dokumentieren. Wie Pflanzen in der Schwerelosigkeit und im All klarkamen, war in jahrzehntelanger Arbeit auf der internationalen Raumstation ausreichend analysiert worden, und am Ende der Reise würde Owen einige der Pflanzen opfern müssen, da sie keine Energie und Wasser vor der Landung an sie verschwenden durften.

Doch Owen wollte es mit eigenen Augen sehen und sah es als Privileg an, in dieser besonderen Umgebung forschen zu können. Er vergeudete keinen Gedanken daran, wie viel Sinn seine Arbeit ergab, dafür war er zu konzentriert auf seine vermutlich selbst gestellten Aufgaben.

»Ja. Jetzt sehe ich es.« Lea nickte und richtete sich auf.

Von allen Fachgebieten war ihr die Botanik und Biologie am entferntesten, und sie kannte sich dort am wenigsten aus. Das wäre fast ihr Ausschlusskriterium gewesen. Sie war Spezialistin, was ihr eigenes Fachgebiet anging, und hatte sich auch schon zuvor für Astrophysik und die Geologie des Mars interessiert, die Botanik war ihr dabei immer fremd geblieben.

Owen verblieb in der Position und sah einen weiteren Moment auf den Bildschirm. Dann hob er ebenso den Kopf und zog sich die Brille von der Nase. Dieses Mal dachte er an die Schwerelosigkeit und klemmte sie mit dem Bügel in den Kragen seines Shirts. Er blinzelte begeistert.

Lea stieß sich leicht ab, um ein klein wenig Abstand zwischen sie zu bringen, und spürte sofort einen kalten Windzug auf ihrer Haut, so als hätte Owen sie tatsächlich gewärmt. Allerdings musste sie Owen etwas Freiraum gewähren, wenn er nun die Einstellungen optimierte. In der Schwerelosigkeit konnte jede unnötige Bewegung dazu führen, dass nicht montierte Gegenstände im Raum herumgeisterten und erst wieder eingefangen werden mussten.

Während Owen an dem Mikroskop hantierte, erklärte er ihr den neuen Versuchsaufbau und welche Reaktionen er dabei erwartete. Seine Wangen waren leicht gerötet, was sich auf der blassen Haut deutlich hervorhob. Hastig griff er nach seiner Brille und schob sie auf seine Nase, um besser sehen zu können.

James bezeichnete sich selbst oft als Nerd, aber Lea glaubte, dass Owen der wahre Nerd unter ihnen war. Er war derjenige, der wirklich für etwas brennen konnte. Doch auch äußerlich erinnerte er sie an einen Nerd. Seine Arme und Beine waren schlaksig, sein Oberkörper sehr schmal. Ständig war irgendwas an seinem Körper in Bewegung. Entweder seine Hände, oder er spielte mit seiner Brille oder schwebte im Labor herum. Im Gegensatz zu ihnen nutzte er währenddessen den kompletten Raum aus, statt zumindest den Anschein zu wahren und mit den Füßen in der Nähe des Bodens zu bleiben.

»Oder was denkst du?«, fragte Owen. Der Schein der Laborlampe spiegelte sich in seinen Brillengläsern. Seine Augen wirkten riesengroß hinter den Gläsern. Er sah sie ungeduldig an.

In dem Moment verstand Lea, dass Owen nicht nur sich selbst und ein Labor benötigte, sondern wie sehr er davon profitierte, dass jemand da war, dem er alles erklären und mit dem er seine Begeisterung teilen konnte. Er genoss ihre Anwesenheit genauso wie sie seine, und auch ihn schien das zu bestärken, nicht mehr alleine vor sich hin werkeln zu müssen. Eventuell sah er seine Aufgabe darin, Lea zu einer passablen Botanikerin zu machen, bevor sie auf dem Mars landeten. Und das wäre tatsächlich keine so sinnlose Aufgabe. Das Team am Boden wäre begeistert.

Lea schüttelte den Kopf und fühlte sich schuldig dabei.

Owen seufzte. »Hast du mir zugehört?«

Lea räusperte sich, dann schüttelte sie erneut den Kopf.

»Komm, schau dir das an und vergleiche es mit dem Ergebnis von gestern«, bat Owen. Er zeigte auf das Mikroskop.

Lea zog sich an den Tisch heran und beugte sich vor. Dabei fiel die Kette mit den beiden Eheringen aus dem Kragen ihres Shirts und schwebte direkt vor ihren Augen. Genervt schob Lea ihre Glücksbringer zurück und lehnte sich weiter vor.

Zunächst musste sie sich orientieren. Botanik war von allen Fachgebieten, die sie hier erforschten, vielleicht das, was sie am meisten vernachlässigen könnten. Zumindest hatte Lea das bisher so gesehen, aber sie war sich sicher, dass Owen vehement widersprechen würde. Er würde argumentieren, dass er einerseits erforschte, ob das Pflanzenwachstum auf dem Mars funktionieren könnte oder wie es möglich gemacht werden konnte, zum anderen wollte Owen dafür sorgen, dass sie ab und zu frisches Obst und Gemüse essen konnten. Eine Bereicherung ihrer eingeschränkten Lebensqualität, das musste Lea zugeben. Sie war den Astronautenfraß schon jetzt manchmal leid. Sie hatten genug Proviant, dass Owens Arbeit zumindest nicht ihr Überleben sichern musste. Allerdings konnte Owens Forschung zukünftige Missionen verändern, damit die Kosten minimieren und somit sicherstellen, dass auch in Zukunft Menschen auf dem Mars landen konnten, um ihre Arbeit fortzusetzen. Dessen war Lea sich erst bewusst geworden, seit sie mit Owen arbeitete.

»Siehst du rechts diese Unebenheit?«

Lea zuckte zusammen. Sie hatte nicht erwartet, dass Owen so nah war. Er hielt sich mit der Hand an der Tischkante fest, doch dadurch, dass er genauso wie sie in der Schwerelosigkeit trieb, berührten sich ihre Körper, stießen sich ab, nur um anschließend noch kraftvoller aneinanderzustoßen. Sein Atem strich über ihre Wange. Kurz schloss sie die Augen und spürte, dass ihr Herz heftiger schlug, danach öffnete sie sie erneut und versuchte, sich zu konzentrieren. Das war sie ihm schuldig. Immerhin gab er sich große Mühe, sie in sein Thema einzuweisen.

»Du meinst den hellen Punkt?«, fragte sie.

»Ja, ein Anzeichen für eine Veränderung in der Zellstruktur.« Klang seine Stimme tiefer als gewöhnlich? Lea konnte nicht länger darüber nachdenken, denn Owen sprach weiter. »Ich habe das anhand des Verfalls über einige Tage beobachtet und komme zu dem Schluss, dass …«

»Hey!«

Als hätten sie etwas zu verbergen, als wäre es verboten, zusammen zu arbeiten, drückten sie sich voneinander weg. Lea, die zwischen Owen und dem Tisch geschwebt hatte, wurde dabei unsanft gegen die Tischkante gestoßen. Sie biss sich auf die Lippen und starrte auf Rio und Irina, die sie beide überrascht ansahen.

»Wir haben dich überall gesucht«, betonte Irina mit Blick auf Lea, als hätte sie sich hier versteckt.

»Na ja, so viel Raum haben wir ja nicht zur Verfügung, dass ich hier verstecken spielen könnte«, erwiderte Lea hastig und steckte eine Haarsträhne, die sich aus dem Haargummi gelöst hatte, hinters Ohr. Zumindest für den Moment würde sie dort verbleiben.

Irina lachte leise, aber Rio runzelte lediglich die Stirn. Sie empfand den Witz anscheinend nicht besonders gelungen. Lea ja auch nicht.

»Was ist los?«, fragte Lea und strich sich mit der Hand über ihren Arm, wo sich eine Gänsehaut gebildet hatte, während sie sich mit der anderen Hand am Tisch festhielt, um zu verhindern, dass sie mit Owen zusammenstieß.

»Du hast noch mein Ladegerät für das Tablet«, erinnerte Irina sie. »Das brauche ich jetzt. Wir wollen uns einen Film ansehen.«

Etwas in Lea krampfte sich zusammen. Sie benötigte jedoch einige Sekunden, bis sie erkannte, dass es sich dabei um Neid handelte. Während Rio und Irina sich einander immer mehr angenähert hatten und dem Anschein nach zwischenzeitlich zu besten Freundinnen geworden war, hatte Lea keine richtige Bezugsperson.

Adua und Baihu hingen oft zusammen rum, weil sie als Mediziner nicht ganz so eng mit den anderen zusammen arbeiteten und sich zudem ebenfalls sehr gut verstanden. Blieben nur noch Owen, der gerne für sich alleine blieb und seine Zeit fast ausschließlich in seinem Labor oder mit einem E-Book verbrachte, und natürlich James, den Lea zwar mochte, der aber ebenso nach einer gewissen Zeit nerven konnte.

Am Boden war die Struktur innerhalb der Gruppe anders gewesen. An richtige Grüppchenbildungen konnte Lea sich zumindest nicht erinnern. Bei ihren Übungen waren sie zu siebt gewesen, und alles andere wie öffentliche Pressetermine oder Interviews war ihnen ohne erkennbares System zugewiesen worden. Privat hatten sie sich selten getroffen, auch wenn die Leute, die sie auf die Mission vorbereitet hatten, das gerne gesehen hätten.

Rio, geboren in Vietnam und zuständig für Geologie und Klimatologie, war eine zierliche Frau mit schwarzen glatten Haaren und einer tragischen Hintergrundgeschichte, die sie der Crew während der Vorbereitungen vor dem Start erzählt hatte. Sie hatte ihren Mann verloren, der aufgrund einer Erkrankung viel zu früh verstorben war. Wenn er nicht gestorben wäre, so sagte sie, wäre sie vielleicht Mutter geworden, statt sich dieser Reise zu stellen. Sie identifizierte sich ein wenig mit Armstrong, dem ersten Mann auf dem Mond, der genauso einen großen Verlust erlitten hatte, bevor er das Abenteuer seines Lebens angetreten war. Seine junge Tochter war erkrankt und schließlich verstorben. Einige Menschen bei der Weltraumbehörde hatten Armstrong damals für nicht geeignet erklären lassen, weil der Tod seiner Tochter ihn so in den Abgrund gestürzt hatte.

Von allen Personen an Bord kam Lea mit Rio am wenigsten klar. Häufig sagte Rio verletzende Dinge und konnte laut werden, wenn jemand sie nervte. Damit konnte Lea nicht gut umgehen. Zwar betonte Rio immer wieder, dass sie es nicht so meinte, ihre direkte Art, ihre Kritik oder Gefühlsausbrüche nahm Lea dennoch oft zu persönlich.

Irina hingegen war anders. Ihre glänzende Laune wirkte manchmal aufgesetzt. Sie war oft aufgedreht. Sie machte stets den Eindruck, vollkommen gelassen zu reagieren, wenn Rio sie anfauchte, endlich die Klappe zu halten. So gesehen ergänzten sie sich unter diesen Umständen perfekt. Irina war eine anerkannte Naturwissenschaftlerin in der Ukraine. Sie arbeitete eng mit Owen zusammen und teilte sich mit ihm das Labor, wobei sie es bevorzugte, dort zu sein, wenn Owen schlief.

Angeblich hatte sie während der Vorbereitungszeit mal eine kleine Affäre mit James gehabt, zumindest deutete das James ab und zu an, während Irina jedoch fest behauptete, dass dem nicht so sei. Lea hatte keine Ahnung, wem sie eher glauben sollte, tendenziell vertraute sie James allerdings mehr, und Irina schien sowieso eine gewisse Freude daran zu empfinden, wenn sie geheimnisvoll rüberkam.

Eine Liebelei zwischen Besatzungsmitgliedern war nicht deutlich untersagt worden, aber es war ständig betont worden, dass das zu Schwierigkeiten und Spannungen innerhalb des gesamten Teams führen könnte.

Es passte irgendwie zu James und Irina, die beide ein wenig oberflächlich und sorgenfrei waren und das Leben für Leas Geschmack zu locker sahen.

James hatte schon zuvor herumgetönt, dass er die Chance auf jeden Fall nutzen wollte, Sex in der Schwerelosigkeit auszuprobieren. Spaßeshalber behauptete er, dass er genau aus diesem Grund Astronaut hatte werden wollen. Zumindest seit er in der

Pubertät war, zuvor mussten es andere Dinge gewesen seine, an die er sich laut eigenen Angaben nicht mehr erinnerte.

Irina nahm Manches genauso wenig ernst, besonders wenn es darum ging, gegen das Bodenpersonal aufzubegehren. Lea würde sich nicht wundern, wenn sie nur deswegen Sex hatte: Um einen weiteren Regelverstoß auf ihr Konto zu schreiben. Davon abgesehen wirkte Irina oft geheimnisvoll, so als würde sie etwas verbergen. Lea vermutete, dass es mehr als die angebliche Affäre mit James war.

Sie fragte sich, warum Rio so gerne mit Irina zusammen war, obwohl sie mit ihrer harten Vergangenheit vielleicht eher zu jemandem passen könnte, der ein bisschen sensibler war und die Schwermut von Rio besser verstehen konnte.

Wie sie selber, dachte Lea, und schüttelte im gleichen Moment entrüstet den Kopf. Wie kam sie auf solche Gedanken? Immerhin konnte sie ihre ruhige, besonne Art absolut nicht mit einem Schicksalsschlag, wie ihn Rio erlebt hatte, vergleichen. Sie konnte nicht nachfühlen, wie sich Rio als Witwe fühlen musste. Eventuell sehnte man sich genau in solch einer Situation ja auch nach einer Person wie Irina?

Warum störte es sie so, dass die beiden miteinander einen Film sehen wollten und wohl nicht vorhatten, sie zu fragen, ob sie Lust hatte mitzuschauen? Schließlich hatte Lea bisher kein Interesse gezeigt, ihre Zeit mit den anderen beiden Frauen zu verbringen. Außerdem gingen Rio und Irina vermutlich davon aus, dass sie mit Owen noch Versuchsreihen fertig machen musste. Was sogar der Wahrheit entsprach.

»Ich habe es in die Küche gehängt, wo deine Kopfhörer hängen«, erläuterte sie.

Irina runzelte die Stirn, eventuell weil sie sich fragte, warum sie nicht selbst auf die Idee gekommen war, dort nachzusehen. »Okay, danke.« Anschließend strahlte sie. »Tut nichts, was ihr bereuen könntet, ihr Turteltäubchen.«

Lea spürte Hitze in sich aufsteigen, und als sie zu Owen sah, fragte sie sich, ob ihre Wangen so rot waren wie seine.

»Komm, auf uns wartet Brad Pitt«, sagte Irina und grinste Rio an. Sie schwebte davon.

Rio allerdings zögerte. Sie betrachtete Lea und Owen einen Moment lang, dann schüttelte sie den Kopf. »Ich wünsche euch Erfolg mit deiner Probe, Owen«, sagte sie, bevor sie Irina folgte.

»Nimm es Irina nicht übel«, bat Owen hastig. Die Röte seiner Wange breitete sich bis zu seinen Ohren aus.

Lea wandte sich an ihn und hoffte, dass sie nicht mehr so rot wie zuvor war. Sie winkte ab. »So ist sie halt.«

»Sie meint es nicht böse. Sie … Ihr wird es manchmal einfach zu viel, und das überspielt sie mit ihren blöden Sprüchen«, erläuterte Owen.

Lea blinzelte. Es war das erste Mal, dass sie mit Owen alleine war und er über etwas anderes als die Arbeit oder den Alltag sprach. Wenn mehrere zusammensaßen, redete Owen ebenfalls wenig, und wenn sie zu zweit waren, wirkte er noch ruhiger und in sich gekehrt.

»Woher weißt du …«

»Ich habe in den letzten Wochen mehr mit ihr zusammengearbeitet als mit allen anderen. Ich kenne sie mittlerweile ein Stück weit besser. Irina ist ein Mensch, der seine Schwächen überspielen will, doch auch für sie ist es eine aufregende Reise. Und sie hat ebenso Ängste.«

Nachdenklich betrachtete Lea ihn. Einerseits verblüffte es sie, dass Owen sich anscheinend mit Irina besser verstand, als sie dachte, und mehr mit ihr gesprochen hatte, als er es mit ihr getan hatte. War sie etwa eine Außenseiterin, ohne es bemerkt zu haben? Andererseits war sie überrascht über seine Antwort. Nie war sie auf die Idee gekommen, dass eine wie Irina nur aus dem Grund so zickig war, weil sie Unsicherheiten überspielen möchte.

»Und wie gut kennst du Rio?«, hakte Lea nach, weniger aus Neugier, eher um herauszufinden, ob sich die Beziehungen hinter ihrem Rücken mehr gefestet hatten, als sie ahnte.

»Nicht besonders, obwohl ich mit ihr eng zusammenarbeite. Ich schätze sehr, dass sie so konzentriert bleibt, und sie ist sehr intelligent«, erwiderte Owen. Er hob unschlüssig die Schultern. »Sie ist super im Team, persönlich teilen wir allerdings wenige Interessen. Wir schweben auf einer Wellenlänge, zumindest was die Wissenschaft angeht.«

Lea sah ihn erstaunt an, blinzelte und wandte den Blick ab. Sie wollte nicht den Eindruck erwecken, ihn anzustarren. Wie kam es, dass sie eine Unterbrechung von Irina und Rio brauchte, um mit Owen über etwas anderes als die Arbeit zu sprechen? Und warum schien er, der stille, zurückgezogene Nerd, der am liebsten in seinem Labor schlafen würde und von Adua mehrfach dazu aufgefordert werden musste, an den Gemeinschaftsaktionen teilzunehmen, besser in die Gruppe integriert zu sein als sie selbst?

Scheinbar hatte Lea wirklich jede Menge verpasst und war zu einer Außenseiterin geworden. Kein Wunder, dass sich Adua und Baihu um ihre psychische Gesundheit sorgten!

Ihr kam ein weiterer Gedanke. »Hast *du* manchmal Angst?«

Owens Lippen verzogen sich zu einem Lachen. »Du fragst echt, ob ich Angst habe? Verdammt, Lea, wir sind hier im Weltall. Eine kleine Unachtsamkeit, und unser aller Leben steht auf dem Spiel. Wir alle haben Angst. Und jeder ist unsicher, ob er die richtige Entscheidung getroffen hat. Und das ganze Team besteht aus Menschen, die sich einsam fühlen.«

»Echt?« Lea blinzelte.

»Was hast *du* denn gedacht?«, fragte Owen überrascht. Auf einmal wirkte er heiter und gelöst, so als wäre er endgültig von seiner Konzentration auf seinen Versuchsaufbau losgelöst.

Das war eine Seite, die sie an ihm zuvor noch nie erlebt hatte. Und sie mochte diese Seite, musste sie zugeben. Owen machte einen zugänglichen, freundlichen Eindruck. »Naja, ihr geht damit so souverän um«, sagte Lea leise. Sie starrte zum Boden, doch rasch erinnerte sie sich, dass der Anblick ihrer schwebenden Füße sie eher nervös machte, als zu beruhigen. Sie sah Owen an. »Ich meine, James ist immer gut drauf, Irina und Rio sind beste Freundinnen, und du bist meist in deine Arbeit versunken.«

»Wir gehen nur unterschiedlich damit um. Ich konzentriere mich auf die Arbeit. Es beruhigt mich, und ich erkenne danach den Sinn hinter all dem. Warum wir uns den Strapazen stellen. Warum wir dankbar dafür sein sollten, dieses Abenteuer der Menschheit erleben zu dürfen. Viele Generationen haben hart daran gearbeitet, dass wir auf diese Reise kommen. Forscher, Entdecker, Wissenschaftler – angefangen von den frühsten Untersuchungen am Mars. Wir sollten dankbar sein«, fügte Owen hinzu.

»Ich weiß.« Lea senkte erneut den Kopf und starrte nun ihre Füße an, an denen sie keine Schuhe trug, die in der Schwerelosigkeit sowieso nur störten, sondern dicke Socken.

»Hast du Lust, dich den Mädels anzuschließen?«, fragte Owen und berührte ihre Hand, die sich weiterhin am Tisch festklammerte.

Lea schüttelte den Kopf. »Ich habe versprochen, dir zu helfen.«

»Die Arbeit läuft nicht weg«, betonte Owen und zog seine Hand wieder weg. Stattdessen stieß er sich ab und schwebte so rückwärts von ihr weg. Als er genug Abstand zwischen sie gebracht hatte, streckte er die Arme aus und sammelte seine flüchtende Brille ein.

»Ich will dich nicht alleine lassen und mich ebenfalls sinnvoll einbringen«, wandte Lea ein.

»Wer sagt, dass ich nicht auch Lust hätte, mir einen Film anzusehen?« Owen hob die Schultern. Es wirkte, als würde er die Schwerelosigkeit auskosten, so wie er sich bewegte. Alles an ihm wirkte so natürlich. Als wäre ihm ein Leben in der Schwerkraft nicht bekannt.

Lea grinste. »Du kannst außerhalb des Labors überleben?«

Auch Owen grinste. »Komm, lass uns Feierabend machen.« Er streckte seine Hand aus.

Lea stieß sich ab und ließ sich von ihm hochziehen, danach folgte sie ihm in den Gemeinschaftstrakt des Raumschiffes. Sie selbst hätte es vermutlich nicht gewagt, sich den beiden Frauen einfach anzuschließen. Sie hatte eher das Gefühl, Irina und Rio hätten kein Interesse an ihrer Gesellschaft, doch als sie in den Raum kamen, entdeckte sie, dass sich James angeschlossen hatte. Einfach so. Als wäre nichts dabei. Und vielleicht war *das* die richtige Einstellung.

»Das ist hoffentlich kein Star Trek-Film, oder?«, fragte sie in James' Richtung und grinste.

»Nein. Ein älterer Film aus den Zwanzigern«, antwortete Rio und hob den Kopf. Sie zeigte auf die Bank neben sich, wo zwei Plätze frei waren. Sie klang ungewöhnlich nett, so als würde sie es toll finden, dass Owen und Lea aus dem Labor gekommen waren.

»Da bin ich erleichtert«, meinte Lea und zwinkerte James zu. Sie nahm Platz neben Rio, die den Bildschirm des Tablets durch die Falttechnik vergrößerte und in die Mitte des dafür vorgesehenen Ständers schob. Auf Leas anderer Seite ließ Owen sich nieder.

»Wenn man mal die Tatsache vergisst, dass wir in der Schwerelosigkeit sind, könnte es ja fast ein normaler Kinoabend mit Freunden sein«, meinte Owen und lehnte sich in ihre Richtung.

»Fehlt nur noch das Popcorn«, fügte Lea hinzu und lächelte.

»Abgesehen davon, dass das ständige Geräusch der Lüftung, die einen erinnert, dass man in einem Raumschiff ist, nervt. Man sollte sie einfach abstellen können«, sagte Rio.

»Ja.« Lea nickte. Sie fröstelte. Ihr war bewusst, dass Rio wusste, wie doof das wäre, dennoch erinnerte sie der Spruch wieder daran, dass es eben kein Fernsehabend im Wohnzimmer einer Freundin war. Tapfer schüttelte sie den Gedanken ab und grinste. »Das stimmt«, erwiderte sie.

*

Nach dem Film ging Lea zu ihrer Schlafkapsel, auch wenn es zum Schlafen noch etwas zu früh war. Doch sie war müde und sehnte sich nach etwas Privatsphäre. Der Abend war schön gewesen, aber sie wollte noch die E-Mails von Nina zu lesen. Sie ertrug es nicht, zu viel Kontakt mit ihrer Familie zu haben, die Mails von Nina beruhigten sie allerdings, als würden sie ihr aufzeigen, warum sie hier war. Warum sie sich für diese Reise entschieden hatte, trotz aller Risiken und Unannehmlichkeiten. Es war eine gute Idee von Adua gewesen, regelmäßig Kontakt mit Nina zu pflegen. Sie schöpfte daraus Hoffnung.

Mit Erstaunen entdeckte sie, dass die Mail nur einen kurzen Satz enthielt, in dem Nina sie aufforderte, das PDF auf ihren E-Book-Reader zu laden. Nina öffnete die Datei und stellte überrascht fest, dass das PDF mehrere Seiten lang war. Sie begann zu lesen und erkannte, was Nina ihr da geschickt hatte. Es musste sich um Ninas Erinnerungen an ihre Kindheit handeln. Offenbar hatte Nina entschieden, ihr einen halben Roman zu schicken, um sie zu beschäftigen.

Gerührt und mit klopfendem Herzen lud sie die Datei also auf ihren E-Book-Reader und las sie vor dem Schlafengehen.

NINA – Jahr 1970, 63 Jahre vor der Reise zum Mars mit der Endurance

Ihre Mutter würde ihr das Spielen im Garten erst erlauben, wenn sie Hausaufgaben gemacht hatte. Das war Nina klar, immerhin war das eine Regel, die sie seit dem Ende der letzten Ferien erfolglos versuchte wegzudiskutieren.

Nina hatte keine Lust auf die Hausaufgaben. Lustlos biss sie auf dem Bleistift herum. Sie mochte die Art und Weise, wie das Holz dabei leicht nachgab. Lediglich die Mine in der Mitte des Stiftes schmeckte abscheulich. Sie verzog das Gesicht und sah wehmütig nach draußen zu der Holzhütte im Vorgarten, die sie gemeinsam mit ihrem Onkel am Wochenende gebaut hatte.

Die Wochenenden liebte sie. Sie war von morgens bis abends draußen unterwegs, streifte über die Felder hinter dem Haus, kletterte auf Bäume oder traf sich mit Freunden zum Spielen. Am meisten liebte sie es, wenn ihr Onkel zu Besuch war und sie gemeinsam am Baumhaus bauten oder kaputte Dinge reparierten. Wenn es sich dabei um alte Radiogeräte oder Haushaltsmaschinen handelte, war das umso besser.

Seufzend warf Nina den Stift auf den Schreibtisch und starrte auf das Matheheft. Es nützte ja nichts. Wenn sie den ganzen Nachmittag nur Löcher in die Luft starrte, würde sie heute gar nicht mehr rauskommen. Sie verdrehte die Augen. Sie hasste Hausaufgaben. Die Schule fand sie eigentlich ganz gut, aber die Hausaufgaben waren ein Graus.

Ein Geräusch ließ sie aufhorchen. Sie hatte das Fenster gekippt, um frische Luft hereinzulassen. Der Sommer war heiß. Viel zu heiß, um Hausaufgaben zu machen. Nina wollte raus.

Im Nachbarhaus zog eine neue Familie ein. Das Geräusch kam von dort. Ein Möbelwagen parkte vor dem Haus, und Männer trugen Möbel in das Haus. Die neuen Eigentümer des Hauses halfen nicht, was Nina komisch fand.

Der Mann machte ihr ein bisschen Angst. Er war hager, hatte kurze Haare, und er humpelte. Außerdem hatte er schlimme Narben im Gesicht und sah immer schlecht gelaunt aus. Statt zu helfen, saß er unbeweglich vor dem Haus auf einer Bank und starrte aus schwarzen Augen auf die Szene. Seine Frau saß neben ihm und strich mit der Hand über seinen Oberschenkel. Sie lachte, als einer der Möbelpacker etwas zu ihr sagte.

Als sich die neuen Nachbarn vor einigen Tagen vorgestellt hatten, hatte nur die Frau gesprochen. Der Mann war stumm geblieben, ohne Lächeln, ohne Reaktion, als Ninas Mutter ihnen einen Laib frisch gebackenes, noch warmes Brot überreicht hatte.

So was Undankbares!

Nina hatte ein Gespräch mitangehört, das ihre Mutter mit ihrem Vater geführt hatte. Ihre Eltern hatten darüber spekuliert, was passiert sein könnte, dass die beiden Amerikaner hier in Deutschland waren. Sie glaubten, der Mann war im Krieg gewesen. In Vietnam. Dort musste was Schlimmes passiert sein. Vermutlich war er verletzt worden. Nina hatte keine Ahnung, warum er überhaupt erst dahin gegangen war und warum er nun hier in Deutschland war, der Krieg war doch noch nicht beendet.

Nina hatte Angst vor dem Mann, und das änderte sich auch nicht, als ihre Mutter sie gebeten hatte, nicht so unfreundlich zu ihm zu sein.

Seine Frau war ganz anders. Sie hatte kurze blonde Haare und trug Jeans und meist helle bunte Blusen. Sie hatte Nina angelächelt, als Nina mit dem Fahrrad am gestrigen Nachmittag an ihr vorbeigefahren war. Als sie sich für das Brot bedankt hatte, hatte sie sich vorgebeugt und die Schulter von Ninas Mutter berührt.

»Was für eine nette Frau«, hatte ihre Mutter gemurmelt, während sie mit Nina aus dem Fenster starrte und dem Paar dabei zusah, wie es über die Straße zu ihrem Haus lief.

Ja, nett war sie. Viel netter als ihr Ehemann. Nina fand allerdings, dass die Frau ebenfalls einen traurigen Zug um die Lippen hatte und ihr Lachen nicht ihre Augen erreichte.

Kinder hatte das Ehepaar leider nicht. Eine Sache, worauf Nina inständig gehofft hatte, als die alte Nachbarin gestorben und das Haus zum Verkauf angeboten worden war.

Schade. Nina hatte in der Schule jede Menge Freunde, aber alle wohnten sehr weit weg. Sie konnte sie mit dem Fahrrad besuchen, mit dem Fahrrad durfte sie jetzt nicht wegfahren. Sie sollte ja Hausaufgaben machen.

Der unheimliche Mann stand auf. Er sagte etwas und verschwand dann im Haus. Die Frau blieb auf der Bank sitzen und zündete sich eine Zigarette an, während sie den Möbelpackern weiter beim Arbeiten zusah. So als hätte sie auf ihren Mann Rücksicht genommen.

Nina entschied, dass sie mal kurz rausgehen konnte. Einfach nur, um aus der Nähe zuzuschauen, wie die Möbel hineingetragen wurden. Der Mann war nicht da, also brauchte sie keine Angst zu haben. Außerdem wollte sie von der Frau eine Sache wissen, etwas, das sie sehr neugierig gemacht hatte. Beim gestrigen Abendessen hatte ihr Vater erzählt, dass er mit den beiden gesprochen hatte, und dabei ein Detail erwähnt, das Nina unbedingt nachprüfen musste.

Sie hatte also einen triftigen Grund für eine kurze Pause. Es war durchaus logisch, überzeugte sie sich selbst.

Und ihre Mutter? War irgendwo im Keller und sortierte faule Kartoffeln aus dem Vorrat oder so etwas. Sie würde gar nicht bemerken, wenn Nina kurz – nur ganz kurz – die Hausaufgaben unterbrechen würde.

Nina schlich sich leise durch das Wohnzimmer und öffnete die Haustür. Sie ließ das Fahrrad, das sie achtlos im Vorgarten fallen gelassen hatte, als sie am Mittag von der Schule gekommen war, weiterhin dort liegen und schlenderte über die Straße.

»Hallo«, sagte sie zu der Frau. Sie hatte sicher keinen Einwand, wenn Nina ein wenig näher kam.

Die Frau hob überrascht den Kopf. »Hallo.«

»Wo ist dein Mann?«, fragte Nina und sah sich vorsichtig um, weil sie Angst hatte, dass er zwischenzeitlich wieder nach draußen gekommen sein könnte.

Die Frau hob die Schultern. Sie lächelte, doch ihre Augen sahen weiterhin traurig aus. »Im Haus. Er mag es nicht, wenn zu viele Menschen da sind. Der Trubel hier ist ihm zu viel.« Sie zeigte auf die Möbelpacker, die ein Sofa vorbeitrugen.

»Ihr habt vorher in Amerika gelebt?«, fragte Nina neugierig.

Die Frau lächelte erneut. »Ja. Genau. Aber seit einigen Wochen sind wir in Deutschland. Wir haben bisher bei meinen Eltern in der Stadt gewohnt. Jetzt möchten wir aufs Land.«

»Und wie heißt du?«, fragte Nina.

»Eva.« Die Frau zog an der Zigarette. »Ich bin Eva Schmidt-Ingells.«

»Ich nenne dich Eva, okay?«, kündigte Nina an.

»Okay.« Eva nickte, und es sah aus, als würde sie innerlich beben, so als würde sie losprusten wollen, es aber aus Höflichkeit unterdrücken.

»Ich bin Nina.« Nina zeigte auf sich und traute sich etwas näher zu kommen. »Mein Papa hat mir gesagt, dass du Astronautin bist. Stimmt das?«

Evas Gesicht verzog sich kurz. »Nein.« Dann zog sie erneut an ihrer Zigarette. »Ich bin doch keine Astronautin.«

»Also warst du nicht auf dem Mond?«, fragte Nina und versuchte erfolglos, ihre Enttäuschung zu verbergen.

Eva lachte. Das erste Mal bei dem Gespräch sah sie richtig fröhlich und befreit aus. »Nein, ich war nicht auf dem Mond. Da fliegen nur Männer hin.«

»War dein Mann dort?« Nina sah an Eva vorbei und versuchte, einen Blick ins Haus zu erhaschen. Die Nähe des Mannes war ihr nach wie vor unangenehm, aber Eva war so nett und sie war immerhin mit diesem Mann verheiratet. Also konnte er doch kein so schlechter Mensch sein, oder? »Sieht er deswegen so … mitgenommen aus?«

»Nein, mein Mann war auch nicht auf dem Mond. Ihm geht es zurzeit nicht so gut«, antwortete Eva und presste ihre Lippen aufeinander.

»Warum nicht?«, fragte Nina und verschränkte die Arme vor der Brust. Ihre Mutter sagte ihr zwar immer wieder, sie solle nicht so neugierig sein, aber sie wollte das jetzt wissen. Der Mann war so unheimlich. Außerdem war sie enttäuscht, dass weder Eva noch ihr Ehemann echte Astronauten waren, so wie sie es sich ausgemalt hatte.

Eva zögerte, ähnlich wie es ihre Lehrerin oder ihre Mutter ab und zu machten, wenn sie etwas Kompliziertes fragte. Niemand traute ihr zu, dass sie passenden Antworten verstehen konnte.

»Du kannst es mir ruhig sagen«, bekräftigte Nina.

»Man hat von ihm Dinge verlangt, die er … nicht bereit war zu tun. Es ist sehr schwer zu erklären.« Eva sah angestrengt aus, so als würde sie nach einer Möglichkeit suchen, es ihr zu erklären.

»Kapier ich nicht«, sagte Nina.

»Geht mir genauso«, betonte Eva, und Nina bemerkte, dass ihre Finger leicht zitterten, als sie die Asche von der Zigarette schnippte.

Ein Gefühl des Unbehagens überkam sie. »Hat er was angestellt?«

Eva schüttelte den Kopf. »Natürlich nicht. Er am allerwenigstens. Frag bitte nicht weiter. Ich kann darüber nicht mit einem Kind reden.«

»Ich bin aber ein kluges Kind.« Nina stampfte mit dem Fuß auf.

»So?« Eva hob eine Augenbraue. »Weißt du, was in Vietnam passiert?«

Nina entspannte sich und nickte zögerlich. Sie kannte die schlimmen Bilder vom Krieg. Im Fernseher berichteten sie täglich darüber. Ihre Mutter schaltete meist hastig den Fernseher aus, wenn dort berichtet wurde. Gerade das ließ Nina immer wieder schaudern. Wie schlimm musste Krieg sein, wenn ihre Mutter es nicht ertrug hinzusehen. Die Bilder, die sich Nina im Kopf ausmalte, waren bei Weitem schrecklicher als das, was sie im Fernseher gesehen hatte.

Sie wollte darüber nicht länger reden.

Im Fernseher hatte sie nämlich noch andere Bilder gesehen. Bilder vom Mond. Verschwommen und schwarzweiß und doch … Es faszinierte sie. Ihr fiel erneut ein, dass ihr Vater gesagt hatte, die neue Nachbarin hätte beruflich etwas damit zu tun. Hatte ihr Vater gelogen? Oder war Eva als Geheimagentin zum Mond geflogen, was die Sache wesentlich spannender machte.

»Wenn ich groß bin, werde ich auf den Mond fliegen«, kündigte sie Eva an.

Obwohl ihre Eltern ständig lachten, wenn sie das sagte, blieb Nina vollkommen ernst und kicherte nicht. Sie schüttelte lediglich abwägend den Kopf. »Ich kann die Faszination für den Mond nicht nachvollziehen. Wenn ich die Wahl hätte, würde ich lieber auf den Mars fliegen.«

»Fliegen da die Frauen hin?«, fragte Nina. Sie trat einen weiteren Schritt nach vorne und setzte sich neben Eva auf die Bank. Es war komisch, von hier aus auf das Haus ihrer Eltern zu sehen.

Eva sagte nichts. Sie schien zu überlegen, denn als Nina sie ansah, runzelte sie die Stirn.

»Du hast gesagt, auf den Mond fliegen nur Männer«, erinnerte Nina sie.

Eva grinste. »Ach so. Ja, so ungefähr. Wir sagen den Männern zunächst, kommt, schaut euch da um und prüft das für uns, um danach die spektakulärere Reise zu unternehmen. Warte es ab. Wir Frauen werden den Mars erkunden.«

»Okay, dann fliege ich auf den Mars.« Nina kniff die Augen zusammen und fragte sich, was Eva am Mars so toll fand. Sie kannte den Mars. Genauso wie alle anderen Planeten. Er war nichts Besonderes in ihren Augen. »Weißt du, wie man sich die Planeten gut merken kann?«

»Wie denn?« Eva zog ein letztes Mal und drückte anschließend die Zigarette in einem unter der Bank stehenden Aschenbecher aus.

»Du musst dir den Spruch regelmäßig wieder vorsagen. Alle Worte stehen für einen Planeten. *Mein Vater erklärt mir jeden Sonntag unsere neun Planeten.* Merkur. Venus. Erde. Mars. Jupiter. Saturn. Uranus. Neptun. Pluto«, antwortete Nina.

»Wow«, lobte Eva. Ihre Augen sahen gar nicht mehr traurig aus, sondern glänzten leicht. »Super.«

Nina starrte zu dem Haus, in dem sie eigentlich sitzen und lernen sollte. Ihre Mutter würde schon bald ihre Abwesenheit bemerken. Doch etwas war ihr nach wie vor nicht ganz klar. »Warum magst du den Mars so sehr?«

»Als mein Mann und ich in Amerika waren, habe ich in einer sehr interessanten Forschergruppe gearbeitet«, erläuterte Eva und sah Nina direkt an.

Endlich tat sie nicht mehr so, als wäre Nina noch ein kleines Baby und würde von nichts eine Ahnung haben. Das mochte Nina an ihr.

»Wir haben Sonden gebaut, sie zum Mars geschickt und Bilder von dem Planeten gemacht. Wir haben mit Mariner 7 letztes Jahr 20 Prozent der Oberfläche des Mars kartiert und den Bodendruck und die Temperatur bestimmt. Kennst du Mariner 7?«

Nina schüttelte bedauernd den Kopf.

»Weil sie in den Nachrichten immer nur vom Mond berichten.« Eva seufzte und verdrehte die Augen. »Mariner 7 ist eine Sonde, die zum Mars geschickt wurde, um Fotos zu machen. Ein großer Erfolg war, dass wir den Marsmond Phobos ebenfalls untersuchen konnten. Wir wissen jetzt, wie groß er ist«, fuhr Eva fort.

Nina kniff die Augen zusammen. »Marsmond?«

»Ja, der Mars hat nämlich genauso wie die Erde einen Mond, zwei sogar: Phobos und Deimos. Und …«

Nina unterbrach sie. »*Zwei* Monde?«

Eva nickte. »Ja, richtig. Langsam merkst du, wieso ich es bevorzuge, weiter zu träumen als die Männer, die lediglich auf den öden Mond fliegen.« Sie machte eine Handbewegung, als würde jeder Depp dorthin fliegen und als wäre es nichts Besonderes. »Nein, ich bin überzeugt davon: Eines Tages wird jemand auf dem Mars stehen. Und ich glaube …« Sie machte eine kunstvolle Pause. »… mit etwas Glück ist das eine Frau.«

»Ich.« Nina zeigte auf sich.

»Das kann sein. Dafür musst du fleißig sein und dich durch-boxen. Wir leben in einer männerdominierten Welt, Nina.« Eva hob die Schultern.

»Werdet ihr weiter den Mars erforschen?«, fragte Nina, weil sie nicht verstand, was Eva damit meinte, sie müsste sich durchboxen. Es interessierte sie auch nicht. Sie wollte mehr über den Mars erfahren. Sie setzte sich und sah Eva fasziniert an.

Eva seufzte. »Ja, na ja, es sind weitere Sonden geplant, Mariner 8 sogar bereits im nächsten Jahr. Doch das machen die ohne mich, denn ich bin ja mit meinem Mann nach Deutschland gezogen. Ihm geht es nicht gut. Wir mussten wieder in meine Heimat zurück. Amerika hat uns kaputt gemacht.«

»Ich dachte, das sei Vietnam gewesen«, murmelte Nina.

»Oh nein, das war nicht Vietnam«, korrigierte Eva. »Kaputt gemacht hat uns Amerika.« Ihre Gesichtszüge sahen ungefähr so aus, wie die ihrer Mutter bald aussehen würden, wenn sie bemerken würde, dass Nina keine Hausaufgaben machte.

»Also wirst du nicht weiter am Mars forschen?«, fragte Nina enttäuscht.

Eva starrte auf die Erde und schob einige Steinchen mit der Fuß-spitze zur Seite. Sie hob die Schultern. »Ich glaube nicht …«

»Schade.« Nina seufzte.

»Ja.« Evas Stimme war so leise, dass Nina sie fast nicht gehört hatte.

»Jemand muss aber meine Ankunft dort vorbereiten. Jemand muss weitere Bilder vom Mars machen und überprüfen, dass mir keine Gefahr droht, wenn ich hinfliege«, betonte Nina hartnäckig.

»Das stimmt.« Eva kniff die Augen zusammen. »So habe ich das noch nie gesehen.«

»Nina?« Ihre Mutter stand am Zaun. »Hast du deine Hausaufgaben gemacht?«

Erschrocken sah sie zu ihrer Mutter, dann berührte sie Evas Hand. »Ich muss rüber. Hausaufgaben.«

Eva nickte ernst.

Nina stand auf und brüllte: »Ich komme gleich, Mama!« Sie wandte sich Eva zu.

Die Frau betrachtete sie mit einem Lächeln. »Wenn man zum Mars fliegen will, muss man Hausaufgaben machen. Du musst wirklich dein Bestes in der Schule geben und viel lernen«, betonte sie.

»Ich hasse Hausaufgaben. Und an der Schule mag ich nur die Pausen, weil ich dann mit meinen Freunden spielen kann.« Nina hob die Schultern. Anschließend ging sie einige Schritte rückwärts, um ihrer ungeduldigen Mutter zu signalisieren, dass sie kommen würde.

»Da musst du durch. Du brauchst einen sehr guten Schulabschluss.« Eva sah nicht so aus, als würde sie Nina mit billigen Tricks versuchen zu überzeugen, so wie es ihre Lehrerin manchmal machte. Sie meinte es wirklich so. Nina würde sich anstrengen müssen, sonst könnte sie sich ihre Reise zum Mars abschminken. Womöglich würde sie am Ende doch nur auf dem Mond landen. Grau und leblos.

»Okay. Abgemacht. Ich lerne. Und du machst weiter Fotos vom Mars, okay?« Feierlich hielt Nina ihr den kleinen Finger hin.

Eva schien den Gruß zu kennen. Sie verschränkte ihren Finger mit dem von Nina. »Abgemacht.« Auch sie klang feierlich.

*

Von da an versuchte Nina, mit mehr Ernst an die Sache heranzugehen, wenn sie Hausaufgaben machte, es fiel ihr allerdings oft schwer. Aber sie tat ihr Bestes. Und nebenbei sammelte sie viele Informationen über den Mars. Je mehr sie sich für den Nachbarplaneten interessierte, desto faszinierender fand sie ihn. Sie wusste, dass der Planet rot war, also nicht so langweilig grau wie der Mond. Und er verfügte über zwei Monde. Das fand sie besonders spannend. Bis ihr Vater ihr sagte, dass Jupiter und Saturn zusammen mehr als 100 Monde hatten. Trotzdem. Sie blieb dem Mars treu. Vielleicht, so stellte sie es sich regelmäßig vor, gab es dort sogar Leben. Ausgeschlossen war das nicht.

Regelmäßig ging sie rüber zu Eva und ließ sich die Bilder vom Mars zeigen. Auch den Mann von Eva lernte sie kennen, und je häufiger sie drüben war, desto mehr gewöhnte sie sich an sein Aussehen. Sie erfuhr, dass er Will hieß und gut kochen konnte. Lediglich seine Art machte ihr hin und wieder Angst. Er war wortkarg und oft schlecht gelaunt.

Nur wenn sie Blödsinn machte, konnte sie ihm manchmal ein Grinsen entlocken. Sie spürte, dass Eva sich darüber freute, wenn ihr Mann über den Quatsch von Nina schmunzelte. Von Eva erhielt sie zwei Poster mit dem Mars darauf. Sie hängte beide über ihr Bett und entfernte dafür ihr Lieblingsposter mit dem Hundewelpen.

Einige Wochen nach der ersten Begegnung war Eva für einige Zeit verschwunden. Ihr Mann blieb alleine in dem Haus. Ninas Mutter backte für Will oft frisches Brot, und meistens bedankte er sich sogar mit einem Lächeln bei ihr. Des Öfteren ging Nina rüber, um ihn zu besuchen. Doch sie musste zugeben, dass es in der Wohnung ohne Eva trostlos war. Aber Will erlaubte ihr, sich die Bücher von Eva anzusehen, und deswegen blieb Nina oft lange bei ihm im Wohnzimmer auf dem Boden sitzen und blätterte darin herum und staunte über die schönen Bilder vom Mars, die Künstler gemalt hatten.

Eines Tages kam Will hinzu. Er trug eine Gitarre bei sich und begann zu spielen. Nina strich ihren Rock glatt und hob den Kopf. Will sah friedlich aus, wenn er spielte. Früher war er einmal Mitglied in einer Band gewesen, jetzt konnte er leider nicht mehr so gut spielen – wegen der Verletzung an seiner Hand.

»Kannst du mir das beibringen?«, fragte Nina und stand auf.

Will nickte, ohne mit dem Spielen aufzuhören. »Natürlich« fügte er hinzu und lächelte. Es war der Moment, in dem Nina erkannte, dass sie niemals mehr Angst vor ihm haben würde.

Als Eva zurückkam, sah sie erholt aus. Sie erzählte Nina von ihrer Arbeit, mit der sie in Amerika fortfuhr, und von den Fortschritten, die sie dabei erreichten. Eva blieb meist nicht sehr lange bei Will, danach war ihr Urlaub aufgebraucht, und sie musste zurück nach Amerika. Zum Glück kam sie immer wieder. Und in der Zwischenzeit war Will nie alleine, denn er hatte ja Nina und ihre Eltern im Haus gegenüber.

*

Je älter Nina wurde, desto mehr gelang es ihr, sich zu konzentrieren, und so wurde sie in der Schule besser. Sie machte ein herausragendes Abitur, konnte sich gegen ihre Eltern durchsetzen und ein Mathematikstudium beginnen. Dass sie eines Tages auf den Mars fliegen würde, war irgendwann nur noch ein Kindheitstraum. Sie wusste, dass es einer bleiben würde. Und doch … Ihr Interesse am Mars, das Eva in ihrer Kindheit geweckt hatte, blieb all die Jahre bestehen.

Sie wusste, dass ihre Eltern sich etwas anderes für sie gewünscht hatten. Eine Ausbildung zur Arzthelferin. Oder wenn es unbedingt ein Studium sein musste, sollte sie am besten Lehrerin werden. Aber Nina blieb stur. Sie zog das Studium der Mathematik durch, obwohl sie es manchmal deprimierend fand, als eine von sehr wenigen Frauen im Hörsaal zu sitzen. Mit der Zeit freundete sie sich mit den Männern an. Nur mit ihnen auszugehen, das konnte sie sich nicht vorstellen.

Sie ahnte, dass sie das von anderen Frauen unterschied, dachte allerdings nicht weiter darüber nach. Mit den Konsequenzen würden ihre Eltern vielleicht nicht leben können. Das mit dem Mathematikstudium war für ihre Mutter schon schwer genug zu ertragen. Deswegen versuchte Nina, sich davon abzulenken und konzentrierte sich stattdessen auf das Studium.

Die Jahre ihrer Kindheit waren geprägt von den Hippies, dem Vietnamkrieg und der Mondlandung. Später in den Achtzigern wurde ihr Leben maßgeblich von dem Boom, den die Computerindustrie machte, beeinflusst. Während des Studiums orientierte sie sich nach einigen Semestern mehr an der Informatik. Sie lernte programmieren und schraubte gerne an ihrem ersten Computer herum.

Sie war eine der Besten im Studienjahrgang und schrieb eine vielgelobte Diplomarbeit. Nachdem sie einen überzeugenden Abschluss gemacht hatte, arbeitete sie eine Zeit lang als Hardwareinformatikerin in einer kleinen Firma. Später wechselte sie zu einer größeren Firma, wo es ihr gelang, sich erneut umzuorientieren. Sie wurde nach und nach zur Spezialistin der Robotik. Eines Tages aber erhielt sie ein Angebot aus Amerika. Und sie erinnerte sich daran, dass Eva lange Jahre in Amerika gearbeitet und gelebt hatte und nur wieder nach Deutschland zurückgekommen war, weil ihr Mann bei der Kriegslotterie gezogen worden war.

Sie bewarb sich in Amerika, suchte sich eine Wohnung und flog auf einen anderen Kontinent. Dort machte sie endlich das, was sie wirklich wollte. Sie erforschte den Mars. Sie schrieb regelmäßig Briefe in die Heimat. An ihre Eltern und an Eva. Sie berichtete Eva von jedem Teilerfolg und jedem Misserfolg. Und wenn sie über Weihnachten nach Deutschland reiste, versäumte sie es nie, Eva und ihren Mann zu besuchen, auch wenn ihre Mutter beklagte, sie solle die Zeit besser mit ihrer eigenen Familie verbringen, wo sie doch so selten zu Hause war.

Mit niemandem konnte sie besser reden als mit Eva, und immer, wenn sie genug vom Reden hatte, spielte sie mit Will Gitarre, während Eva Wein trank und ihnen lächelnd lauschte.

NINA – Jahr 2003, 30 Jahre vor der Reise zum Mars mit der Endurance

Noch hatten ihre Eltern nicht aufgegeben zu fragen, wann sie heiraten und Kinder bekommen würde. Oder was sie in Amerika alles erlebte, ob sie sich den Grand Canyon angesehen hätte oder mal nach New York gereist war. Tatsächlich war sie häufiger nach New York gereist, allerdings nur, wenn sie einen Kongress besuchte.

Sie lebte für die Arbeit. Sie war wegen der Arbeit nach Amerika gezogen und sie war der alleinige Grund, warum sie durch das Land reiste.

Ihre Mutter konnte das nicht nachvollziehen. Zwar war sie stolz auf ihre Tochter, aber es fiel ihr schwer, Bekannten und Verwandten von der Arbeit ihrer Tochter zu erzählen. Aus dem Grund fragte sie Nina häufiger, ob sie nicht noch etwas anderes zu berichten hätte.

Leider war das Einzige, was Nina zu erzählen hatte, nicht interessant genug für ihre Eltern. Sie nahm die tollen Landschaften wahr, blieb jedoch nie lang genug an den touristischen Anlaufpunkten, um besondere Eindrücke zu sammeln. Oder Fotos zu machen, die ihre Mutter ständig einforderte.

An ihren freien Tagen nutzte sie die Zeit für sich und machte lange Spaziergänge, mied Touristenmagnete und zog es vor, kleinere Ausflüge in die nähere Umgebung zu machen.

An Männern hatte sie nach wie vor kein Interesse. Genauso wenig an Kindern. Sie war sich sicher, dass sie eine miserable Mutter abgeben würde. Das traurige dabei war, dass sie genau wusste, dass sie gerne ein erwachsenes Kind hätte, einen Menschen, den sie prägen und fördern könnte. Alles andere davor interessierte sie nicht.

Ihr war mit jeder Pore klar, dass ihre Mutter sich danach sehnte, dass sie zurückkam, heiratete und ihr einen Enkel schenkte. Sie wusste, dass sie sich an dem Tag, als sie beschlossen hatte, Wissenschaftlerin zu werden, meilenweit von ihren Eltern entfernt hatte, die sich ein anderes, weniger stressiges und vorwiegend familiäres Leben gewünscht hätten.

Da sie es nicht übers Herz brachte, ihre Eltern zu enttäuschen, traute sie sich nicht zu sagen, dass sie von ihr keine Enkelkinder, nicht mal einen Schwiegersohn erwarten konnten. Sie versäumte es, und später hatte sie noch mehr Angst davor, ihrer Mutter damit weh zu tun. Ihr Vater war etwas entspannter, was das anging, allerdings erwähnte er regelmäßig, dass sie auch in Deutschland einen tollen Arbeitsplatz finden würde. Immer wieder versuchte sie zu erklären, dass sie in Deutschland niemals die Chance hätte, die sie hier in Amerika hatte, und dass ihr hier Dinge offenstanden, die ihr in Deutschland entgehen würden.

Ihre Eltern konnten das alles nicht nachvollziehen, und weil sie nichts von Ninas Arbeit wissen wollten, hörte sie irgendwann auf, von ihren Erfolgen zu erzählen. Sie war manchmal traurig, dass ausgerechnet ihre Eltern ihr nicht die Anerkennung zeigten, nach der sie sich so sehnte. Unter ihren Kollegen feierte man sie für ihre Erfolge, das konnte sie mit ihren Eltern jedoch nicht teilen.

So kam es, dass die Kluft zwischen ihnen stetig wuchs und eines Tages auch der Gesprächsstoff ausging. Bisweilen fragte ihre Mutter, ob sie einen Mann kennengelernt hatte und noch darüber nachdachte, Kinder zu bekommen. Nina erzählte ihr, dass sie keine Zeit für Dates hatte und vertröstete sie, bis ihre Mutter irgendwann aufgab zu fragen.

Und dann starb sie viel zu früh nach einer kurzen und schweren Krebserkrankung. Als Nina an ihrem Grab stand, schämte sie sich, dass sie es nie gewagt hatte, ihrer Mutter zu sagen, wer sie wirklich war. Sie fühlte sich wie eine Lügnerin. Andererseits hatte sie jedes Mal die Wahrheit gesagt: Sie hatte keine Zeit für Verabredungen.

Ihre spätere Ehefrau lernte sie natürlich auf der Arbeit kennen. Wo auch sonst? Sie hatte außer ihrer Arbeit ja kaum Interessen. Sie lebte praktisch in dem Labor, in dem die letzten Vorbereitungen für den Start der beiden Mars-Rover Spirit und Opportunity getroffen wurden, und hatte außer mit den Teammitgliedern keine Kontakte.

Nein, sie hatte ihre Mutter nicht angelogen. Sie hatte keine Zeit rauszugehen, um nach der Liebe zu suchen. Die Liebe musste schon an ihren Arbeitsplatz kommen. Und das tat sie eines Tages auch.

Eventuell fühlte sie sich der Arbeit so verbunden, da es sich nie nach Arbeit anfühlte, sondern nach einem Hobby, das sie leidenschaftlich verfolgte und das ihr alles bedeutete.

Das erste Mal seit 1996 würden Rover direkt auf der Marsoberfläche landen und diese untersuchen. Sie waren größer als der erste Rover Mars Pathfinder Sojourner und verfügten über erheblich mehr Technik. Manchmal konnte Nina es nicht glauben, dass sie es tatsächlich geschafft hatte und ein Mitglied des Marserforschungsprogramms der NASA geworden war. Eine Mission, die ein Nachfolgeprojekt von Mariner war, an dem Eva damals mitgearbeitet hatte. Sie hatte erreicht, was sie sich als kleines Mädchen vorgenommen hatte: Sie würde zum Mars fliegen. Zugegeben nur stellvertretend mit ihren Rovern, die sie steuerten, indirekt war sie aber trotzdem an einem Ziel angekommen, das sie sich nie aus dem Kopf hatte schlagen können. Ein Kreis hatte sich geschlossen.

Tiffany arbeitete als Exobiologin zwar nicht direkt mit ihr zusammen, dennoch verbrachten sie ihre Mittagspausen in der Kantine meist zur gleichen Zeit. Es begann mit einem Blick, gefolgt von einem Lächeln und einem Gespräch. Über das schlechte Kantinenessen. Als Nina einmal zu spät kam und ihre Kollegen bereits weg waren, beschloss sie, sich zu Tiff zu setzen, die ebenfalls alleine in der Kantine war.

»Wo sind deine Kollegen?«, fragte Nina, nachdem sie sich gesetzt hatte und stirnrunzelnd das Essen ansah. Sie hasste amerikanisches Essen. Sie vermisste knackiges Gemüse, ohne unnötiges Fett angerichtet. Vegetarische Gerichte ohne verstecktes Fleisch in Form von Speckwürfel. Sie vermisste das warme, frische, duftende Brot ihrer Mutter.

»Bin heute alleine. Sind alle krank oder im Urlaub. Unser Labor ist wie ausgestorben«, erläuterte Tiff und hob die Schultern.

Da Nina sich bei Kollegen nach Tiff erkundigt hatte, wusste sie, dass Tiffany und ihre Kollegen nach erdähnlichen Planeten suchten. Ein spannendes Projekt, aber wirklich begeistert hatte Nina sich nie für Planeten außerhalb des Sonnensystems. Sie waren zu weit weg. Außer Reichweite und somit uninteressant für Nina.

Selbst die Planeten im eigenen Sonnensystem kamen ihr manchmal unerreichbar vor. Eva hatte immer betont, dass sie glaubte, dass die Mondlandungen eingestellt werden würden und es keine bemannten Missionen in nächster Zeit geben würde. Als Kind hatte Nina weiterhin davon geträumt, eines Tages auf dem Mars zu stehen, aber irgendwann hatte sie eingesehen, dass dieser Traum nicht zu erfüllen war. Nicht auf die Art, von der sie als Kind geträumt hatte.

Den Mars konnte man mit Sonden und Robotern erforschen. Das traf auf Tiffanys Planeten nicht zu. Tiffs Team blieb lediglich, sie aus der Entfernung zu beobachten und zu klassifizieren. Interstellare Reisen blieben Abenteuer, die Büchern und Filmen vorbehalten waren.

»Ich habe heute erfahren, dass unser Team direkt nach der Arbeit an Spirit und Opportunity an einem weiteren Projekt arbeiten wird. Wir wissen noch nichts Genaues«, erzählte Nina aufgeregt.

»Und du wirst Teil der Arbeitsgruppe sein?«, fragte Tiff und trank einen Schluck ihrer Cola.

Nina nickte und erzählte Tiff Einzelheiten der Mission. Sie bemerkte viel zu spät, dass sie die Mittagspause überzogen hatte, etwas, das ihr sonst nur sehr selten passierte. Als Tiff sie zu einem Kaffee einlud, willigte sie ein.

Tiff war eine aufmerksame Zuhörerin. Sie kannte sich gut genug aus und verstand, von was Nina redete. Wenn sie mit ihrem Vater oder anderen Verwandten telefonierte, war es komplizierter, weil Nina es nie schaffte, ihre Arbeit gut genug zu erklären. Und trotzdem war Tiff nicht tief genug in der Materie, sodass sie die Erzählungen und Erklärungen von Nina wirklich spannend fand. Mit ihren Kollegen wurde jedes Gespräch gleich sehr technisch und ging ins Detail, dass Nina manchmal das Gefühl hatte, die Faszination am Gesamtwerk zu verlieren. Mit ihren Kollegen redete sie über ein kleines Teil eines Mars-Roboters, und es fühlte sich hin und wieder so an, als würden sie über einen irdischen Rover reden. Die große Bedeutung ging verloren.

Mit Tiff war das anders.

Nach dem Kaffee verabschiedeten sie sich, und Nina ging nach drei Stunden Pause zurück ins Labor. Sie hatte in ihrem ganzen Leben die Mittagspause nie in diesem Ausmaß überzogen.

Am nächsten Tag traute Nina sich nicht, sich einfach zu ihr an den Tisch zu setzen, weil sie umringt von den Leuten aus ihrem Team war. Also ging sie wie gewöhnlich mit ihren eigenen Kollegen an einen Tisch. Doch sie sah immer wieder zu Tiff, und als Tiff sie direkt ansah, spürte sie ein aufgeregtes Flattern in der Magengrube.

Sie verabredeten sich für Freitagabend.

Nach dem Abendessen küssten sie sich. Eine Woche später schliefen sie miteinander. In den darauffolgenden Wochen hatte Nina endlich einen Grund, sich mitten im Jahr spontan Urlaub zu nehmen.

Sonst flog sie meist am Jahresende für zwei Wochen zu ihrem Vater, um ihn, Eva und Will sowie ein paar alte Freunde zu besuchen. Die restlichen der wenigen Urlaubstage nutzte sie entweder für Wanderungen oder notwendige Arzt- und Banktermine. Einige davon ließ sie ausfallen, was offiziell nicht gerne gesehen, aber toleriert wurde.

Nur zweimal hatte sie ihren Arbeitgeber spontan um einen längeren Urlaub im Sommer gebeten: In dem Jahr, als ihre Mutter starb, und ein Jahr später, als Will morgens einfach nicht mehr erwachte.

Es war wohl bezeichnend für ihr Leben. Nur der Tod konnte sie von der Arbeit weglocken.

Der Tod von Will schmerzte sie nicht so sehr wie der ihrer Mutter, aber sie konnte sich sehr gut an diese Zeit und das unangenehme Gefühl der Fassungslosigkeit und der an ihr nagenden Erkenntnis erinnern, nicht genug Zeit für die Verstorbenen gehabt zu haben, als diese noch gelebt hatten.

Obwohl sie vermutete, dass die Ehe zwischen den Beiden nicht ganz einfach gewesen war, war Eva am Boden zerstört gewesen, als Will recht überraschend verstorben war. Zwar war es ihm gesundheitlich seit dem Krieg schlecht gegangen, und er war schneller gealtert als seine Frau, die erstaunlich fit für ihr Alter war, doch gerade in den letzten Jahren war sein Gesundheitsstand recht stabil gewesen. Dann war er einfach eingeschlafen. Ein friedlicher Tod, den dieser Mensch absolut verdient hatte, nach all dem Grauen, das er zu Lebzeiten erlebt hatte. Eva hatte gezittert und war blass gewesen. Als der Sarg in die Erde gelassen worden war, hatte Nina befürchtet, dass Eva einfach zusammenbrechen würde.

Sie war eine Woche geblieben und hatte die Zeit für lange Gespräche mit Eva genutzt. Sie betrachteten alte Erinnerungsstücke von Will, und Eva zeigte ihr Fotos aus der Zeit, als Will und sie noch in Amerika gelebt hatten. Als Nina auf der Gitarre das Lieblingsstück von Will spielte, schloss Eva die Augen, und Nina glaubte, dass ihre alte Freundin sich in dem Moment vorstellte, ihr Ehemann wäre noch bei ihr.

Trotz der tiefen Trauer interessierte sich Eva für ihre Arbeit, und so erzählte Nina ihr viele Details. Im Gegensatz zu ihren Eltern verstand Eva, was Nina die Arbeit an den Mars-Rovern bedeutete. Nina fühlte eine gewisse Erleichterung, als sie wieder im Kreis ihrer Kollegen an ihrem Roboter schrauben konnte.

Mit Tiff war alles anders, und ihre private Zeit fühlte sich kostbarer an als zuvor. Das erste Mal war es nicht der Tod eines geliebten Menschen, sondern die Liebe, die sie dazu brachte, Zeit für Privates zu nehmen. Sie dachte viel an ihre Mutter und fragte sich, ob ihre Mutter sich für sie freuen würde oder eher entsetzt wäre.

Sie reiste mit Tiff zum Grand Canyon, so wie es sich ihre Mutter stets gewünscht hatte. Sie war stets der Meinung gewesen, Tiff sollte es ausnutzen, dass sie so fern von der Heimat Arbeit gefunden hatte. Dass sie da arbeitete, wo andere Urlaub machten.

Als sie nun am Grand Canyon stand, erzählte sie Tiff vom frühen Tod ihrer Mutter und ihrem schlechten Gewissen, sie enttäuscht zu haben. Sie hatte sich lieber von ihren Eltern distanziert, als ihre wissenschaftliche Karriere aufzugeben. Manchmal schämte sie sich deswegen, obwohl sie wusste, dass sie jedes Recht hatte, ihr Leben so zu gestalten, wie sie es für richtig hielt.

Mit Tiff konnte sie stundenlang über die Arbeit reden. Tiff interessierte sich für alles, was mit den Mars-Rovern passierte, und sie selbst entwickelte ein größeres Interesse für die Exoplaneten, die Tiffanys Team außerhalb des Sonnensystems fand. Tiff war ebenso ein Mensch, mit dem sie abschalten konnte und über andere Dinge redete als über die Arbeit. Tiff verursachte in ihr ein Innehalten, ein Entspannen.

Zum ersten Mal verstand sie, warum Eva die Arbeit an der Mariner-Mission abgebrochen hatte, als ihr Mann es in Amerika nicht mehr ausgehalten hatte. Bisher war es ihr ein Rätsel gewesen.

Eva war die einzige Person in ihrer Heimat, der sie von Tiff erzählte und dabei erwähnte, dass sie schon lange wusste, dass sie auf Frauen stand. Danach fasste sie endlich den Mut und erzählte es auch ihrem Vater. Der reagierte erstaunlich gefasst und sagte, dass ihre Mutter und er schon so etwas geahnt, sich allerdings nie getraut hatten, sie darauf anzusprechen, weil sie meist gereizt reagiert hatte, wenn man nach ihrem Privatleben fragte.

Nina weinte daraufhin und beschloss, nach Hause zu fliegen. Der Wunsch, ihren Vater zu sehen und das Grab ihrer Mutter zu besuchen, wurde übermächtig. Sie wollte Tiff ihrer Familie vorstellen.

Als sie Tiff davon erzählte, reagierte diese erfreut und erklärte sich sofort bereit, mit ihr nach Deutschland zu reisen.

So nahm sie sich abermals Urlaub, was ihre Kollegen mit einem zwar gestressten, aber auch wohlwollenden Schmunzeln quittierten, buchte Flüge und packte ihren Koffer.

Lange war sie nicht mehr so aufgeregt gewesen, ihren Vater zu sehen. Er stand am Flughafen, ein wenig unbeholfen, mit hängenden Armen an der Seite. In den letzten Jahren war er sichtbar älter geworden. Nina nahm ihn kurz und fest in den Arm, danach stellte sie ihm Tiff vor. Ihr Vater lächelte verlegen, straffte seine Schultern und fragte, wie der Flug gewesen war.

Offenbar benötigte er einen Moment, um sich an Tiff zu gewöhnen, an eine Partnerin an der Seite seiner Tochter, doch er gab sich große Mühe, es sich nicht anmerken zu lassen.

Im Auto redete er mit Tiff auf Deutsch, die ihn mit großen Augen ansah und hilflos die Schultern hob. Selbst als Nina ihn darauf hinwies, dass Tiff die deutsche Sprache kaum verstand, stieß er sie während der Fahrt manchmal an und deutete auf unterschiedliche Sehenswürdigkeiten.

Sie aßen zu Mittag.

Nina fand, dass es ungewöhnlich aussah, Tiff in dem einfachen Esszimmer ihrer Eltern sitzen zu sehen. Tapfer lächelte sie Ninas Vater an und nickte, als ob sie verstünde, was er ihr sagte.

Ihre langen blonden Haare trug sie offen, etwas, das sie unter normalen Umständen nur selten machte. Und sie trug eine Bluse, kein Shirt wie sonst. Nina fragte sich, ob Tiff sich wegen ihres Vaters extra herausgeputzt hatte.

Nach dem Mittagessen gingen sie nach oben in Ninas ehemaliges Kinderzimmer, in dem sie nicht nur ihre Jugend verbracht, sondern teilweise auch als Erwachsene gelebt hatte. Ein kleines Zimmer mit Schreibtisch, Bett und Schrank. Zum ersten Mal wurde Nina bewusst, wie einfach hier alles aussah. Nicht so durchgestylt wie die Wohnung, in der Tiffs Eltern lebten.

Sie duschten und machten einen Mittagsschlaf, und am Abend besuchten sie Eva. Sie war einige Jahre jünger als ihr Vater, und im Gegensatz zu ihm wirkte sie nicht so zerbrechlich, sondern zu Ninas Erleichterung robust und wohlauf.

Tiff in dem Haus von Eva und Will zu sehen, fühlte sich seltsamerweise weniger ungewohnt an, als sie in ihrem Elternhaus zu sehen. Da Eva gut Englisch sprach, konnte sie sich richtig mit Tiff unterhalten. Nina lehnte sich zurück und lauschte dem Gespräch zwischen ihrer Partnerin und ihrer mütterlichen Freundin und beobachtete dabei Tiff, die lachte und sich sichtbar entspannte. Inzwischen trug sie eine Bluse, die perfekt zu ihrer Jeans passte. Ihre Haare waren offen und fielen ihr ins Gesicht, wenn sie sich so amüsierte, dass sie ihren Kopf schüttelte. Nina musste ihr unbedingt sagen, wie sehr ihr das stand und wie schön es war, wenn ihre langen Haare ihre grauen Augen umrahmten.

»Sie träumte davon, auf den Mond zu reisen, dann erwähnte ich meine Mitarbeit am Mariner-Projekt und meiner Begeisterung für den Mars. Danach wollte sie nie wieder etwas vom Mond wissen und hatte nur noch den Mars im Kopf«, erzählte Eva.

Tiff drehte sich um und lachte leise.

»Sie kam ständig bei uns vorbei, und wir haben uns zusammen die Sterne durch ein Teleskop am Dachfenster angesehen. Sie wollte nur den Mars sehen, und immer, wenn ich ihr den Mond oder die Venus zeigte, kommentierte sie das mit: Laaaaaaangweeeeeilig.« Eva schaffte es hervorragend, ihre kindliche Aussprache zu imitieren. »Ich zeigte ihr natürlich auch den Saturn und den Jupiter und die Sterne außerhalb des Sonnensystems. Einmal haben wir sogar eine Mondfinsternis gemeinsam erlebt.«

»Ich habe es sehr genossen, wenn meine Eltern mir erlaubt haben, bei Eva und Will zu übernachten. Wir haben bis in die Nacht am Dachfenster gestanden und in den Sternenhimmel gestarrt, und Will war auf dem Balkon und hat geraucht und manchmal unser Gespräch kommentiert«, fügte Nina hinzu. Nachdenklich strich sie sich die Haare aus der Stirn.

Eine Beziehung mit Will aufzubauen, war ihr nicht leichtgefallen. Er war so schwer gezeichnet gewesen von Vietnam, nicht nur körperlich, vor allem seelisch. Die ruppige Art, die strenge Miene und die gebeugte Haltung – er war ein schwer zugänglicher Mensch gewesen. Doch sie hatte sich an ihn gewöhnt, und danach hatte sie gar nicht mehr über seine seltsame Art nachgedacht.

»Du hattest diesen kindlichen Optimismus an dir. Das hat er gemocht. Das hat ihm Hoffnung gegeben.« Eva sah mit einem warmen Lächeln zu dem großen Bild, das auf einem Regal stand und Will in einem seltenen Moment zeigte, in dem er offen lachte.

Nina sah ebenfalls zu dem Bild und nickte.

Eva legte ihre faltige Hand auf ihre Finger und drückte sie kurz. »Du warst wie ein Wirbelwind, der Farbe in unser Leben gebracht hat. Für Will und mich warst du wie eine Tochter, die wir nie bekommen konnten, wie eine unerwartete große Freude nach den verheerenden Jahren des Vietnamkriegs. Und du warst so fest entschlossen, auf den Mars reisen zu können. Nicht nur ich, auch Will fand deine Willensstärke bewundernswert. Er hat immer wieder zu mir gesagt, dass du deinen Traum irgendwann irgendwie realisieren würdest. Er hat ganz fest daran geglaubt. Er war sich so sicher.«

Nina schmunzelte: »Und ich habe es geschafft. Wenn man genauer darüber nachdenkt.«

Eva runzelte die Stirn.

»In ungefähr sechs Jahren, Eva, wird mein Rover auf dem Mars landen. Ich werde Teilprojektleiterin einer grandiosen Mission«, platzte es aus Nina heraus.

»Wie Spirit und Opportunity?«, fragte Eva.

»So ähnlich. Wir möchten die Technik auf Basis der Erfahrungen, die wir mit den beiden Rovern während der Fertigstellung gemacht haben, aufbauen. Der neue Rover wird allerdings größer und leistungsstärker. Und das Beste ist, dass ich eine leitende Position übernehmen soll. Ich habe es erst vor zwei Wochen erfahren.«

»Dann betrittst du den Mars. Wie du es geplant hast. Wenn auch auf eine andere Art und Weise«, fasste Eva zusammen, und ihre Augen sahen feucht aus.

Nina hielt es nicht aus, sondern sprang auf und umrundete den Tisch, um Eva zu umarmen. Sie presste ihre Nase gegen die kalte faltige Wange ihrer Unterstützerin. Sie hatte Eva so viel zu verdanken. Das Interesse an der Astronomie, praktische Tipps während ihres Studiums und konkreten Beistand bei ihren ersten Berufserfahrungen. »Danke«, murmelte sie.

*

Wieder zurück in ihrem ehemaligen Kinderzimmer im Elternhaus öffnete Nina den Laptop, um den Projektplan zu überprüfen, den sie zuvor Eva vorgestellt hatte. Leider hatte ihr Vater kein Internet, sonst hätte sie rasch in die Mails geschaut.

»Ich mag deinen Vater. Und Eva.« Tiff legte ihr Kinn auf ihre Schulter.

»Mmh.« Nina drehte sich um und küsste Tiffs Stirn, bevor sie erneut auf den Bildschirm starrte und sich die geplanten Eckdaten des neuen Rovers ansah. Im Gegensatz zu den beiden anderen kleineren Rovern könnte ihr Rover über doppelt so viel Arbeitsspeicher und erheblich mehr Rechenleistung verfügen. Die Missionskosten waren mit bis zu 650 Millionen beziffert worden, was viel Spielraum bedeutete. Allein die Masse würde sich deutlich vergrößern. Doch der neue Rover war nicht nur ein Rover, der die Oberfläche erkunden sollte; es war geplant, ein Wirtschaftslabor auf den Mars zu senden. Der Rover würde Proben entnehmen und sofort analysieren können. Vielleicht würde er Spuren von Leben finden! Ihr war es bis jetzt nicht gelungen, wirklich zu realisieren, dass sie ein Teil davon sein würde. Eva hatte recht, sie hatte es geschafft. Sie würde den Mars betreten.

»Hörst du mir zu?«

Nina runzelte die Stirn. »Ja, natürlich.«

»Nina!«

Verwundert hob Nina den Kopf und sah Tiff ungeduldig an. »Was ist los? Warum schreist du so?«

»Es vergeht keine freie Minute, die du nicht damit verbringst, in deinen Computer zu starren.« Tiff stieg aus dem Bett und verschränkte die Arme.

Nina schüttelte den Kopf. »Was ist los?«, fragte sie.

»Was los ist? Ich … Wir sind gerade einen Tag hier in Deutschland. Ich kenne niemanden, alles ist für mich neu, und trotzdem hast du nichts Besseres zu tun, als dich um deine Arbeit zu kümmern.«

»Ich habe nur die Pläne überflogen«, protestierte Nina. So kannte sie Tiff nicht. Vielleicht war sie übermüdet von der langen Reise?

»Kannst du nicht einfach abschalten? Wir haben Urlaub!« Tiff hob die Hände, ließ sie kurz darauf wieder fallen und verließ den Raum.

Nina sah ihr nach und zog die Bettdecke über ihre Beine. Sie fröstelte. Rasch sah sie zum Bildschirm und kontrollierte eine Berechnung. Als sie Nina im Flur hörte, klappte sie den Laptop rasch zu und legte ihn neben sich auf das Nachttischchen.

Tiff hob die Augenbrauen und schloss die Tür hinter sich.

»Bist du böse?« Nina lächelte und hoffte, dass sie so Tiffs Herz erweichen konnte.

Doch Tiff brummte nur etwas.

»Komm ins warme Bett.« Nina streckte sich aus und ergriff Tiffs Handgelenk, um ihre Freundin zu sich aufs Bett zu ziehen.

»Hey.« Tiff wehrte sich zunächst, dann kicherte sie. Als Nina sie küsste, erwiderte sie den Kuss leidenschaftlich und vergrub ihre Finger in Ninas dichtes, krauses Haar.

NINA – Jahr 2008, 25 Jahre vor der Reise zum Mars mit der Endurance

»Willst du nicht dran gehen?« Brandon nickte zu ihrem Mobiltelefon, das bereits zum zweiten Mal während dieser Besprechung vibrierte.

Nina griff nach ihrem Smartphone, das auf dem Tisch lag und sich durch den Vibrationsalarm langsam über die Oberfläche von ihr wegbewegte. Sie sah mit einem genervten Stirnrunzeln auf den Bildschirm. Ein Bild von Tiff war zu sehen. Ungeduldig drückte Nina den Anruf ihrer Frau weg und stopfte das Handy in ihre Hosentasche. Sie ignorierte Brandons Seufzen und starrte zu Hailey und Avery. »Ich bin vor Kurzem davon ausgegangen, dass die Integration und Entwicklung bei einem überwiegenden Teil der Systeme mehr oder weniger abgeschlossen ist. Darf ich euch erinnern, dass wir so den eigentlichen Starttermin nicht mehr einhalten können?«, sagte sie mit einem strengen Unterton.

Hailey biss betroffen auf ihrer Unterlippe herum, während Avery sich räusperte und betonte: »Wir können die technischen Probleme nicht schnell genug lösen. Und damit auch nicht alle vorgesehen Tests frühzeitig absolvieren.«

Nina schüttelte den Kopf, dann sah sie Brandon an. Sie konnte die Enttäuschung kaum verbergen, aber als sie bemerkte, dass Brandon einen etwas geduldigeren Eindruck als sie selbst machte, beruhigte sie das.

Zusammen mit ihm hatte sie vor zwei Jahren die technische Leitung übernommen und war somit verantwortlich, dass der neue Rover auf dem Mars funktionierte. Sie hatte Hailey und Avery als Teilprojektleitung eingesetzt und war enttäuscht, dass die Aktoren neu entworfen werden mussten. Ausgerechnet der Verantwortungsbereich von Hailey und Avery, die so vielversprechend ihre Arbeit am Projekt begonnen hatten, verzögerte nun die komplette Unternehmung. Doch das erforderte nicht nur die Verlegung des Starttermins, sondern ebenso eine massive Erhöhung der Missionskosten.

Natürlich hatte das schwerwiegende Folgen. Einerseits musste Nina zusammen mit Brandon dem Administrator der Weltraumbehörde mitteilen, dass sich alles nach hinten verschieben würde, andererseits musste sie Tiff irgendwie beichten, dass die Überstunden nicht abreißen würden. Sie hatte gar keine Lust, sich die Reaktion ihrer Frau vorzustellen, die sich voller Ungeduld das Ende der Mission herbeisehnte, um mit Nina wieder eine halbwegs normale Beziehung führen zu können.

Nina seufzte und strich sich hastig die Haare aus der Stirn. Ihr Herz klopfte so wild in ihrer Brust, dass sie es bis in den Rachen hinauf spüren konnte, und ihre Hände waren feucht und kalt vor Aufregung.

»Es tut mir leid.« Haileys Stimme klang dünn.

»Es ist okay. Wir werden uns beratschlagen.« Brandon beugte sich vor und legte seine Hand auf Haileys Schulter, dann nickte er Avery zu. Anschließend sah er streng zu Nina. Mit kräftiger Stimme sagte er: »Ein so großes Projekt wie unseres gibt es nicht ohne Rückschläge. Es wird sich schon eine Lösung finden.«

Kurz bevor Hailey und Avery den Raum verließen, stand Nina auf. »Danke für eure Offenheit.« Es kostete sie ein wenig Überwindung, aber die lächelte die beiden an.

Sie wollte ihre Enttäuschung nicht an ihnen auslassen. Dass es bei so einem großen Projekt zu Verzögerung kommen konnte, lag klar auf der Hand. Sie hatte sowohl Hailey als auch Avery als engagierte Mitarbeiter kennengelernt, und sie hatte ebenfalls nicht übersehen, dass beide sehr müde aussahen. Es wäre nicht von Vorteil, wenn einer von ihnen allen in dieser akuten Phase wegen Erschöpfung ausfiel.

Außerdem hatte Brandon ihr mit dem strengen Blick deutlich gemacht, dass er ihre Reaktion auf das Geständnis der beiden Wissenschaftler für zu eskalierend empfunden hatte. Tatsächlich trugen weder Avery noch Hailey Verantwortung dafür, dass Ninas Geduldsfäden kurz vorm Reißen waren. Zumindest nicht nur. Tiff hatte genauso ihren Anteil daran.

Avery und Hailey verließen schnell den Raum und schlossen die Tür so leise, dass Nina der Gedanke kam, dass sie richtiggehend Angst vor Brandon und ihr hatten und sehr erleichtert waren, der Situation entfliehen zu können. Das war natürlich keine optimale Grundlage für eine vertrauensvolle und angenehmen Arbeitsatmosphäre.

»Geht es dir gut?« Brandon schob die Papiere, auf denen er während des Gesprächs Notizen gemacht hatte, in die Mitte des Tisches. Er faltete seine Hände zusammen und sah sie aufmerksam und mit großen Augen an, ohne zu blinzeln.

»Ja.« Nina runzelte die Stirn. »Warum?« Sie stand auf und trat hinter ihren Schreibtisch. Sie ließ sich auf den Stuhl fallen, streckte die Beine aus und erlaubte sich, die Arme lässig an der Seite herabbaumeln zu lassen. Ihren Kopf lehnte sie gegen die Lehne, und sie starrte einen Moment lang an die grau gestrichene Decke ihres Büros. Einen Punkt, den sie in den letzten Jahren wiederholt angestarrt hatte, wenn sie nachdenken musste.

Brandon war ihr ein enger Vertraute. So etwas wie ein Freund. Sie durfte sich so gehen lassen. Für einen Moment. Für einen kurzen Moment.

Dann riss sie sich zusammen, richtete ihren Blick auf ihn und nahm eine weniger lässige Sitzposition ein. »Alles okay«, sagte sie und zwang sich erneut zu einem Lächeln. »Bis auf die Aktoren natürlich.«

Brandon verzog keine Miene. Anscheinend fand er das überhaupt nicht lustig. »Du siehst fertig aus. Komm, geh heim. Unternimm was mit Tiffany. Geh in die Natur.« Brandon spielte an seinem Kuli herum, während er sie weiter ansah.

Nina verdrehte die Augen. »Du weißt ganz genau, dass das nicht der richtige Moment ist, mit Tiff in die Natur zu gehen. Wann hast du denn *deine* Frau das letzte Mal gesehen?«

»Heute Morgen«, erwiderte Brandon.

»Ich meine richtig. Kein hastiges Kaffeetrinken und ein Kuss auf die Wange, den man sich gibt, weil es eine gesellschaftliche Norm ist, sondern, wann hast du sie *richtig* gesehen? Wann hast du *wirklich* Zeit mit ihr verbracht?«, fragte Nina.

Sie konnte sich kaum erinnern, wann sie das letzte Mal mit Tiff einen Ausflug unternommen hatte. Es muss vor Ewigkeiten gewesen sein. Sie wusste, dass es deutlich zu lange her war, aber mit dem Problem, das die Aktoren hervorgerufen hatten, würde sich die Situation so schnell nicht ändern lassen. Irgendwann war der Rover auf dem Weg zum Mars. So lange würden sie sich alle gedulden müssen.

»Letzten Sonntag. Ohne Handy. Lediglich meine Frau, unser Hund, ich und der Wald. Wir sind gewandert und haben gepicknickt. Und am Abend waren wir im Kino«, sagte Brandon. Er verdrehte die Augen. »Komm schon, du weißt, dass ich das gewinne. Ich gehe früher heim und komme morgens oft später. Und ich halte mir zumindest immer den Sonntag frei, während du sieben Tage die Woche arbeitest. Was du da machst, ist absolut nicht gesund.«

»Du übertreibst.« Nina lächelte sanft. »Ich schaue ab und an in meine Inbox. Ansonsten halte ich mir die Sonntage ebenfalls frei.« Das war eine glatte Lüge. Das wussten sowohl Nina als auch Brandon, aber da sie nicht weiter diskutieren wollte, lenkte sie ab: »Was machen wir nun? Hast du eine Idee, wie wir die Verzögerung minimieren können?«

Bevor sie sich jedoch eine Strategie ausdenken konnten, klopfte es an der Tür. Sofort richtete Nina sich auf, als sie erkannte, wer in den Raum kam. Sie stand auf. »Hey«, sagte sie erfreut. »Alles klar?« Schlagartig ging es ihr etwas besser. Sie lief auf Liz zu und nahm sie in den Arm.

Liz war während der letzten Jahre genauso wie Brandon eine Art Freundin geworden. Sie war verantwortlich für Marketing und Öffentlichkeitsarbeit und arbeitete somit eng mit ihnen zusammen.

»Ich habe großartige Neuigkeiten«, verkündete Liz und zeigte auf die Unterlagen in ihrem Arm. Sie strahlte übers ganze Gesicht und kam weiter in den Raum herein.

»Das können wir gebrauchen.« Brandon streckte seine Beine aus und tätschelte Liz' Arm mit einem Lächeln, als sie an ihm vorbei ging.

Womöglich benötigte Nina deswegen so wenig Freizeit, weil sie sich hier so aufgehoben fühlte. Sie verstand sich gut mit ihren Kollegen, und auch wenn sie ab und zu Misserfolge zu verbuchen hatten, so war das Arbeitsklima hervorragend. Sie hatte nie Hobbys oder ein Privatleben gebraucht. Sie hatte ihr Hobby zu ihrem Beruf gemacht und sich mit den Menschen angefreundet, mit denen sie arbeitete. Ja, sie war hin und wieder gestresst. Und mehr als nur manchmal genervt, aber die schönen Momente überwogen definitiv.

Tiff tat ihr dabei leid. Sie wusste, dass sie ihrer Partnerin einiges abverlangte und es nicht fair war, wie sie sich verhielt. Außer Tiff hatte sie nach dem Tod ihres Vaters kaum soziale Kontakte, die sie vernachlässigen konnte. Somit hatte sie einzig ihrer Ehefrau gegenüber ein schlechtes Gewissen. Hätte sie nie heiraten, sich nie auf eine Beziehung einlassen sollen, die sie von ihrer Arbeit ablenkte?

»Komm, setz dich«, bat Nina und schob die düsteren Gedanken aus ihrem Kopf. Sie wollte sich auf Liz konzentrieren. »Ich hole mir rasch ein Wasser. Braucht ihr was zu trinken?«

»Ich habe mein Wasser hier«, sagte Brandon und zeigte auf seinen großen Kaffeehumpen.

Nina verdrehte die Augen. Brandon tat stets so, als würde sie ein ungesundes Leben führen, nur weil sie seltener zu Hause war, in Wahrheit war es allerdings Brandon, der seine Gesundheit aufs Spiel setzte. Er machte nicht genug Pausen, aß fast nie etwas und trank lediglich Kaffee. Nina jedoch achtete immer darauf, dass sie in der Mittagspause etwas Gesundes aß und eine Runde um das Gebäude lief, selbst bei schlechtem Wetter. Zwischendurch ging sie ebenfalls regelmäßig raus, um frische Luft zu schnappen, und manchmal, wenn sie gestresst war, verschob sie eine Besprechung, um im Innenhof ein Hörbuch zu hören. Ihr war Erholung und Ausgleich wichtig – sie ging dafür nur nicht nach Hause.

Sie sah Liz an. »Was ist mit dir?«

»Bringst du mir einen Orangensaft mit?«, fragte Liz, während sie ihre Unterlagen sortierte.

Nina wagte einen Blick darauf und lächelte. Sie ahnte bereits, was Liz ihnen erzählen würde, aber sie hatte dennoch das dringende Bedürfnis, einen Moment lang alleine zu sein, um ihren Puls zu beruhigen. Die Sache mit den Aktoren hatte sie sehr aufgeregt.

Geschwind ging sie auf Toilette und wusch ihr Gesicht mit kaltem Wasser ab, um sich frisch zu machen. So gerne sie jetzt sofort hören wollte, was Liz zu sagen hatte, so steckte ihr die Offenbarung von Hailey und Avery in den Knochen. Sie sah in den Spiegel und löste den Pferdeschwanz, schüttelte den Kopf und massierte sich leicht die Kopfhaut. Bevor sie sich die Haare erneut zurückband, fiel ihr ein, dass Tiff sie ja zuvor angerufen hatte. Zunächst überlegte sie, ob sie direkt in ihr Büro gehen sollte. Nein, das konnte sie nicht tun. Sie hatte Tiff seit vorgestern nicht mehr gesehen, weil sie am Abend so spät nach Hause gekommen war und ihre Frau da schon geschlafen hatte.

Sie wandte sich vom Spiegel ab, um nicht in ihr erschöpftes Gesicht sehen zu müssen, und drückte auf Rückruf. Als Tiff abnahm, sagte sie mit knapper Stimme, so als wüsste sie nicht, wer sie anrief. »Ja?«

»Tut mir leid, ich war in Besprechung«, sagte Nina, bevor Tiff etwas sagen konnte, das wie ein Vorwurf klingen würde. Sie konnte das nicht mehr hören, diese maßregelnden Anschuldigungen und missbilligenden Unterstellungen.

Es hatte mal eine Zeit gegeben, da war Nina dankbar gewesen, jemanden wie Tiff in ihr Leben gelassen zu haben, jemand, mit dem sie reden konnte, mit dem sie eine Leidenschaft teilte, von dem sie Anerkennung und Verständnis erhielt und der stets spannende Erkenntnisse aus der Wissenschaft zu berichten hatte. Diese Zeit war vorbei.

Kurz war Stille am anderen Ende. »Das sagst du ständig.«

Nina schloss die Augen. »Tut mir leid. Ich …«

»Wann bist du gestern Abend heimgekommen?«, fragte Tiff. Ihre Stimme klang unterkühlt. So wie immer, wenn sie das Gefühl hatte, dass Nina sie vernachlässigte.

»Spät.« Nina seufzte. Das konnte sie nicht gebrauchen. Nicht jetzt. Wirklich nicht. Tiff war oft zur falschen Zeit sauer auf sie. »Tut mir leid.«

»Du wiederholst dich.«

Nina spielte am Wasserhahn und sah zu, wie das Wasser auf ihren Ehering tropfte. »Hör zu, Tiff, es tut mir echt leid. Und ich kann dir nicht einmal versprechen, dass ich heute früher heimkomme. Wir haben gerade von einem größeren, unerwarteten Problem erfahren, und möglicherweise muss alles nach hinten verschoben werden und …«

»Nina, meine Mutter hatte gestern Geburtstag«, unterbrach Tiff sie. »Wir wollten zusammen zu ihr fahren.«

Entsetzt schloss Nina die Augen. Das hatte sie vergessen. Tiff hatte es ihr gesagt, als Nina nach der Mittagspause kurz in ihr Büro gekommen war, um mit ihr einen Kaffee zu trinken. Sie hatte Tiff versprochen, spätestens um sechs zu Hause zu sein. Doch dann war am Nachmittag so viel passiert, dass Nina es komplett vergessen hatte. »Tiff, ich …«

»Sag nicht, dass es dir leidtut.« Tiffs Stimme klang leise.

»Warum hast du mich gestern Abend nicht angerufen, um mich zu erinnern? Ich habe es vergessen. Gestern war hier ein blöder Tag. Schlimmes Chaos. Ich … habe es einfach vergessen. Wenn du mich erinnert hättest, wäre ich sicher nachgekommen.«

»Also ist es meine Schuld?«, fragte Tiff. Ihre Stimme war weiterhin leise. Das war kein gutes Zeichen. Sie war eine sehr leidenschaftliche Frau. Sie stritt, diskutierte und wurde ab und zu laut, wenn sie verärgert war, und das tat sie mit einer Energie, die bewundernswert war. Nun hörte sie sich resigniert an.

»Nein, natürlich nicht.« Nina sah zum Spiegel und erkannte eine mittelalte, ungeschminkte, aber hübsche Frau mit offenen Haaren und einem leicht abgehetzten Ausdruck in den Augen. Es war offensichtlich: Sie brauchte eine Pause. Brandon lag richtig mit seinem Vorschlag, heimzufahren und sich den Nachmittag freizunehmen.

Offenbar benötigte ihre Ehe ebenfalls einige Tage Ruhe von der Arbeit. Allerdings konnte sie Liz nicht warten lassen. Sie würde das schnell erledigen, danach konnte sie nach Hause gehen.

»Hör zu, Tiff, ich regle nur schnell etwas, und anschließend komm ich nach Hause, und wir fahren zusammen zu deiner Mutter und machen uns einen schönen Abend«, schlug Nina vor und bemühte sich um einen besänftigten Ton.

»Nina, ich gehe heute Abend mit meinen Kollegen zum Bowling. Hast du das etwa auch vergessen?«, fauchte Tiff. Dass sie lauter war, war ein gutes Zeichen. Es klang nach der Frau, die Nina kennen und lieben gelernt hatte.

»Ja.« Nina hob die Schultern, wie um sich selbst zu sagen, dass es ja nichts brachte, wenn sie Tiff anlog. Bei allem, was man ihr vorwerfen konnte, so achtete sie darauf, dass sie zumindest bei Tiff ehrlich war. »Tut mir leid, ich habe das … auch vergessen.«

Tiff seufzte laut.

»Kann ich vorbeikommen?«, fragte Nina leise. Sie spürte, dass sie die Nähe ihrer Partnerin brauchte, sie in den Arm nehmen

wollte, um sicherzugehen, dass alles in Ordnung zwischen ihnen
war.

Warum telefonierten sie überhaupt? Ihre Arbeitsplätze lagen
zwar in unterschiedlichen Gebäuden, aber Nina musste nur über
den Hof laufen. Sie sollte den Vorteil, dass sie den gleichen Arbeitgeber hatten, eigentlich ausnutzen und viel häufiger mit Tiff ihre
Pausen verbringen.

Ganz am Anfang hatten sie das sehr oft gemacht. Sie hatten sich
gegenseitig besucht, sich einen heißen Tee vorbeigebracht oder im
internen Chatsystem kitschige Bilder geschickt. Mit der Zeit war
das seltener geworden. Sie waren nicht mehr so verliebt wie am
Anfang, und eine gewisse Routine und der Alltag hatten die
anfängliche Romantik abgelöst. Die Arbeit war wichtiger
geworden, hatte sich wieder an erste Stelle gedrängt. Unbemerkt,
langsam, aber fortwährend. Es war Nina nicht mal richtig aufgefallen, bis zum jetzigen Zeitpunkt.

Die Chance, das erneut aufleben zu lassen und somit Tiff mehr
in ihr Leben einzubeziehen, war begrenzt, denn schon bald würde
Tiff in ein anderes Gebäude umziehen, das nicht nur durch einen
Innenhof von ihrem getrennt war. Durch die geplante Inbetrieb-
nahme des neuen Weltraumteleskops Kepler hatte man ihr Team
vergrößert, und nun reichte der Platz für die Mitarbeiter nicht mehr
aus, die nach extrasolaren Planeten suchten.

Ein Gefühl der Ausweglosigkeit ergriff Nina.

Als Tiffs Schweigen zu lange wurde, sagte sie: »Ich würde gerne
bei dir vorbeikommen. Ich möchte dich sehen.«

Schweigen.

Hastig starrte Nina in den Spiegel und presste die Stirn gegen
die kalte Fläche. Ihr Herz war unruhig, und ein panikartiges

Gefühl überkam sie. Einerseits wollte sie das mit Tiff in Ordnung bringen, andererseits warteten Brandon und Liz auf sie. Das machte sie nervös.

Dann endlich räusperte sich Tiff. »Du tust immer so, als ob dein Rover die einzige wichtige Mission ist. Wir reden nie über meine Arbeit. Ich verstehe nicht, warum dieser kleine Rover in deinen Augen so viel wichtiger ist als mein Projekt.«

»Der Rover ist nicht klein. Er wiegt über 900 kg und ist so groß wie dein Auto«, korrigierte Nina sanft.

Tiff lachte. Endlich. Was für ein Glück. »Kepler wiegt über 1 Tonne. Willst du dich wirklich mit mir darüber streiten, welche Mission toller ist? Das sind zwei vollkommen unterschiedliche Arten, den Weltraum zu erforschen. Das weißt du doch.« Sie machte eine Pause. Als sie weiterredete, hörte sich ihre Stimme laut und unerbittlich an. »Ich kann es einfach nicht mehr hören. Ich soll ständig nur dir zuhören, ohne dass ich auch berichten darf. Du … hast nur noch ein Thema. Alles andere interessiert dich gar nicht mehr. Was mich bewegt, was mich umtreibt – es ist dir einfach egal.«

»Tut mir …«

»Sag nicht, dass es dir leidtut, Nina. Ich habe langsam echt genug von den gleichen Phrasen«, unterbrach Tiff. Sie klang versöhnlicher als zuvor, trotzdem sehr angespannt. »Mich interessiert nicht, was bei eurer Mission schiefläuft. Unsere Ehe ist keine Arbeitsgemeinschaft. Wir sind keine Kollegen. Meine Mutter ist oft einsam und hätte sich gefreut, dich zu sehen. Du hast sowieso schon kaum soziale Kontakte, und die wenigen, die du hast, solltest du mal etwas pflegen. Das Leben besteht nicht nur aus dem Mars. Zufälligerweise befindest du dich auf der Erde, zusammen mit anderen Lebewesen und einem funktionierenden Ökosystem. Mach dir das endlich bewusst.«

»Ich weiß.« Nina nickte ihr Spiegelbild an, so als würde sie sich selbst ein Versprechen geben. Sie spürte, wie recht Tiff hatte. Sie war fest entschlossen, etwas zu ändern.

»Ich freue mich für dich, dass dir deine Arbeit an dem Rover so viel Freude bereitet. Sich nur über die Arbeit zu definieren, so wie du es machst, ist allerdings definitiv ungesund. Das hat Eva auch nicht getan. Sie ist für Will nach Deutschland zurückgegangen und hat sich um ihn gekümmert«, erinnerte Tiff sie. Nun klang ihre Stimme wirklich netter. Vielleicht, weil sie spürte, dass Nina ihr zuhörte.

»Sie hat es oft bereut«, wandte Nina ein.

»Bist du dir da sicher?«, fragte Tiff.

»Sie ist zurückgegangen, um weiter am Mariner-Programm zu arbeiten«, fügte Nina hinzu.

»Glaubst du, sie hätte nicht wesentlich mehr Erfolg haben können, wären sie nicht immer wieder nach Deutschland zurückgegangen?«, hakte Tiff nach.

Nina hob die Schultern. Sie hatte Eva stets als eine zufriedene Frau kennengelernt, die nur selten mit ihrem Schicksal gehadert hatte. Die Ehe mit Will war nicht leicht gewesen. Und sie hatte für ihn auf vieles verzichtet. Und in den letzten gemeinsamen Jahren war er alles gewesen, was ihr wichtig war. Das hatte Nina an den beiden wunderbar gefunden. Wenn sie gesehen hatte, wie Eva und Will zusammen auf der Bank im Garten gesessen hatten, um sich schweigend die Bienen im Bienenhotel anzusehen, hatte sie gewusst, dass sich die beiden aufrichtig liebten, trotz aller Schwierigkeiten.

»Du kannst das nicht vergleichen«, protestierte Nina. Es war unfair, Eva als Beispiel anzubringen. Tiff wusste, wie sehr Nina ihre mütterliche Freundin bewunderte und dass sie ihr großes Vorbild war.

Erneut Schweigen am anderen Ende.

»Kann ich dich sehen?«, fragte Nina ungeduldig.

Tiff schwieg weiterhin. Gerade als Nina darüber nachdachte, ob ihre Frau aufgelegt hatte, sagte sie: »Wie wäre es, wenn du nachher in mein Büro kommst und mich zum Bowling begleitest?«

Nina biss auf ihrer Lippe herum. Einerseits war sie froh, dass sie den blöden Ehestreit so aus dem Weg räumen konnte, andererseits würde sie dafür tatsächlich früher Feierabend machen müssen als sonst. »Kommen die anderen Partner denn mit?«, fragte sie zögerlich.

»Manche«, antwortete Tiff.

»Und deine Mutter?«

»Die besuchen wir morgen«, schlug Tiff vor.

Nina lehnte sich an die Wand der kleinen Toilette. Also würde sie zwei Abende hintereinander früh Feierabend machen müssen, andererseits würde ihr das guttun, und Tiff hatte ja recht, sie sollte nicht alles auf ihre Arbeit setzen. Jeder Mensch benötigte Abwechslung. Selbst Brandon sagte das.

»Okay«, sagte sie und straffte ihre Schultern. Sie lächelte, als Tiff ihr die Uhrzeit durchgab und in den Hörer hauchte, dass sie sich freute. Nina lächelte weiterhin, als sie auflegte. Sie band ihre Haare zusammen, wusch sich die Hände und betupfte dabei ihre heißen Wangen mit kaltem Wasser. Sie fühlte sich etwas beschwingter, als sie in die Küche ging, um die Getränke zu holen.

»Tut mir leid, dass es länger gedauert hat«, meinte sie, als sie in ihr Büro stürmte. »Musste mit meiner Frau telefonieren.«

»Du musst dich nicht entschuldigen«, sagte Liz und lächelte. »Brandon hat mir in der Zwischenzeit von den Verzögerungen erzählt. Meint ihr wirklich, wir müssen die ganze Mission verschieben?«

Nina hob die Schultern und setzte sich. »Ich denke schon. Wir müssen die Aktoren fast vollständig neu entwerfen und werden das nicht rechtzeitig schaffen.« Sie nahm einen Schluck ihres Wassers, das ihren erhitzten Körper herunterkühlte.

»Mist.« Liz sah auf den Boden und presste ihre Lippen fest aufeinander.

»Erzähl, was hast du für Neuigkeiten?« Nina nickte zu den Unterlagen, die Liz auf dem Tisch ausgebreitet hatte.

»Wir haben uns beim öffentlichen Wettbewerb zur Namensgebung für einen Sieger entschieden«, sagte Liz feierlich und zog ein leeres Papier zu sich heran. »Eine Sechstklässlerin hat gewonnen.«

»Und?« Brandon beugte sich vor.

Liz lächelte geheimnisvoll, anschließend nahm sie einen Bleistift und schrieb was auf den leeren Zettel. Sie hielt den Zettel nach oben.

»Curiosity«, las Brandon vor.

»Curiosity«, wiederholte Nina leise, um zu hören, wie der Name des Rovers für sie klang. Sie nickte. Es passte. Als großer Bruder von Spirit und Opportunity. Zufrieden lehnte sie sich zurück und nickte.

Trotz der großen Enttäuschung, die Avery und Hailey ihr heute übermittelt hatten, fühlte sie sich nach wie vor großartig, was den

Verlauf des gesamten Projekts betraf. Sie hatten immer damit gerechnet, dass sie den Start verschieben mussten. Die letzten Monate waren sie lediglich sehr verwöhnt gewesen, weil alles so gut verlaufen war.

Während sie dem Gespräch mit Avery und Hailey lauschte, lächelte sie und spürte, wie sie innerlich ruhiger wurde. Sie freute sich darauf, die Neuigkeit am Abend Tiff zu erzählen. Sofort fiel ihr ein, dass sie versprochen hatte, pünktlich zu sein, und sie sah auf die Uhr. Wenn sie das nicht einhielt, würde sie sich auf den größten Ehestreit der Weltgeschichte einstellen.

»Ich denke, die Administration wird die Verkündigung des Namens wohl herauszögern, jetzt, wo klar ist, dass die Mission verschoben wird. So kann man die Menschen bei der Stange halten«, sagte Liz und hob die Schultern.

Brandon nickte. Seine dunklen halblangen Haare fielen ihm ins blasse Gesicht. »Könnte ich mir auch vorstellen.«

»Wisst ihr, wie es bei Clems Team vorangeht?«, fragte Liz und sammelte ihre Unterlagen ein. Nur das Papier mit dem Wort Curiosity schob sie Brandon zu, während sie lächelte. Dann sah sie zu Nina.

Clementines Team versuchte seit ungefähr zwei Jahren, den geeigneten Ort für die Landung des Rovers – Curiosity, wie sich Nina in Gedanken korrigierte – zu finden. Immer wenn Nina mit Eva telefonierte, musste sie ihr von den Fortschritten dieses Teams berichten. Die Kartographierung des Mars' hatte mit Mariner begonnen, und das war jetzt die Basis der Projektgruppe. Kein Wunder, dass Eva sich dafür besonders interessierte. Ohne die Arbeit von ihr und ihren Kollegen wäre das, was sie heute machten, nicht möglich gewesen. Auch wenn die Karte, die durch die

Mariner-Mission erstellt worden war, eine schlechte Qualität hatte, so war es trotzdem die erste Karte vom Mars. Eine Grundlage, die Clems Team nun gut gebrauchen konnte.

»Nein, bin leider nicht ganz auf dem aktuellen Stand, aber ich denke, dass sich hier einiges verändern wird, wenn wir das Datum der Landung nach hinten schieben müssen. Das wird ebenfalls Änderungen in den erreichbaren Landungszonen nach sich ziehen«, sagte Nina. Sie rutschte unruhig auf dem Stuhl herum. Sie wollte unbedingt der Administration mitteilen, was sie heute von Avery und Hailey erfahren hatte, aber gleichzeitig konnte sie sich nicht erlauben, zu spät zu Tiff zu kommen. Sie sah erneut auf die Uhr.

»Ich halte euch auf.« Liz stand auf.

»Tut mir leid. Ich muss heute pünktlich heim«, entschuldigte Nina sich.

»Ich kann es verstehen. Wir sehen uns morgen«, sagte Liz. Sie berührte Brandons Schulter, danach beugte sie sich vor und umarmte Nina leicht. Etwas, was sie sonst nur machte, wenn sie Nina zum Geburtstag gratulierte. Anschließend ging sie und schloss die Tür hinter sich.

Stille breitete sich im Raum aus.

Nina sah Brandon an. Sie atmete tief ein.

Brandon lächelte und legte seine Hand auf ihre. »Wir schaffen das schon.«

»Du hängst auffällig oft mit Owen ab.«

Lea runzelte die Stirn. Sie schaffte es irgendwie, James nicht entrüstet anzusehen, obwohl es ihr erster Impuls war. »Warum ist das auffällig? Wir sind auf engstem Raum in einer Raumkapsel eingepfercht«, sagte sie und hoffte, dass es gelassen klang. Als sie merkte, dass ihre Stimme stabil war, fügte sie augenzwinkernd hinzu: »Mangels Auswahl hänge ich sogar auffällig oft mit dir ab.«

James lachte, sagte aber nichts mehr.

Lea entspannte sich und hielt sich am Griff an der Wand fest, um einen besseren Halt zu bekommen. Die Laptops im Technikraum waren auf Halterungen angebracht, daneben gab es diverse Stangen, die das Arbeiten in der Schwerelosigkeit erleichtern sollten. Einige von ihnen hatten sich angewöhnt, die Füße einzuhängen, andere schlangen ihre Arme hindurch und hakten sich so ein. Lea jedoch hielt sich mit der Hand fest, das gab ihr ein stabileres Gefühl, auch wenn sie so einhändig arbeiten musste.

Sie tippte auf der Tastatur, wartete bis der Ladebalken sich füllte und betrachtete schließlich das Ergebnis auf dem Bildschirm. »Modul 3 funktioniert«, sagte sie.

James schwieg und sah konzentriert auf seinen Bildschirm. Seine Stirn war gerunzelt, und er biss sich leicht auf die Zunge, deren Spitze er durch die Lippen hindurchgeschoben hatte. Zwar war er oft ein Spaßvogel, aber er wusste, wann es notwendig war, ernst zu bleiben. Am Anfang hatte Lea seine Art zu arbeiten nicht gemocht, weil sie ihn für oberflächlich, laut und polternd gehalten hatte, inzwischen wusste sie allerdings, dass sie sich auf ihn verlassen konnte, wenn es darauf ankam. »Ja«, bestätigte er laut. »Prüfung Modul 3 positiv.«

Nichts auf dem Raumschiff konnte von einer Person alleine entschieden oder geprüft werden, das wurde ihnen vom Bodenpersonal stets eingebläut. Wenn es nach denen ging, die da unten auf der Erde in komfortabler Schwerkraft ihrer Arbeit in einem Raum voller Bildschirme und Kaffeeautomaten an jeder Ecke nachgingen, würden sie auch die Playlist während ihrer Sporteinheiten dokumentieren und signieren.

»Somit können wir das unterschreiben?«, fragte Lea und wandte sich zu James um.

Der grinste und nickte. Er war schräg hinter ihr, und sein Ellenbogen berührte ihre Taille, wann immer sie sich bewegte. Während sie krampfhaft versuchte, aufrecht zu bleiben, schien er kein Problem damit zu haben, waagrecht im Raum zu liegen.

Er nahm das Protokollbuch, das in einer Halterung eingeklemmt war, und notierte das Ergebnis. Der Stift hing sicherheitshalber zusätzlich an einer Schnur, um zu verhindern, dass er orientierungslos im Raum herumdriftete. Anschließend öffnete er die Befestigung am Buch, entfernte die Halterung und ließ das Buch zu ihr schweben, indem er es leicht anschubste.

Lea fing es auf und unterschrieb ebenfalls, direkt neben seinem Namen. *Käpt'n James T. Kirk und Prinzessin Leia Organa*, dachte sie und musste schmunzeln. Er wäre begeistert, wenn er ihren Gedankengang kennen würde.

»Also?«, fragte er, nach wie vor grinsend.

»Was?«, fragte sie und hielt sich schnell fest, bevor sie genauso im Raum herum glitt.

Auch nach über hundert Tagen an Bord konnte sie es nicht ertragen, wenn es in ihrer Wahrnehmung kein Oben oder Unten gab. Manchmal fragte sie sich, ob man sie schon früh aus dem Bewerbungsprogramm geworfen hätte, hätte man gewusst, wie unsicher sie mit der fehlenden Schwerkraft umgehen würde.

»Na ja.« Er machte eine obszöne Geste, indem er die Hüfte rhythmisch vor und zurück bewegte. Die versucht ruckartige Bewegung trieb ihn von ihr weg, und er lachte dabei aus vollem Hals. Erst nachdem er sich ausreichend Zeit genommen hatte, um seinen Lachanfall auszuleben, streckte er den Arm nach links aus und fing sich ab.

Lea verdrehte die Augen.

»Läuft da was?«, erkundigte James mit einem Funkeln in den Augen.

»Es wäre recht fahrlässig, etwas laufen zu lassen, während wir hier auf einer gefährlichen Reise sind«, betonte Lea und sah James streng an.

Der hob lässig die Schultern. »Sex entspannt doch.«

»Es ist quasi untersagt«, erinnerte Lea ihn. Sie musterte ihn grimmig.

James schmunzelte, dann ergab er sich erneut in einen lauten Lachanfall. »Sex entspannt«, wiederholte er und fügte nun hinzu: »Auch wenn die da unten das nicht zu wissen scheinen.« Er zeigte zu seinen Füßen, als wäre die Definition von der Erde unter ihnen und der Crew im Raumschiff, das oben im Himmel herumflog, physikalisch korrekt.

Vielleicht hatte selbst James noch nicht ganz realisiert, dass einige der Naturgesetze, die bereits seit der Geburt ihr Leben bestimmten, hier keine Gültigkeit hatten. Lea betrachtete ihn nachdenklich.

Vermutlich, weil sie nicht reagierte, imitierte James einen Menschen, der eine andere Person umarmte und küsste. Es sah besonders bekloppt aus, da er dabei nur Luft mit den Armen umschlang. Aber es schien ihm zu gefallen, denn er lachte, als er sie erneut ansah.

Lea klappte das Protokollbuch zu und schleuderte ihm das Buch hin. Das Gute an der Schwerelosigkeit war, dass sie nicht riskierte, dass es ihn verletzte. James musste zur Seite greifen, um es aufzufangen, und verlor dadurch die Balance. Erst als er sich gefangen hatte, hakte er es grinsend ein.

»Selbst wenn die Naturgesetze hier abgeändert sind, scheint es im All ebenfalls so zu sein, dass Männer sich wie Vollpfosten benehmen«, warf sie dem Buch hinterher.

Sie wusste, dass sie so mit James reden konnte, dass er es nicht persönlich nehmen würde und auch nicht verletzend reagierte. Das unterschied ihn von Irina, deren Antworten scharf und beißend waren, was bei einem witzig gemeinten Schlagabtausch schnell zu einem echten Streit führen konnte.

Nachdem sie sich James eine Weile angeschaut hatte, der lachend irgendwelche ausufernden Bewegungen machte und so die Freiheit voll auskostete, die ihm die Schwerelosigkeit schenkte, sagte Lea: »Ich gehe. Sag Bescheid, wenn du die Prüfung am nächsten Modul vornimmst.«

»Wohin gehst du?«, fragte James. »Zu Owen?«

Lea grinste und hob den Mittelfinger ihrer rechten Hand.

James lachte. »Treibt es nicht zu wild, okay?«

Kopfschüttelnd verließ Lea den Technikraum. Sie war zufrieden. Die Prüfung des Moduls war hervorragend gelaufen. Es hatte Spaß gemacht, mit James herumzualbern, und sie hatte die Arbeit als gar nicht so langweilig empfunden wie noch vor ein paar Wochen.

*

Anders als James vermutete, hatte sie nicht vor, in Owens Labor zu gehen, um ihm mit den Proben zu helfen, sie hatte einen Termin mit Adua.

Sie schwebte zur Krankenabteilung, hielt aber im Aufenthaltsraum kurz an und trank etwas aufbereitetes Wasser. Irina war alleine, ohne Rio, was bedeutete, dass Rio entweder bei Owen im Labor war oder sie schlief oder machte Sport. Viel mehr Möglichkeiten gab es ja nicht. Das Raumschiff war überschaubar.

Wenn Rio bei Owen war, war Lea nicht gerne dort. Sie arbeitete lieber alleine mit Owen. Aber nicht aus dem Grund, den James vermuten würde, sondern weil Owen sich so sehr in seine Arbeit vertiefte und alles um sich herum vergaß, sobald Rio da war. Erst wenn er mit Lea alleine waren, öffnete er sich ein wenig. Lea fragte sich, ob sie nach dem Termin mit Adua ins Labor oder zurück zu James in den Technikraum gehen wollte, um ihm bei seiner Arbeit zu helfen. Er hatte angekündigt, noch heute die Filter für die Belüftungsanlage auszutauschen. Er könnte dabei ihre Hilfe gebrauchen, es sei denn, er würde jemand anderen fragen.

Während sie die Flüssigkeit aus ihrem Becher durch einen Strohhalm schlürfte, betrachtete sie Irina. Die Ukrainerin war die Person, mit der Lea nach wie vor kaum etwas zu tun hatte. Sie hatten keine gemeinsamen Interessen, und nur selten teilten sie sich die gleiche Schicht. Sie beide waren unterwegs zum Mars und würden in den nächsten Jahren, außer mit ihren fünf Begleitern, mit niemandem sonst sozialen Kontakt pflegen, zumindest wenn Lea den wenigen Mailkontakt zur Erde ausklammerte.

Das machte Irina zu ihrer Kollegin, ihrer Gefährtin und Begleiterin. Es machte sie sogar zu so einer Art Freundin. Einem Mitglied ihrer Familie. Lea fröstelte. Sie fühlte sich mit einem Mal wieder einsam. So hatte sie sich in den letzten Tagen nicht oft gefühlt. Niemals alleine und doch einsam.

»Was machst du?«, fragte sie, nur um etwas gesagt zu haben.

Sie rechnete mit einem ruckartigen Achselzucken oder einer schnippischen Antwort, stattdessen reagierte Irina mit einem kaum wahrnehmbaren Heben der Schultern.

Vorsichtig veränderte Lea ihre Position und sah auf den leeren Zettel, den Irina auf dem Klemmbrett hatte. Der Bleistift steckte noch in der Halterung, so als ob Irina zwar vorgehabt hatte, etwas zu notieren, nun aber darüber grübelte, ob und was sie schreiben wollte.

Lea erinnerte sich an Owen, der ihr erzählt hatte, dass Irina ihre Probleme häufig mit aufgesetzter Fröhlichkeit überspielte. Bisher hatte sie Irina nie so still gesehen, sie musste allerdings zugeben, dass sie Irina auch selten ohne Rio angetroffen hatte. »Was ist los?«, fragte sie alarmiert.

»Ich weiß nicht.« Irina straffte ihre Schultern und wandte sich um. »Heute habe ich irgendwie einen dieser Bluestage.«

»Bluestage?«, fragte Lea und versuchte zu ignorieren, dass Irinas Haare durch die Schwerelosigkeit vom Kopf abstanden.

»So nennen Rio und ich die Tage, an denen einem alles auf den Geist geht.« Irina sah sie direkt an. Eine Andeutung von fiesem

Grinsen erinnerte wage an die Mimik, die Irina sonst einsetze. »Weißt du, was ich meine?«

»Ja.« Lea nickte. »Natürlich.« Sie wusste nicht, wie sie reagieren sollte. Diese neue Seite an Irina irritierte sie. »Ganz genau «, fügte sie schließlich hinzu. Immerhin hatte Irina sich ihr gegenüber geöffnet, und Adua hatte ihr regelmäßig den Ratschlag gegeben, mit den anderen über ihre Zweifel zu sprechen.

Irina lächelte, dann kam sie zu ihr geschwebt und berührte sie kurz an der Schulter. »Ich schau mal bei James vorbei. Ihm gelingt es häufig, mich auf andere Gedanken zu bringen.«

Lea lächelte ebenso. »Auch das kenne ich sehr gut.« Sie sah Irina zu, wie sie den Küchenbereich des Raumschiffes verließ und drehte sich erst um, als Irina um die Ecke glitt und nicht mehr zu sehen war.

*

Adua wartete bereits auf sie und winkte sie herein.

»Du siehst fröhlich aus«, meinte sie.

Lea nicke. »Ich fühle mich wohl. Ich hatte eben eine interessante Begegnung.«

»Mit jemandem, den ich kenne?«, fragte Adua und musterte sie neugierig. Ihre Gesichtszüge blieben unbewegt, was den Eindruck vermittelte, dass sie die Frage vollkommen ernst meinte.

Lea starrte sie für einen Moment irritiert an, dann endlich schmunzelte Adua, und Leas Mundwinkel hoben sich ebenso. »Ja, ich glaube schon. Zumindest vom Sehen her«, erwiderte sie amüsiert.

Kam es ihr nur so vor, oder war Adua in den letzten Wochen aufgeschlossener gewesen? Oder lag es an Lea, die die Nähe der anderen inzwischen etwas mehr zulassen konnte?

Adua erkundigte sich bei ihr nach ihrem Befinden, und Lea fragte, ob sie das Medikament reduzieren könne, weil sie sich in den letzten Tagen besser gefühlt hatte. Adua versprach ihr, sich mit Baihu abzusprechen, teilte aber mit, dass es ihr lieber wäre, wenn Lea zur Sicherheit die Dosis zunächst beibehalten würde.

»Schreibt dir Nina weiterhin regelmäßig?«, fragte sie, nachdem sie sich eine Notiz gemacht hatte. Wie im Technikraum war auch hier ein Notizbuch an an der Wand befestigt.

»Ja, sie schreibt mir lange Berichte, schon fast in Romanlänge, die ich abends in meiner Kapsel lese. Ich freue mich schon tagsüber drauf und habe nicht mehr dieses hoffnungslose Gefühl, wenn ich in meine Schlaftruhe gehe«, erzählte Lea. Sie runzelte die Stirn. Es wurde langsam Zeit, dass Nina ihr Nachschub lieferte. Bis jetzt hatte sie nur drei Berichte erhalten, aber es war offensichtlich, dass das noch nicht das Ende war.

»Super. Ich dachte mir bereits, dass es eine gute Idee ist, mit ihr Kontakt aufzunehmen. Immerhin hat sie dich sehr unterstützt und dich auf dem Weg in die Endurance begleitet«, erwiderte Adua.

»Sie schreibt ab ihrer Kindheit chronologisch über ihr Leben. Inzwischen ist sie verheiratet, hat jedoch enorme Eheprobleme. Ich weiß zwar, wie das alles ausgehen wird, aber es ist interessant, es aus ihrer Sicht zu lesen«, berichtete Lea. »Sie erzählt außerdem oft von Eva«, fügte Lea hinzu und berührte mit dem Finger die Kette um ihren Hals.

»Wer ist Eva?«, fragte Adua interessiert.

»Eva war die Nachbarin von Ninas, als sie ein Kind war. Sie hat Nina mit der Astronomie infiziert und in ihr den Wunsch geweckt, mal auf den Mars zu reisen. Es ist faszinierend, das zu lesen. Und nachzuvollziehen, dass ich … diesen Traum von Nina in Erfüllung gehen lasse. Sie ist mittlerweile zu alt für so eine Reise, aber durch mich … ist sie irgendwie dabei.« Lea verstand in dem Moment, als sie es sagte, was Nina ihr mit den geschriebenen Texten schenkte: Die Gewissheit, dass das, was sie hier machte, weltweit Astrowissenschaftlern Motivation geben würde.

»Ihre Generation ist überhaupt erst der Grund, warum wir hier sind«, ergänzte Adua. »Wären sie nicht gewesen, wäre das Interesse an der Weltraumfahrt nie so groß geworden und die Bevölkerung hätte nie akzeptiert, dass solch eine teure Reise unternommen wird.«

»Sie berichtet von ihren privaten Problemen. Eheproblemen. Ihre Frau war ebenfalls in der Weltraumbehörde, ich glaube allerdings, sie war nicht so …« Lea schüttelte den Kopf. Ihr fiel kein Wort ein.

»Leidenschaftlich?«, fragte Adua.

»Nein.« Lea biss sich auf die Lippen. »Ich meine eher fanatisch. Nina hat in der Zeit, als sie an Curiosity gearbeitet hat, alles hintenangestellt. Mich wundert, dass sie überhaupt Zeit hatte zu heiraten.«

Adua verdrehte die Augen und nickte gleichzeitig.

Lea runzelte die Stirn. Sie fragte sich, was die Geste zu bedeuten hatte. Eventuell verdeutlichte sie damit, wie perfekt sie sich in Nina einfühlen konnte. Sie alle waren nicht bis hierhergekommen, weil sie einfach nur leidenschaftlich waren. Sie alle hatten Opfer bringen müssen. An eine Beziehung hatte Lea bisher nicht mal gedacht, sie hatte schlicht keine Zeit gehabt.

Sie erinnerte sich an James und schmunzelte. Er würde sie daran erinnern, dass sie genau jetzt Zeit dafür hätte.

»Mir kommt es ein wenig so vor, als würde Nina mir ihre düstere Seele offenlegen. Ich meine … Wie sie mit ihrer Partnerin umgeht, das ist einfach nicht nett. Auf mich wirkte Nina zwar immer sehr auf ihre Karriere fixiert, aber nicht so, dass sie an erster Stelle steht«, betonte Lea, da sie nicht wollte, dass Adua negativ von ihrer Freundin dachte.

»Der Grat zwischen Leidenschaft und Fanatismus ist schmal«, bestätigte Adua und machte dabei nicht den Eindruck, als hätte sie den Wunsch, Nina zu verurteilen, sondern eher, als würde sie das von sich und vielleicht auch von der Besatzung der Endurance schon kennen.

»Es ist auf jeden Fall ziemlich spannend zu lesen, wie sie an Curiosity gearbeitet hat. Es ähnelt so sehr meiner Vorbereitungszeit für die Reise«, ergänzte Lea abschließend.

»Und hast du Kontakt mit deiner Schwester aufgenommen?«, erkundigte Adua sich.

»Ja. Vor einer Woche.« Lea erzählte Adua von der Mail, die sie ihrer Schwester geschrieben hatte, und den neuen Fotos von ihrer Nichte, die sie daraufhin erhalten hatte. Sie erwähnte, wie schwer es ihr gefallen war, sich diese Bilder anzusehen, und dass sie kurz danach einen Albtraum gehabt hatte, in der ihre Nichte ihr vorwarf, nie für sie da gewesen zu sein.

Adua schlug vor, genau das ihrer Schwester zu schreiben, und sie darum zu bitten, ihr weniger Bilder und mehr Text zu senden.

Als Leas Termin vorbei war und Baihu bat, hereinkommen zu dürfen, fühlte Lea sich ausgelaugt und nicht mehr so gut gelaunt wie zuvor. Doch sie spürte gleichzeitig, dass sie auf dem richtigen Weg war. Sie hatte gewusst, dass diese Reise sie an ihre Grenze bringen würde. Sie wäre kein Mensch, hätte sie nicht mit diversen Problemen zu kämpfen. Selbst Irina, die nie offen zeigte, wie es ihr ging, hatte heute offenbart, dass sie Bluestage hatte.

Lea verabschiedete sich von Adua und Baihu und trudelte in den kleinen Gang, von dem aus alle anderen Bereiche abzweigten und der gleichzeitig so eine Art Abstellkammer war. Zumindest bewahrten sie hier alle möglichen Werkzeuge und Alltagsgegenstände auf, die in Taschen oder Netzen an den Seiten befestigt waren. Nach rechts ging es ins Labor zu Owen. Links war der Technikraum mit James.

Da James heute die Filter auswechseln wollte, hätte sie dort ebenso etwas zu tun, während Owen gesagt hatte, dass er sie erst wieder bräuchte, wenn es neue Proben zu analysieren gab.

Kurz zögerte Lea, dann stieß sie sich den Gang entlang.

Als sie die schwebende Laborbrille sah, musste sie lächeln. Owen war alleine. Also war Rio wirklich entweder beim Sport oder schlief. Er saß auf dem fest montierten Stuhl in der Mitte des Labors und beschriftete Reagenzgläser. Lea fischte die Brille aus der Luft und stieß sich an der Wand ab, um so zu Owen zu gelangen.

Sie prallte gegen seinen Rücken, und er stieß einen erschrockenen Laut aus. Überrascht sah er sie an, zog seine Brille ab und legte sie auf den Tisch, von wo sie langsam aufstieg.

»Du sollst deine Brillen nicht auf den Tisch legen. Am Ende fliegen sie alle durchs ganze Raumschiff, und du suchst sie ganz verzweifelt«, sagte Lea und war fasziniert über ihre Stimme, die merkwürdig sanft klang. Sie griff nach der Brille und händigte Owen beide Gestelle aus.

Er wurde tatsächlich rot. »Danke«, sagte er.

»Gerne.« Lea setzte sich auf den anderen montierten Stuhl. Sie liebte es hier im Labor zu sein, weil es einem die Illusion gab, Schwerkraft zu haben. Es gab einen Labortisch und zwei Sitzgelegenheiten. Nicht so wie im Technikraum, wo alles nach Raumschiff aussah. Vielleicht vergaß Owen deswegen ständig, dass er sich in Schwerelosigkeit befand und legte alles einfach auf dem Tisch ab.

»Seid ihr fertig mit dem Modultest?«, fragte Owen und stopfte die Laborbrille in die Seitentasche an der Wand. Die andere setzte er sich auf die Nase und zog die Bügel hinter die Ohren, damit sie sich nicht selbstständig machte.

Lea nickte. »Jetzt tauscht James die Filter aus.«

»Braucht er deine Hilfe nicht?«, hakte Owen verwundert nach.

Lea schüttelte den Kopf. »Nicht unbedingt. Er wird jemand anderen fragen.« *Und bitte frag nicht, warum ich hier bei dir bin, wenn ich im Technikraum zu tun hätte,* dachte sie mit klopfendem Herzen.

»Und warum bist du hier?«

Ertappt schloss Lea die Augen, riss sie kurz darauf auf und hob die Schultern. »Ich weiß nicht.«

Räuspernd drückte Owen das Reagenzglas, das er noch in der Hand hielt, in die Halterung. Offenbar vergaß er zumindest bei seinen Proben nie, dass er sich in Schwerelosigkeit befand.

»Soll ich gehen?«, fragte Lea.

»Nein.« Owen räusperte sich erneut.

Schweigend betrachtete Lea ihn und knetete ihre Finger miteinander.

»Also …«, sagten sie zur gleichen Zeit nach einem Moment der Stille und starrten sich in die Augen.

»Sag du«, bat Owen.

»Nein, du zuerst.« Lea schluckte. Das mit ihr und Owen war eine seltsame Geschichte. Mal verstanden sie sich gut und redeten viel, mal wussten sie nicht, wie sie miteinander umzugehen hatten.

»Ich …« Owen schüttelte den Kopf. »Ich weiß nicht mehr, was sich sagen wollte.« Seine Wangen färbten sich rot, und er drückte sich nervös die Brille auf den Nasenrücken, weil sie sich wegen der fehlenden Schwerkraft anhob.

»Das ist eine Lüge«, erkannte Lea und grinste.

Owen sah zu seinen Phiolen, anschließend betrachtete er sie und nickte. »Ich weiß nicht … Ich freue mich aber, dass du hier bist.«

Auf einmal wusste Lea, dass James recht mit seiner Einstellung hatte. Sie war stets prinzipientreu, immer bedacht auf die Zukunft und auf die Mission. So sehr, dass sie verkrampft war und manchmal vergaß, dass sie diese Reise gerne machte und es Millionen von Menschen gab, die sie darum beneideten. Sie beugte sich vor und sah Owen tief in die Augen. Er hatte schöne Augen. Grau mit grünen Sprenkeln, stark vergrößert durch die Brillengläser und umrahmt von feinen dunklen Wimpern.

»Lea, ich weiß nicht, ob das eine gute Idee ist«, wehrte Owen ab.

»Ich auch nicht«, gab Lea zu.

»Also …« Er brach ab.

Lea legte ihre Hände an seine blassen Wangen und stellte fest, dass seine Haut kühl war. Noch nie war ihr der feine Flaum an seiner Oberlippe aufgefallen und wie hübsch seine Nase war und wie symmetrisch das Gesicht. »Wie sollen wir uns hier sonst die Zeit vertreiben? Nur mit Arbeit?«, fragte sie.

»Sex in der Schwerelosigkeit funktioniert sicher nicht so gut«, wandte Owen ein.

»Ich glaube, Irina und James haben es schon getrieben«, sagte Lea.

»Nein.« Owen schüttelte den Kopf, und dadurch strichen ihre Finger über seine Haut. »Das ist ein Gerücht. Sie hatten mal was miteinander, am Boden, während der medizinischen Tests. Sie haben allerdings ziemlich schnell festgestellt, dass sie nur Freunde sind.«

Lea strich Owen eine Strähne aus dem Gesicht. »Wenn das so ist, wären wir die ersten Menschen, die es versuchen. Hier. In der Schwerelosigkeit.« Ihre Stimme klang rau und zittrig. Sie waren bereits seit Tagen umeinander herumgeschlichen und hatten tatsächlich sehr viel Zeit miteinander verbracht. Nicht nur gearbeitet, sondern auch geredet. Hatte sie die Signale falsch gedeutet? »Oder willst du nicht?«, fragte sie schließlich.

»Ich bin Wissenschaftler. Ich … möchte es natürlich testen. Du kennst mich doch«, flüsterte Owen, und dann überwand er die Distanz zu ihr und küsste ihre Lippen, und es fühlte sich so gut an. Endlich wieder Körperkontakt.

Während sie sich küssten, lösten sie die Bänder, die sie beim Sitzen an Ort und Stelle hielten, und ihre Körper prallten sanft aufeinander. Hastig umschlang Lea seine Schultern mit ihren Armen, und er drückte sie mit seinen Händen an der Taille zu sich. Die

Schwerelosigkeit ließ sie sofort schwanken, ihre Füße lösten sich schon kurz darauf vom Boden, und sie verkeilten ihre Beine miteinander.

Sie hatten keine Privatsphäre, keine Tür. Aber Lea vertrieb die Gedanken daran. Sie küssten sich. Streichelten sich. Pressten sich eng aneinander. Und auf einmal fühlte es sich perfekt an, schwerelos zu sein. Zusammen mit Owen. Ihre Glieder miteinander verwoben, ihre Körper aneinandergedrückt. Schwebend und strudelnd im Raum. Spielerisch sich drehend wie ein Paar, das miteinander tanzte und so leicht war, dass es vom Boden abhob.

Lea vergaß die Zeit. Und den Raum. Lea vergaß ihre Einsamkeit.

NINA – Jahr 2011, 22 Jahre vor der Reise zum Mars mit der Endurance

Eilig stopfte Nina ihre Sachen in die Taschen und zog den Reißverschluss zu. Sie musste sich beeilen, sonst konnte sie es nicht mehr pünktlich schaffen. Sie hatte lange am Flughafen gestanden und die Verladung von Curiosity in die C-17 überwacht. Endlich war es so weit. Jetzt würde alles ganz schnell gehen. Wahnsinn!

Ihr Herz klopfte, sie freute sich wie ein Kind. Ihr Baby wurde flügge und trat seine Reise an, die nichts im Vergleich zu der späteren Reise zum Mars sein würde. Trotzdem war der Flug zur Cape Canaveral Air Force Station ein großes Ereignis, weil Curiosity nie zuvor die Werkshallen verlassen hatte. Zusammen mit ein paar Kollegen hatte sie dem Start des Flugzeuges zugesehen und tatsächlich Tränen in den Augen gehabt.

Nun war es an der Zeit, Curiosity zu folgen und gemeinsam mit einigen Ingenieuren und Technikern nachzureisen, um die letzten Vorbereitungen zu treffen. Nach den abschließenden Arbeiten an dem hochmodernen Rover war alles vorbei. Zumindest für sie. Für Curiosity würde es weiter gehen. Aber ohne sie.

Diese sechs Monate blieben ihr allerdings. Erst danach musste sie sich endgültig von ihrem Kind, wie sie Curiosity heimlich nannte, verabschieden. Anschließend stand die Reise zum Mars an, wo Curiosity auf sich alleine gestellt war. Nina hätte viel Zeit, um sich auszuruhen und Tiff endlich die Fürsorge zu geben, die sie in den letzten Jahren so vermisst hatte.

Wie ihr Leben weiter verlaufen würde, konnte sich Nina noch nicht vorstellen. Was sollte sie mit all der Zeit anstellen? Wann konnte sie das nächste große Projekt übernehmen? Oder sollte sie wirklich mal auf die Bremse treten und ihre Arbeitszeit reduzieren, die Überstunden abbauen und sich um ihr Privatleben kümmern, wie Tiff, ihr Chef und Teile ihrer Kollegschaft es ihr vorgeschlagen hatten?

»Kümmer' dich halt um den Garten«, hatte Tiff oft gesagt. Andere Stimmen hatten ihr Urlaub, einen Hund oder einen Triathlon nahegelegt. Evas Empfehlung hatte gelautet: »Schreib deine Erlebnisse mit Curiosity auf und veröffentliche ein Buch.« Vielleicht vermutete ihre Freundin, dass Nina dadurch wieder zu ihrer Mitte fand.

Ja, sobald Curiosity auf dem Weg zum Mars war, hatte sie wenig zu tun. Der Gedanke stimmte sie weniger euphorisch, als sie geglaubt hätte.

Wie sollte sie sich auf so was wie den Garten, einen Hund oder ihre Memoiren konzentrieren, wenn sie den Ausgang ihres Projekts nicht mehr beeinflussen konnte?

Curiosity würde erst im nächsten Sommer auf dem Mars landen und hoffentlich Bilder senden. Dazwischen lagen viele Unsicherheiten. Sie würde sich nicht entspannen können, bevor Curiosity nicht wirklich auf dem Mars gelandet war. Erst dann konnte Nina damit abschließen und sich endlich anderen Dingen zuwenden.

So weit waren sie noch nicht, beruhigte sie sich selbst. Nun standen zunächst einmal die Vorbereitungen für den großen Tag an.

Nina pfiff, um die düsteren Gedanken an die freie und ungewisse Zeit danach zu vertreiben, während sie ins Bad ging und sich den Kulturbeutel griff. Den hätte sie vor lauter Aufregung fast vergessen. Beschwingt lief sie über den Gang und spürte ein aufgeregtes Flattern in ihrer Magengrube.

Sie wusste nicht, wie oft sie in nächster Zeit nach Hause kommen würde. Vermutlich würde sie die letzten Vorbereitungen ohne Unterbrechung überwachen, weswegen sie genug Zeug mitgenommen hatte, damit sie notfalls bis November gar nicht mehr nach Hause musste.

Mit Verwunderung hatte sie registriert, dass Tiff das erstaunlicherweise gut aufgenommen hatte. Tiff hatte ihre Aufopferung für die Arbeit in den letzten Monaten überraschenderweise akzeptiert und sie nicht mehr mit Kritik überhäuft. Nina hatte das regelrecht genossen.

Tatsächlich hatten Tiff und sie zu wenig Zeit füreinander, und die wollte Nina auf gar keinen Fall damit verbringen, darüber zu streiten. Das war Verschwendung einer kostbaren Ressource. Vielleicht hatte Tiff verstanden, dass Nina sich nicht ändern würde, bevor Curiosity nicht endlich unterwegs war. Oder hatte sie lediglich resigniert? Nina hatte sie nie gefragt.

Bevor sie nach Cape Canaveral flog, hatte sie geplant, Eva anzurufen. Nach wie vor war die Öffentlichkeit nicht darüber informiert, wo Curiosity landen würde – das Detail, das Eva besonders interessierte. Immerhin kannte sie sich auf dem Mars besser aus die meisten Menschen, weshalb sie regelmäßig nachgehakt hatte, wo Curiosity seine Entdeckungen und die Suche nach Anzeichen für Leben auf dem Mars beginnen würde.

Anschließend musste sie ihre Koffer nehmen und sich von Tiff verabschieden, um Curiosity zu folgen.

Nina hoffte inständig, dass es nicht noch zu einer Katastrophe kam. Ein Wort, das auf das andere folgte, aufgestaute Emotionen, die zu lange unterdrückt worden waren und sich wie eine Explosion plötzlich entluden, und danach Schmerz, der womöglich zu einer Verzögerung führen würde, die sich Nina nicht leisten konnte.

Ihr kam die Ruhe gespenstisch vor. Früher hätte Tiff getobt, wenn Nina erwägt hätte, wegen eines Roboters gar nicht mehr heimzukommen. Es war komisch, und Nina hoffte einfach, dass Tiff keine Anstalten machte.

Tiff nannte Curiosity *den Roboter* und sagte das stets in einem abfälligen Ton, selbst jetzt noch, wo sie gar nicht mehr an Nina herummotze. Das war das, was sie am meisten verletzte. Curiosity war ihre Schöpfung, in die sie in den letzten Jahren Energie und Arbeit reingesteckt hatte. Das war nicht vergleichbar mit irgendeinem Roboter. Er war … ein ganz besonderer Roboter.

Nina riss die Schublade auf und zerrte Unterwäsche heraus, um sie in den Koffer zu werfen. Wo war sie nur mit ihrem Kopf? Sie vergaß die Hälfte! Mit einem Stirnrunzeln betrachte sie alle Strümpfe, die sich in ihrem Besitz fanden. Es waren nicht genug. Selbst dann nicht, wenn sie die mit Löchern mitzählte. Natürlich würde sie dort waschen können, doch darauf hatte sie wirklich keine Lust. Sie drehte sie zur offenen Schlafzimmertür um. »Tiff?«, schrie sie. »Tiffy?«

Keiner reagierte. Sie wusste, dass Tiff zu Hause war. Mittwochs ging sie am Abend zum Yoga und machte aus diesem Grund früher Feierabend, weil sie nicht überhastet in den Kurs kommen wollte. Nina fragte sich, ob sie auch früher Feierabend gemacht hätte, wenn sie keinen Yogakurs gehabt hätte. Nina traute ihr zu, dass Tiff länger bei der Arbeit geblieben wäre, um sich an ihr zu rächen. Das Schlimmste an dem Gedanken war, dass Nina sie verstehen konnte, denn sie war ebenfalls zu oft spät nach Hause gekommen, obwohl Tiff sie zu Hause gebraucht hätte.

Eigentlich konnte Nina sich so eine Art von Gehässigkeit von Tiff nicht vorstellen, eine leise Stimme in ihrem Kopf sagte ihr allerdings, dass sie genau das verdient hätte.

»Tiff?«

»Was ist?« Tiffs wütendes Gesicht erschien in der Tür. »Was brüllst du so rum? Ich bin unten in der Küche und backe einen Kuchen.«

Nina runzelte die Stirn. »Warum machst du einen Kuchen?«

Tiff starrte sie einen Moment lang an, schließlich schüttelte sie entrüstet den Kopf. »Vergiss es«, flüsterte sie und klang dabei müde.

Das kannte Nina. Sie musste wieder irgendwas vergessen haben. Irgendwas … Aber was …? Schlagartig fiel es ihr ein, und sie begann zu zittern und schüttelte den Kopf. »Du … Ich … Tiff.«

Sie ging einen Schritt auf ihre Frau zu und blieb ruckartig stehen, weil sie sich zu sehr schämte. Sie hatte kein Recht, Tiff jetzt in den Arm zu nehmen. Das spürte sie. Sie sah nach unten auf den Boden.

»Ja, ich hatte gestern Geburtstag, und morgen will ich meine Kollegen einen Kuchen mitbringen«, bestätigte Tiff kühl.

»Ich … Ich habe es total vergessen«, stammelte Nina und sah nach oben. Es tat ihr schrecklich leid. Richtig leid. Auf einmal fühlte sie sich schlecht. »Warum hast du mich nicht erinnert?«

»Ich habe dich so oft erinnert, Nina«, sagte Tiff und klang nicht mal wütend. Sie hob die Schultern. »Es ist nicht schlimm. Mir war sowieso nicht nach feiern zumute. Ich war ja auch arbeiten. Schon okay.«

»Nein, das ist nicht … nicht okay«, wandte Nina ein. »Ich … Tiff, ich werde die Reise verschieben. Curiosity ist dort in guten Händen. Es schadet nichts, wenn ich einige Tage später hinfliege.«

Tiff kniff ungläubig die Augen zusammen, so als hätte sie das auf gar keinen Fall erwartet. Dann sagte sie etwas, das eindeutig wie Rache klang: »Tut mir leid. Ich habe keine Zeit.«

Nina setzte sich auf das Bett. Sie fühlte sich elend. »Was? Warum?«

»Bin morgen verabredet. Und heute will ich zum Yoga. Es ist okay, Nina. Fahr ruhig zu deinem Roboter, wie du es geplant hast. Und warum hast du eben so gebrüllt?«, fragte sie und verschränkte die Arme vor der Brust.

Irgendwas stimmte nicht. Sie war zu freundlich. Sie war zu harmonisch. Nina fragte sich, ob sie gerade aus dem Haus geworfen wurde. Ob sie nicht bemerkt hatte, dass sie hier gar nicht mehr erwünscht war? »Ich habe nicht genug Socken.«

Tiffs Miene veränderte sich. »Ja. Und?«, fragte sie. Auf einmal war sie wieder so distanziert wie in den letzten Wochen.

»Hast du keine Wäsche gewaschen?«, fragte Nina verwundert.

Tiff sah sie einige Sekunden an, schüttelte kurz darauf den Kopf und verschwand aus dem Raum, ohne zu antworten.

Nina presste die Lippen aufeinander und warf die wenigen Strümpfe in den Koffer, die sie zur Verfügung hatte. Sie verstand die Welt nicht mehr. Tiff akzeptierte, dass sie ihr nicht zum Geburtstag gratuliert hatte, doch sie reagierte sauer, wenn Nina fragte, warum sie nicht gewaschen hatte?

Der Haushalt war seit jeher ein Problem zwischen ihnen gewesen. Ja, das Meiste war an Tiff hängen geblieben, allerdings arbeitete sie auch weniger als Nina. Tiffs Argument dabei war, dass sie selten Überstunden machte, weil sie sich um ihre Gesundheit und ihre Freunde kümmern wollte, und nicht, um den Haushalt zu machen. Sie war der Meinung, dass sie den Haushalt beide gemeinsam bewältigen sollten. An den arbeitsfreien Tagen zum Beispiel.

Sie sah sich selbst nicht als Karrierefrau, die mit einer noch ambitionierteren Karrierefrau zusammenlebte. Sie sah sich genauso wenig als Partnerin, die zu Hause hockte und darauf wartete, bis jemand heimkam, dem sie etwas kochen konnte. Sie sah nicht ein, dass sie immer nur zurücksteckte. In ihrer Sichtweise war auch ihr Beruf anstrengend, und sie arbeitete mehr als der Durchschnitt. Tatsächlich sah sie sich als Karrierefrau, die mit einer Verrückten zusammenlebte.

Das hatte sie Nina deutlich mitgeteilt. Mehrmals. Irgendwann hatten sie eine Putzfrau angestellt, trotzdem gab es weiterhin Aufgaben, die die Putzfrau nicht machte, und die waren weiterhin regelmäßig Gegenstand des Konflikts gewesen. Jedes Mal, wenn sie stritten, wurde an die Oberfläche gezogen, dass Nina dieses oder jenes vergessen hatte.

Nachdem sie ihren Koffer gepackt hatte, ging sie ins Arbeitszimmer. Hier arbeitete Tiff manchmal. Wenn sie ihre Ruhe haben wollte, machte sie Home Office, eine gute Gelegenheit, um nebenbei den Haushalt zu machen, fand Nina. Tiff war anderer Meinung. Sie ging ins Home Office, um konzentriert zu arbeiten, fern von Kollegen, die sie störten. Sie konnte sich nicht zusätzlich um die Waschmaschine oder die Spülmaschine kümmern.

Tiff war nicht da. Nina ging einen Schritt in den Raum und musterte das Regal mit den Büchern, die Magnetwand, an der Tiff Berechnungen angestellt hatte, für die sich Nina nie sonderlich interessiert hatte, und blieb schließlich vor dem Poster stehen, auf dem die ungefähre Position des Exoplaneten markiert war, von dem sich Tiff und ihre Kollegen das Finden von außerirdischem Leben erhofften.

Während Nina durch den Raum schritt, wurde ihr bewusst, dass Tiff vollkommen recht hatte. Sie hatte ebenfalls eine Karriere, war genauso leidenschaftliche Forscherin und Entdeckerin. Sie hatten ein gemeinsames Interesse, hatten jedoch irgendwann aufgehört, sich darüber auszutauschen.

Nina setzte sich auf den Schreibtischstuhl und sah wie betäubt auf das Bild auf Tiffs Schreibtisch, das sie beide am Hochzeitstag zeigte. Sie waren nun schon so viele Jahre zusammen. Es fühlte sich komisch an, heute zu gehen. Sie hatte das Gefühl, hier nicht mehr willkommen zu sein, und das war … falsch.

Wenn Tiff sie tatsächlich nicht mehr hier haben wollte, musste sie die Maschine erst recht bekommen. Am Abend würde sie mit

Kollegen die Ankunft von Curiosity in Cape Canaveral feiern. Also musste sie Eva sofort anrufen. Es führte kein Weg daran vorbei, auch wenn Nina gerade eine seltsame Stimmung wahrnahm.

Nina straffte die Schultern. Sie traute sich nicht nach unten ins Esszimmer, wo Tiff war. Sie würde einfach das Telefon hier verwenden.

Sie wählte die Nummer.

Als sie Evas Stimme hörte, musste sie lächeln. Tränen traten ihr in die Augen, und sie sehnte mit einem Mal nach einem Urlaub in Deutschland. Eva zu sehen, ihr Elternhaus zu sehen. Die Gräber ihrer Eltern zu besuchen. Sich mit Eva gemeinsam an Will zu erinnern. Ihr alles von Curiosity zu erzählen. Deutsches Essen zu essen, die deutsche Sprache zu hören. Zeit zu haben. Alles vergessen. Alles hinter sich lassen. Endlich Zeit für sich zu haben.

Ohne etwas zu sagen, schluchzte Nina auf. Plötzlich war ihr alles zu viel und zu kompliziert und zu anstrengend. Sie vermisste ihre Freundin so sehr.

»Alles okay?«, fragte Eva zögerlich.

Ihre Stimme hatte sich sehr verändert. Sie war lange Zeit jung geblieben, doch irgendwann war es Schlag auf Schlag passiert. Sie war von jetzt auf gleich eine alte Frau gewesen. Alles innerhalb weniger Jahre. Ihre Stimme zitterte leicht, und sie hatte nicht mehr den festen Klang wie früher, wenn Nina mit ihr telefoniert hatte. Ihre alte Freundin, Förderin und Betreuerin in all den Jahren war mittlerweile älter, als Ninas Eltern und Will geworden waren.

Ihr wurde die Endlichkeit bewusst. Was, wenn sie Eva verlieren würde, wie ihre Eltern und Will ebenfalls verloren hatte? Wie sollte sie das ertragen, wenn auch die letzte elterliche Figur in ihrem Leben einfach weg war?

»Ist nicht heute dein großer Tag?«, fragte Eva.

Nina nickte. Immerhin jemand, der das zu schätzen wusste. Tiff hatte offensichtlich keine Ahnung, was dieser Tag für sie bedeutete. Aber Eva wusste es. Und außer Tiff und Eva hatte sie niemanden in ihrem näheren Umfeld.

Hastig strich sich Nina die Tränen aus den Augen und räusperte sich.

»Geht es dir gut?« Evas Stimme klang besorgt.

Wieder räusperte Nina sich und hoffte, dass ihre Stimme stabil genug war, um Eva nicht zu besorgen. »Ja«, sagte sie. »Alles okay.«

Sie erzählte Eva von dem erfolgreichen Start des Fliegers mit Curiosity an Bord. Und je länger sie redete, desto mehr verschwand das Gefühl von Sehnsucht und Überforderung aus ihrem Kopf. Stattdessen konzentrierte sie sich auf Curiosity und berichtete von all den Erfolgen und den Rückschlägen, die sie in den letzten zwei Wochen erlebt hatte. Eva hörte leise atmend zu, ohne eine Zwischenfrage zu stellen.

»Ich kann es nach wie vor nicht glauben«, beendete sie ihre Erzählung. »Ich habe dir als Kind gesagt, ich werde auf den Mars fliegen, und jetzt … tue ich es. In Form meines Roboters.«

»Ich bin sehr stolz auf dich«, sagte Eva. Sie zögerte. Ihre Atmung war noch fest und stabil. Sie war trotz ihres Alters weitgehend fit, erinnerte sich Nina. Kein Grund, sich zu sorgen. Ihre Mutter war krank gewesen, ihr Vater hatte ungesund gelebt, und Will hatte körperliche und psychische Schäden wegen der Sache mit Vietnam erlitten. All das traf auf Eva nicht zu.

Nina hoffte inständig, dass Eva noch viele Jahre leben würde, um alle Ergebnisse von Curiosity mitzubekommen. Manchmal behauptete sie zwar, das würde sie gar nicht mehr interessieren. Das stimmte natürlich nicht. Entgegen dieser Aussage war Eva neugierig geblieben und erfreute sich an den Fortschritten, von denen Nina ihr berichtete, aber sie erinnerte Nina auch in regelmäßigen Abständen daran, dass nicht der Mars das Wichtigste in ihrer beider Leben war.

Sie vermisste Will. Jedes Jahr, das verging, vermisste sie ihn mehr. Der Tag ihres Todes würde der Tag sein, an dem sie endlich erneut vereint wurden. Eine Art zweite Hochzeit, wie Eva halb ernst, halb amüsiert beteuerte. Jedes Mal, wenn sie das sagte, schnürte Nina das den Hals zu. Wenn Eva nicht mehr wäre ... Wen hätte sie dann noch?

»Ist wirklich alles in Ordnung?«, fragte Eva.

Nina berührte die Blätter, die ihre Frau auf dem Schreibtisch verteilt hatte, anscheinend war es eine Projektarbeit eines Studenten. Was Nina erstaunte, war die Tatsache, dass diese Projektarbeit von ihr betreut werden sollte. Mit Robotik und Technik kannte Tiff sich doch nicht aus. Sie war Astrobiologin und überließ die Technik anderen. Außerdem war die Projektarbeit in Deutsch verfasst. Tiff konnte die Sprache inzwischen einigermaßen verstehen, aber das war eine komplizierte Abhandlung. Warum überprüfte Tiff die Arbeit, ohne sie Nina gezeigt zu haben? Nina hätte ihr bei den technischen Fragen und der Übersetzung helfen können.

»Ja«, antwortete sie eilig, bevor Eva hören konnte, dass sie sehr verwirrt war. Sie gab sich Mühe, fröhlich zu klingen. »Es ist alles optimal verlaufen, und ich werde in wenigen Stunden nachfliegen. Curiosity wird es gut gehen.«

»Ich fragte nach *deinem* Wohlergehen, nicht nach dem von Curiosity.« Eva lachte leise, aber das Lachen klang gequält.

»Mir geht es ebenfalls prima«, beeilte Nina sich zu sagen, um zu verhindern, dass Eva sich sorgte.

Eva erkundigte sich nach den letzten Vorbereitungen an Curiosity, Nina erzählte ihr die Pläne und erwähnte ebenso die erfolgreichen Abschlusstests in den letzten Wochen.

Nebenbei versuchte sie weiterhin herauszufinden, was die Projektarbeit auf Tiffs Schreibtisch zu suchen hatte. Sie hatte ein schlechtes Gewissen, da sie Eva nicht die notwendige Aufmerksamkeit schenkte und sie tatsächlich zu lange vernachlässigt hatte.

Weiter hinten im Stapel fand sie eine ausgedruckte Mail mit einem kurzen Text: *Vielen Dank, dass Sie über meine Arbeit drüberlesen. Ich soll Sie von Eva grüßen.*

Also hätte *sie* die Arbeit erhalten und lesen sollen. Und Eva hatte sie vermittelt. Da Eva nach wie vor enge Kontakte zur europäischen Weltraumbehörde hatte, kam sie manchmal in Kontakt mit Studenten. Den Absender der Arbeit fand Nina nicht, obwohl sie hastig alles durchblätterte. Auf dem Deckblatt war kein Urheber vermerkt.

Warum hatte Tiff ihr die Arbeit nicht gegeben und stattdessen selbst begonnen, sie zu lesen und auch zu korrigieren, wie Nina an den Notizen am Rand erkannte?

Das war wirklich komisch!

»Nina, ich spüre doch, dass etwas los ist«, meinte Eva.

Nina stand auf und ging mit dem Telefon am Ohr zum Fenster, um sich besser auf das Gespräch mit Eva konzentrieren zu können.

»Ich bin ein bisschen im Stress. Die letzten Tage waren anstrengend«, sagte sie.

»Du solltest weniger arbeiten«, sagte Eva. Wie immer, wenn sie telefonierten.

Nina schwieg.

»Deswegen geht es dir nicht gut«, fügte Eva hinzu. Ihre Stimme war auf einmal so fest wie früher, keinen Widerspruch akzeptierend.

»Mir geht es glänzend«, erwiderte Nina gereizt. Einen Moment später seufzte sie. »Tut mir leid, aber du solltest dir keine Sorgen machen. Echt nicht. Sobald Curiosity seine Reise gestartet hat, werde ich jede Menge Zeit haben. Viel zu viel vermutlich. Ich werde dich besuchen, klingt gut, oder?«

»Ja.« Eva hörte sich zweifelnd an. Ein bisschen so wie Tiff, wenn Nina ihr versprach, bald in den Urlaub zu fahren und sich um den Garten zu kümmern.

Nina drehte sich um und sah erneut zu der Projektarbeit, die auf dem Schreibtisch lag. »Du hast einem Studenten unsere Mailadresse gegeben, richtig?«, fragte sie. Nicht, um Eva abzulenken, sondern weil sie dem Rätsel auf die Spur kommen wollte.

»Ah ja.« Eva klang erfreut. »Ich habe Lea bei der Eröffnung eines neuen Planetenweges kennengelernt. Ich habe ihr von dir erzählt, und sie war begeistert und hat mir von ihrem Projektthema erzählt, woraufhin ich ihr eure Mailadresse gegeben habe. Hast du schon reingelesen?«

»Nein, bisher nicht«, meinte sie leise, schob die Blätter zusammen und legte sie anschließend in den Hefter zurück. »Warum hast du der Studentin nicht meine Adresse gegeben?«

»Wieso? Hätte ich das tun sollen?« Evas Stimme enthielt Verwunderung. »Ich habe ihr eure gemeinsame Adresse gegeben. Die einzige, die ich kenne. Du weißt ja, dass ich mir deine lange Adresse nie merken kann. Und als ich Lea traf, hatte ich mein Adressbuch nicht dabei.«

Das ergab Sinn. In das gemeinsame Postfach sah sie nur selten rein. Es waren zumeist Spammails oder Newsletter, die Tiff gerne las. Außerdem kümmerte sich Tiff um alle Rechnungen, die per Mail reinkamen.

Das erklärte, woher die Arbeit gekommen war, nicht aber, was sich Tiff dabei gedacht hatte, sie selbst zu lesen, statt sie Nina zu geben.

»Ich möchte dir noch erzählen, wohin wir Curiosity schicken werden«, meinte Nina nach kurzem Zögern. In erster Linie, da sie wusste, dass sich Eva mehr sorgen würde, wenn sie sich weiterhin so wortkarg gab. »Wir werden es die nächsten Wochen der Öffentlichkeit mitteilen, doch ich will es dir schon vorab sagen. Die Kollegen haben die lange Suche endlich abgeschlossen.«

»Ich bin gespannt«, erwiderte Eva und klang so lebendig wie zu der Zeit, als sie ihre Einkäufe mit dem Fahrrad selbst erledigt hatte.

»Unsere Wahl fiel auf den Krater Gale«, verkündete Nina stolz.

»Ah.« Eva klang überrascht. »Bei Aeolis Mons? Ist das nicht ziemlich riskant?« Eva konnte natürlich sofort etwas damit anfangen. Das liebte Nina an den Gesprächen mit ihr.

»Ja, ein bisschen, die Vorteile überwiegen allerdings«, erwiderte Nina.

»Ihr schickt Curiosity an diese Stelle wegen des Sees, der dort nachgewiesen wurde, oder?«, vermutete Eva.

»Ja. Die Chance, da Spuren von vergangenem Leben zu finden, sind größer. Das versprechen wir uns zumindest«, erläuterte Nina.

»Klingt spannend.« Eva lachte leise. »Ob ich die Landung von Curiosity noch erlebe?«

»So alt bist du ja wohl nicht«, betonte Nina und schloss gequält die Augen.

Eva lachte. »Ja, ein Jungspund sozusagen.«

Nina schmunzelte.

Als sie sich von Eva verabschiedete, fühlte sie sich besser als zu Beginn des Gesprächs. Sie sah ein letztes Mal auf die Projektarbeit, die Tiff ihr aus unerfindlichen Gründen vorenthalten hatte, dann griff sie nach dem Hefter und ging ins Schlafzimmer. Sie legte die Projektarbeit in den Koffer, schloss ihn und trug ihn in das untere Geschoss.

Tiff stand in der Küche. Das Radio lief. Ihre blonden langen Haare hatte sie im Nacken verknotet. Nina lehnte ihre Stirn gegen den Türrahmen und beobachtete ihre Frau einen Moment lang.

Irgendwann bemerkte Tiff, dass sie beobachtet wurde. Sie drehte sich um. »Bist du bereit?«

»Brandons Frau wird jeden Moment hier sein«, sagte Nina.

»Sie fährt euch zum Flughafen?«, fragte Tiff.

Nina nickte und fragte sich, warum sie Tiff nicht gebeten hatte, sie zum Flughafen zu bringen. Sie seufzte und verdrehte über sich selbst die Augen.

»Das mit deinem Geburtstag tut mir wirklich leid. Hast du am Wochenende was vor? Du könntest mich dort besuchen. Ich werde nicht arbeiten. Wir können schick essen gehen.«

»Ich denke darüber nach.« Tiff sah unentschlossen aus.

Nina schluckte. »In deinem Arbeitszimmer lag eine Projektarbeit. Ich habe sie eingepackt und werde sie mitnehmen. Sie war ja für mich bestimmt.«

Tiff nickte. »Ja. Eva hat die Tage angerufen und angekündigt, dass wir diese Arbeit per E-Mail erhalten werden. Lea interessiert sich sehr für Robotik, und Eva hat ihr erzählt, was du beruflich machst. Sie fand es sehr spannend. Deine Arbeit an … Curiosity. Eva bat mich, sie dir zu geben.«

Es war das erste Mal seit langer Zeit, dass sie ihn so nannte. Nina lächelte leicht. »Und warum hast du sie mir dann nicht gegeben? Ich hätte sie mir gerne durchgelesen.«

»Hättest du denn Zeit gehabt?«, fragte Tiff kühl.

Nina seufzte. »Ich werde bald Zeit haben«, versprach sie. Sie fragte sich, warum sie sowohl Eva als auch Tiff ständig daran erinnern musste. Ihre Arbeit an Curiosity war in Kürze beendet. Sie würde Zeit im Überfluss haben.

»Du hast sie nicht *jetzt*«, betonte Tiff. »Und Lea benötigt die Meinung baldmöglichst. Also habe ich angefangen, sie zu lesen.«

Nina starrte sie an. Sie wusste nicht, was sie sagen sollte. Was sie machen konnte, um Tiff näherzukommen. Ein starkes Gefühl von Hilflosigkeit und Orientierungslosigkeit machte sich in ihr breit. »Ich hätte … sie gerne gelesen. Ich … Tiff, es ist doch fast vorbei …«, meinte sie und knetete ihre Finger. Sie wagte immer noch nicht, ihre Frau zu umarmen.

»Ja, das denke ich auch«, meinte Tiff nachdenklich, und Nina hatte das dumpfe Gefühl, dass sie aneinander vorbeiredeten. »Lea ist eine sehr gute Studentin. Sehr engagiert. Vielleicht ein wenig unsicher mit sich selbst, dennoch sehr leidenschaftlich. Sie erinnert mich … ein bisschen an dich. Bevor es … krankhaft wurde.«

Nina schüttelte den Kopf. »Was ist daran krankhaft, den Mars erforschen zu wollen?«

»Nichts.« Erneut klang Tiff kühl.

Nina starrte sie an, dann schüttelte sie den Kopf. Sie hatte alles versucht. Hatte angeboten, die Reise zu verschieben, hatte Tiff am Wochenende zu sich eingeladen, um Zeit mit ihr zu verbringen. Sie hatte sie mehrfach daran erinnert, dass sie ab November unendlich viel Freizeit haben würde. In Dauerschleife wie eine kaputte Platte hatte sie sie daran erinnert. Was sollte sie denn noch machen, wenn Tiff ihr nicht glaubte? Wenn Tiff nicht mit sich reden ließ?

»Brandon wird gleich da sein. Ich … Tiff. Komm schon, mach es mir nicht so schwer«, flehte Nina.

Tiff legte den Schneebesen zur Seite und ging zu ihr. Die Umarmung fühlte sich steif an. Und Tiff ließ sich nicht küssen, sondern presste stattdessen ihre Stirn gegen die ihre. Nina ließ sie los, als Tiff rasch zum Herd lief.

»Lea erinnert mich wirklich sehr an dich. Als du noch so … Als wir uns kennengelernt haben. Als du …« Tiff beendete den Satz nicht.

»Es tut mir leid. Aber ich werde wieder zu diesem Menschen«, versprach Nina. Abermals. Von neuem versprach sie Tiff alles Mögliche. Doch jetzt würde sie ihr Versprechen halten. Sobald Curiosity auf dem Weg zum Mars war.

NINA – Jahr 2012, 21 Jahre vor der Reise zum Mars mit der Endurance

Im Zimmer war es längst dunkel. Seit sie sich ein Fertiggericht aufgewärmt hatte und sich ins Arbeitszimmer zurückgezogen hatte, um Leas Projektarbeit zu lesen, hatte sie lediglich die Wand angestarrt. Nie in ihrem Leben hatte sie sich so gefühlt: Einsam.

Ihr Blick glitt durch das Zimmer, und dann erfassten ihre Augen etwas, das sie längst vergessen hatte. Sie wusste nicht, wie lange die Gitarre in dem dafür vorgesehenen Ständer bereits unberührt im Zimmer ihrer Frau stand. Sie hatte schon ewig nicht darauf gespielt, und es war ihr nicht aufgefallen, dass die Gitarre nicht mehr im Wohnzimmer an ihrem gewöhnlichen Platz neben dem Kamin stand. Irgendwann musste Tiff sie weggeräumt haben, ohne dass Nina es bemerkt hatte.

Sie stand auf und ließ zögerlich, so als wären sie gefährlich, den Finger über die gespannten Saiten streichen. Sofort erklang ein Ton, der sie zusammenzucken ließ.

Sie starrte die Gitarre an, dachte an Will, erinnerte sich daran, als er ihr das erste Mal gezeigt hatte, wie sie das Instrument zum Klingen bringen konnte. Sie würde nie vergessen, wie glücklich und zufrieden er ausgesehen hatte, wenn er spielte. Da ein Teil der Finger an seiner rechten Hand taub war, konnte er nicht mehr so gut spielen wie zuvor. Er hatte sehr darunter gelitten, dass er nicht mehr auftreten konnte. In Amerika war er Mitglied einer Band gewesen, und Nina hatte ihn sich immer als jemand vorgestellt, der richtig berühmt war.

Sie berührte den Gitarrenhals und zog das Instrument zu sich heran. Als sie den rechten Arm um den Gitarrenbauch legte und die Finger der linken Hand auf die Saiten presste, fühlte sich die Bewegung an, als hätte sie niemals aufgehört.

Sie spielte einen Moment und stellte die Gitarre danach in den Ständer zurück. Anschließend trat sie einen Schritt nach hinten und hob die Schultern. Sie wünschte, Musik könnte sie so trösten, wie sie es bei Will getan hatte.

Langsam trat sie an den Schreibtisch und setzte sich auf den Bürostuhl. Sie blickte erneut zur Gitarre, bevor sie reglos die Tischplatte anstarrte.

Es war, als wäre sie von der Außenwelt abgeschnitten. Sie hatte keinen Grund mehr rauszugehen, sich um ihre Hygiene zu kümmern oder morgens überhaupt aus dem Bett zu kommen. Sie hatte viel zu viel Zeit und viel zu wenig zu tun. Und das wenige, was sie zu tun hatte, langweilte sie.

Fast so, als wäre sie vollkommen isoliert von ihren Mitmenschen, sich selbst aber nicht genug.

Curiosity war jetzt seit einigen Monaten unterwegs zum Mars. Bis er erste Bilder senden würde, würden weitere Monate vergehen. Sie hatte den Roboter geküsst, feierlich und mit Tränen in den Augen. Danach hatte sie bei seiner Verladung in die Atlas-Trägerrakete zugesehen und Brandons Hand gehalten, während die Rakete gezündet worden war. Danach waren sie feiern gewesen, und am nächsten Morgen hatte sie in Florida nichts mehr zu suchen gehabt. Sie hatte sich leer und unruhig gefühlt, obwohl sie hier in den letzten Monaten zu Hause gewesen war.

Doch nun war es Zeit heimzukommen. In ein Haus, das ihr nichts mehr bedeutete. Sie ging lediglich deswegen dorthin, weil sie nicht wusste, wohin sie sonst sollte. Es gab in ihrem Leben keinen anderen Lebensmittelpunkt.

Tiff war während ihres Aufenthalts in Florida ausgezogen. Sie hatte bemerkt, dass es ihr ohne Nina besser ging. Also hatte sie gepackt und war gegangen. Ohne Atlas-Trägerrakete, stattdessen mit ihrem alten Auto. Im Gegensatz zu Curiosity hatte Nina sie nicht zum Abschied geküsst und ihre Abreise auch nicht mit Stolz begleitet.

Als Tiff ihr verkündet hatte, dass sie in den Westen ziehen würde, wo ihre Eltern, ihre Geschwister und alte Freunde lebten, hatte Nina das nicht einmal überrascht. Gespürt hatte sie die Entfremdung ja schon länger. Obwohl ihr erst bei Tiffs Ankündigung klar geworden war, dass das dunkle Loch in ihrem Herzen die Distanz zu ihrer Ehefrau sein musste.

Ins leere Haus zu kommen, war schwer. Tiff hatte sie verlassen. Curiosity war jetzt auf seinem eigenen Pfad. Sie hatte keine Frau mehr. Keine spannende Arbeit. Keine Aufgabe. Kein Hobby. Keine Freunde. Da war nichts mehr. *Gar nichts* mehr.

Natürlich hätte sie weiterhin viel Arbeit gehabt, aber sie hatte sich in den letzten Jahren nur um Curiosity gekümmert. Nichts anderes interessierte sie. Was für einen Sinn machte es, Kollegen bei kleineren Rovern auszuhelfen, wenn der eigene Rover bereits das Beste war, was sie mit dem heutigen Stand der Technik bauen konnten?

Sie hatte mit dem Gedanken gespielt, Eva zu besuchen. So wie sie es vorgehabt hatte, doch sie wusste, dass sie Eva mit ihrem jetzigen Zustand ängstigen würde. Eva wäre entsetzt, Nina so lethargisch zu sehen. Es war schlimm genug, dass sich ihre Kollegen um sie sorgten. Sie wollte Eva nicht zusätzlich beunruhigen.

Selbst durch den Telefonhörer spürte Eva aber, dass etwas nicht stimmte. Sie drängte Nina dazu, zu einem Arzt zu gehen, sich eine Aufgabe zu suchen. Es fielen wieder die üblichen Ratschläge, zu denen Nina sich nicht aufraffen konnte: Gartenarbeit, Modellbasteleien, Urlaub, Sport, Spaziergänge im Wald.

Am Anfang war sie jeden Morgen zur Arbeit gegangen. Um sich zumindest einzureden, sie hätte eine Aufgabe, einen Grund, morgens aufzustehen. Bevor Tiff ausgezogen war, war sie ihr manchmal dort begegnet, und es tat weh, sie zu sehen. Zufrieden, glücklich, wie befreit von einer Last. Die bittere Erkenntnis, dass *sie* die Last war, von der sich ihre Frau befreit hatte, war die schmerzhafteste, die sie in ihrem Leben gemacht hatte.

Da sie Unmengen an Überstunden hatte, hatte sie sich frei genommen. In erster Linie, um Tiff zu zeigen, was sie verpasste, und dass sie ihr Versprechen gehalten hatte. Dass sie sich wirklich mal Zeit für sich nahm und genug Zeit für Tiff hätte.

Nachdem Tiff weg war, hätte Nina zurück zur Arbeit gehen können, aber … warum hätte sie das tun sollen? Sie hatte keine Lust mehr, ständig auf ihren Computer zu starren und festzustellen, wie sich das Signal von Curiositys Rakete immer weiter von ihr entfernte.

Nina straffte ihre Schultern, sie sah erneut zu der Gitarre und nickte, als ob sie sich damit überzeugen könnte. Trübsal zu blasen würde ihr nichts bringen. Sie machte das Licht an und begann endlich, Leas Projektarbeit zu lesen. Natürlich war es dafür viel zu spät. Die junge Studentin hatte ihre Arbeit längst abgeben müssen. Trotzdem interessierte Nina sich dafür. Es war das Einzige in ihrem Leben, das sich wie eine offene, unerledigte Aufgabe anfühlte.

Außerdem war das ebenfalls eine von Evas eindringlichen Bitten: Sich wenigstens der Projektarbeit von Lea zu widmen.

»Geh ins Arbeitszimmer und fang an zu lesen!«, befahl Eva am Vormittag. »Und wenn du durch bist, rufst du an und erzählst mir, was drinsteht.«

Nina wusste genau, dass es Eva überhaupt nicht darum ging, zu erfahren, was in der Projektarbeit stand. Es ging ihr auch nicht um Lea. Es ging ihr nur darum, dass Nina wieder für etwas brannte und Freude empfand.

Also tat Nina ihr den Gefallen und las das Vorwort. Und sie war sofort interessiert. Also las sie weiter und vergaß die Zeit. Sie vergaß zu trinken. Sie vergaß, ins Bett zu gehen. Sie las weiter, bis es ihr an den Füßen kalt wurde und sie sich zu einer Pause durchrang. Sie zog sich wärmere Socken an und machte sich einen Tee.

Obwohl es mitten in der Nacht war, las sie anschließend weiter.

Als sie durch war, brannten ihre Augen, und sie war müde. Sie sah zu dem Bild, das nach wie vor auf dem Schreibtisch stand und sie beide lachend bei ihrer Hochzeit zeigte. Plötzlich begann sie zu weinen. Es war das erste Mal, dass sie um ihre Ehe weinen konnte und den Schmerz aus sich herauspresste, der sich in ihr aufgestaut hatte.

*

Am nächsten Tag buchte sie einen Flug. Am übernächsten Tag saß sie im Flugzeug und las die Arbeit von Lea erneut. Sie hatte eine erstaunliche Sache entdeckt. Eine, die das Problem mit den Aktoren früher gelöst hätte, wenn Lea in ihrem Team gewesen wäre.

Es war für sie wie eine Erleuchtung, etwas, dem sie auf die Spur kommen musste. Schließlich hatte das Problem mit den Aktoren dazu geführt, dass die Mission verlängert worden war. Und was über Umwege dazu geführt hatte, dass sie nun eine in Scheidung lebende, sehr einsame Frau war. *Nein*, korrigierte sie sich in

Gedanken, *das ist deine Schuld. Schieb es nicht auf die Aktoren. Du bist die Schuldige!*

Trotzdem. Sie musste die junge Frau kennenlernen, musste hören, wie sie auf diese Lösung gekommen war und warum sie bisher nichts davon gehört hatte. Immerhin musste Lea die Arbeit schon vor einem halben Jahr abgegeben haben.

Wieso war Leas Lösungsansatz nicht schon längst zu allen Weltraumtechnikern der Welt durchgedrungen? Warum hatte sich Lea bis jetzt keinen Namen gemacht mit solch einer revolutionären Idee?

Oder hatte nur Nina nichts davon erfahren? War sie mal wieder so sehr mit ihrem eigenen Leben beschäftigt gewesen? Nein, das konnte nicht sein. Jeder in ihrem Team hätte sie angerufen, wenn sie *das* verpasst hätte.

Nina hatte im Internet nach Lea gesucht, doch sie hatte nichts gefunden. Die Frau schien völlig unbekannt zu sein. Hatte denn keiner ihre Projektarbeit gelesen und erkannt, welches Potenzial sie hatte?

Es war endlich eine Sache, auf die sich Nina konzentrieren konnte, etwas, das sie herausfinden musste und für das sie brennen konnte. Sie musste einfach mehr erfahren.

Sie mietete sich in ein Hotel ein, in der Nähe des Altenheimes, in dem Eva seit einigen Jahren lebte.

Ihr Elternhaus hatte Nina längst verkauft, und ansonsten hatte sie keine Verwandten oder Freunde, zu denen sie ein so gutes Verhältnis hatte, dass sie sich dort hätte einquartieren können. Es gab lediglich Eva.

Als sie Eva wiedersah, stockte sie kurz. Wie lange war sie nicht mehr in Deutschland gewesen? Wie hatte die Zeit so unbarmherzig mit ihrer Freundin sein können? Eva war bis jetzt das blühende Leben gewesen, selbst nachdem Will gestorben und sie ergraut und faltig geworden war. Selbst dann war sie vital gewesen.

Aber nun war Eva eine kleine schmächtige Person, viel zu dünn und merkwürdig zart wirkend. Als sie sie umarmte, befürchtete Nina, dass ihre alte Freundin, ihre starke Inspirationsquelle unter ihren Fingern zerbrechen könnte.

»Du siehst nicht gut aus«, sagte Eva und klang besorgt.

Nina nickte, und die Tränen, die sie im Hotel so tapfer runtergeschluckt hatte, sprudelten hervor. Sie erzählte Eva von ihrer Einsamkeit und von dem Gefühl, alles verloren zu haben.

»Warum haben Tiff und Curiosity mich verlassen?«, fragte sie leise, nachdem sie sich mit Eva auf dem Balkon niedergelassen hatte, der zu Evas Miniwohnung gehörte, die sie hier bewohnte.

»Beides war absehbar«, meinte Eva leise.

Nina nickte. »Das mit Curiosity natürlich. Aber Tiff …« Sie drückte ihre Hände gegen ihre Augen und atmete tief durch. Es tat ihr so gut, bei Eva zu sein. Ihre einzige Freundin. Ihr Mutterersatz.

»Das mit Tiff ebenso. Jeder hat es gesehen. Nur du nicht«, meinte Eva verwirrt. »Wenn ich angerufen habe, war sie alleine zu Hause, und jedes Mal, wenn ich sie auf dich angesprochen habe, hat sich ihre Stimme verzweifelter angehört.«

»Ich habe es nicht kommen sehen. Nicht gehört. Nicht beachtet«, meinte Nina und schüttelte den Kopf vor ihrer eigenen Dummheit.

Eva schwieg kurz. Sie sah in die Ferne, und ihre Unterlippe zitterte leicht. Nina wusste, dass sie an Will dachte, und daran, wie sehr sein Tod sie aus der Bahn geworfen hatte. Sie kannte Eva schon so lange, und obwohl sie sich nicht besonders oft sahen, so hatte Nina eine feste, stabile Verbindung zu ihr. Sie kannte ihre Gestiken. Ihre Mimik. Diesen Blick.

Sie streckte den Arm aus und legte eine Hand auf Evas gekrümmte Finger. Ihr Zeigefinger berührte dabei den Ehering, den Eva nach wie vor trug.

»Und bei der Arbeit?«, fragte Eva und wandte sich um, um Nina anzusehen. Nun sah sie wirklich besorgt aus, während sie Nina betrachtete. »Kannst du da Trost finden?«

Nina schüttelte den Kopf. »Es ist alles anders. Ich fühle mich wie eine Fremde dort.«

In der amerikanischen Weltraumbehörde war sie ein kleiner Star, nachdem Curiosity zu einem Erfolg gebracht werden konnte. Alle hatten sie mit Sekt und lauten Rufen empfangen, als sie wieder nach Kalifornien zurückgekommen war. Ihr gesamtes Team war gefeiert worden. Die ersten Tage nach ihrer Rückkehr waren schön gewesen. Sie waren in Feierlaune gewesen, hatten Interviews gegeben und Ansprachen vor Praktikanten gehalten.

Aber dann hatte Brandon ihr verkündet, sich nach Washington D.C. versetzen zu lassen, und Liz wurde schwanger und wollte bis zur Geburt ihres Kindes den aufgesparten Urlaub nehmen. Avery hatte gekündigt und sich selbstständig gemacht. Zuletzt war Hailey gegangen. Sie hatte Nina zum Abschied umarmt und ihr gesagt, dass sie hoffte, dass auch Nina bald eine neue Aufgabe finden würde. Hailey plante, mit ihrem Partner einen langen Urlaub zu machen, zu heiraten und danach in die Wirtschaft zu gehen.

Mit jedem Abschied wurde ein weiteres Teil aus dem gemeinsamen Büro und dem angrenzenden Labor mitgenommen. Die Poster waren von der Wand verschwunden, Schreibtisch für Schreibtisch war von persönlichen Gegenständen befreit worden, und zum Schluss waren Kollegen anderer Teams gekommen, um zurückgelassene Arbeitsmittel einzukassieren. Den letzten Hauch von Lebenszeichen in Form von herumliegendem Papier, vertrockneten Pflanzen und leeren Ordnern hatte der Reinigungsdienst entsorgt.

Übrig geblieben war nur Nina, in einem zu großen, zu aufgeräumten Labor, das wie tot wirkte.

Sie alle hatten Pläne. Alle. Bis auf Nina. Sie hatte nie Zeit gehabt, sich darum zu kümmern, was nach Curiosity kommen würde. Sie hatte gedacht, Tiff hätte Pläne gemacht. Doch Tiff war nicht mehr da.

»Sie sind alle weg. Haben andere Pläne. Manche wollen sich auf ihr Privatleben konzentrieren, heiraten, Babys bekommen, andere haben vielversprechende Angebote erhalten und angenommen. Ich bin die Letzte vom alten Team«, erzählte Nina.

»Das Projekt ist vorbei«, betonte Eva das Offensichtliche.

Nina nickte, trank einen Schluck ihrer Limo und musste trotz ihrer Niedergeschlagenheit lächeln. Es erinnerte sie an ihre Kindheit, als sie nach der Schule zu Will und Eva gegangen war, um bei ihnen Hausaufgaben zu machen. Eva hatte immer Minze, Gurken und Zitronen in sprudelndes Mineralwasser geschnitten und es Limonade genannt. Nina hatte Evas Limonade geliebt. Sie hatte das süße Zeug aus dem Handel gehasst, aber die Jahre in Amerika hatten sie gelehrt, dass es nicht so übel war.

Aber nun saß sie hier mit Eva und trank wieder die selbstgemachte Limonade. Dieses Mal mit Ingwer und Minze. Die Kombination war Wills Favorit gewesen. Nina hatte als Kind die Schärfe nicht gemocht und sich einen Spaß daraus gemacht, ihr Gesicht zu verziehen, während sie davon trank. Damit hatte sie

Will zum Lachen bringen können. Ihn, der sonst so selten fröhlich war.

Sie war einmal ein lebensfrohes, glückliches Kind gewesen, voller großer Pläne und der naiven Zuversicht, dass sie alles erreichen konnte, was sie sich vornahm. Wo war der Funken in ihr, der sie damals angetrieben hatte?

»Ich habe Leas Projektarbeit gelesen«, sagte sie und starrte beschämt in die Blumen, die in den Balkonkästen wuchsen. »Ich weiß, viel zu spät.«

»Es ist wirklich zu spät.« Eva lachte leise, und Nina glaubte zu wissen, dass sie nur lachte, um ihren traurigen Unterton zu übertönen.

»Ich weiß. Tut mir leid. Aber in ihrer Projektarbeit erwähnt sie eine Sache … Ich frage mich, warum ich nie davon gehört habe. Es könnte die Aktoren der gesamten Raumfahrt revolutionieren.« Nina sah Eva an.

»Sie hat sie nie abgegeben«, erzählte Eva und seufzte laut. Sie trank einen Schluck und zuckte die Schultern.

Nina sah irritiert zu ihrer Freundin. »Was …?«

»Sie ist sehr unsicher in allem, was sie tut, und denkt immer, sie sei nicht gut genug. Ich kenne ihren Professor und habe mich nach ihr erkundigt. Er meinte, dass sie sogar mit dem Gedanken spielt, das Studium aufzugeben.« Eva seufzte erneut.

Es traf Nina wie ein Schlag. Wieder etwas, woran sie schuld war? Wie konnte eine junge Frau mit solchen Zukunftsaussichten und sprudelnden Ideen glauben, sie würde nicht gebraucht werden? Wie konnte jemand so an sich zweifeln, der ganz offensichtlich viel bewirken könnte?

»Ich muss sie sprechen«, sagte Nina entschieden und trank ihr Glas leer.

Eva lachte. »Jetzt sofort?«

Entschuldigend schüttelte Nina den Kopf. »Nein, natürlich nicht, nun bin ich erst mal bei dir zu Besuch. Aber kannst du uns bei Gelegenheit miteinander bekannt machen?«

Wie um Eva zu zeigen, dass sie noch Zeit hatte, schenkte sie sich das Glas erneut ein und streckte die Beine aus. Amüsiert musterte Eva sie.

»Endlich siehst du wie die Frau aus, die gerade erfahren hat, dass sie in ein Projektteam aufgenommen wurde, das einen besseren Rover als die Vorgänger entwickeln soll.« Eva schmunzelte. »Als wäre ein Funken in dir entfacht.«

Ungeduldig schüttelte Nina den Kopf. »Das ist nicht vergleichbar. Allerdings muss ich echt mit dieser Frau sprechen. Ich muss sie überzeugen, ihre Arbeit abzugeben.«

Eva nickte. »Ja, ich kann euch natürlich miteinander bekannt machen.« Sie lehnte sich nach hinten und sah in den Himmel. »Aber ich glaube nicht, dass sie sich überzeugen lässt.«

Nina tat es ihr nach und kniff die Augen zusammen, weil die Sonne sie blendete. »Warum nicht?«, fragte sie.

»Sie ist nicht so wie du. Oder wie ich. Sie ist niemand, der sich nur auf eine Sache versteift und sich ihr unterordnet. Sie hat eine viel gesündere Einstellung als wir. Ihr fehlt die Leidenschaft. Zugleich aber auch der Hang, egoistisch zu sein und … zerstörerisch.«

»Damit hast du mich beschrieben. Nicht dich«, betonte Nina. »Du hast deine Karriere für Will aufgegeben.«

Eva schloss kurz die Augen. »Ich hätte verhindern können, dass das alles passiert. Wenn ich früher reagiert hätte ...« Sie schüttelte den Kopf.

Erneut griff Nina nach ihrer Hand. »Das hättest du nicht vorausahnen können. Dass sie ... diesen schrecklichen Krieg wirklich beginnen«, versuchte sie Eva zu beruhigen.

Eva hob die Schultern. Anschließend lächelte sie Nina an. »Wir sind uns ähnlicher, als du ahnst. Aber Lea ist es nicht«, stellte Eva klar. Sie zwinkerte. »Trotzdem sollte dich das nicht davon abhalten, es zu versuchen.«

Nina nickte. »Ja«, sagte sie mit fester Stimme. »Ich werde es versuchen.«

Sie sah wieder nach oben, und auch Eva richtete ihre Augen zum Himmel. Sie hielten sich weiterhin an den Händen.

Nina musste an die vielen Stunden denken, in denen sie zusammen mit Eva am Dachfenster gestanden und in den Nachthimmel gestarrt hatte. Sie erinnerte sich an Will, und es schmerzte sie, dass er verhältnismäßig früh gestorben und Eva alleine gelassen hatte. »Vermisst du ihn?«

Eva wusste sofort, von wem sie redete, vielleicht weil sie ebenfalls an ihn gedacht hatte. »Ja«, sagte sie leise. »Jeden Tag.«

Erneut traten Tränen in ihre Augen. »Ich vermisse sie ebenso. Ich habe nie geahnt, wie sehr ich sie vermissen könnte. Immer wenn sie da war, war ich genervt, und jetzt ... Tiff hat jede Menge Gutes in mein Leben gebracht.«

»Man schätzt andere Menschen leider zu spät, oft erst wenn sie weg sind«, erwiderte Eva. Sie drehte ihren Kopf und sah Nina an. »Bleib ein wenig in Deutschland. Amerika hat uns allen nicht gutgetan. Will nicht. Mir nicht. Dir nicht. Bleib hier bei mir. Was sind deine Pläne?«

Nina drückte Evas runzlige Hand und betrachtete ihre Freundin, die in den letzten Jahren so winzig und schmal geworden war. Sie nickte. Und fühlte das erste Mal seit Wochen, dass es ein Zuhause für sie gab. »Ich werde hierbleiben. Eine Weile. Um mich zu sortieren.«

»Was sind deine Pläne?«, fragte Eva erneut, nun drängend.

Nina überlegte. »Ich habe genug Überstunden, um Monate hierbleiben zu können. Ich dachte … ich könnte die Zeit mit dir verbringen. Und ich möchte die Betreuerin für Leas Projektarbeit werden. Ich hoffe, sie kann sie noch einreichen.«

Eva drückte ihre Hand. »Das klingt nach einem Plan, dem ich zustimmen kann.« Sie lächelte zufrieden. So als hätte sie ein Ziel erreicht und als hätte sich alles so gefügt, wie sie es sich ausgemalt hatte.

*

Eine Woche später hatte Nina sich so in Deutschland eingelebt, als wäre sie nie weggewesen. Sie hatte ein kleines möbliertes Zimmer in Laufnähe von Evas Seniorenheim gefunden, das zwar zu teuer war, aber in dem sie sich einrichten konnte. Es tat ihr gut, weit weg von der leeren Wohnung und genauso weit weg von dem verlassenen Labor zu sein, wo Curiosity konstruiert und zusammengesetzt worden war.

Sie besuchte die Gräber ihrer Eltern und Will.

Für viele Menschen war ihre Tätigkeit gänzlich unbekannt. Fast niemand konnte sich etwas darunter vorstellen und die Bedeutung von Curiosity in Gänze erfassen. Sie war hier eine Unbekannte, keine gefragte Persönlichkeit, wie sie es in der Weltraumbehörde gewesen war.

Fast jeden Tag ging sie zu Eva, sie spielten Schach, und einmal fuhren sie zu einem Planetarium und spazierten einen Planetenweg entlang. Eva war schnell, und Nina fand es bewundernswert, dass sie in ihrem Alter die ganze Strecke schaffte.

Einige Tage nach diesem Spaziergang lernte Nina schließlich Leas Professor bei einem Kaffee kennen. Sie wies ihn auf ihre Entdeckung in der Projektarbeit hin, die Lea nie abgeben hatte und erhielt danach das Versprechen, dass er Lea Ninas Kontaktdaten übermitteln würde.

Bis Lea sich meldete, dauerte es eine weitere Woche, doch endlich war es so weit, und Nina traf Lea in einem Café.

Lea war eine schmächtige Frau mit dunklen glatten Haaren, braunen Augen und blasser Haut. Sie trug ein Piercing in der Nase, bestellte einen Kräutertee und sprach zu Beginn kaum ein Wort. Als Nina ihre eigene Arbeit an Curiosity erwähnte, riss Lea die Augen voller Ehrfurcht auf und wirkte kurzzeitig noch eingeschüchterter als zuvor. Sie wollte alles erzählt bekommen, obwohl sie von Eva bereits viel erfahren haben musste.

Als Nina sie wegen der Projektarbeit lobte, winkte sie ab. Sie taute erst ein wenig auf, als Nina ihr von ihrem eigenen Studium erzählte und erwähnte, dass sie ohne Eva ebenfalls nicht durchgehalten hätte. Der Hinweis auf ihre eigenen Unsicherheiten schien Lea am besten erreichen, also fuhr Nina damit fort.

»Zweifel gehören dazu«, betonte sie und bestellte einen weiteren Kaffee, damit Lea nicht auf die Idee kam zu fliehen. »Allerdings muss man selbst auch durchhalten. Und sich nicht verunsichern lassen. Meine Eltern waren dagegen, dass ich nach Amerika gehe, doch ich habe dort meine Erfüllung gefunden. Und deswegen bin ich geblieben.«

Lea lächelte. Das erste Mal während ihres ganzen Gesprächs. »Meine Eltern unterstützen meine Schwester und mich sehr. Sie möchten, dass wir studieren. Und sie akzeptieren, dass wir dafür in andere Städte ziehen müssen. Sie spornen uns geradezu an.«

»Siehst du?« Nina konnte den Neid, den sie verspürte, kaum verbergen. »Das ist ein Vorteil. Du hast ihren Support. Ich hätte viel dafür gegeben, wenn mich meine Eltern etwas besser verstanden hätten.« Sie beugte sich vor und sah Lea direkt in die Augen: »Du musst die Projektarbeit abgeben, Lea. Du hast … die Sache mit den Aktoren erwähnt. Weißt du, dass du uns damit jede Menge Geld, Zeit und graue Haare erspart hättest, wenn wir deine Lösung angewendet hätten?« Sie zeigte auf die Projektarbeit, die sie vor dem Treffen erneut ausgedruckt hatte, da das andere Exemplar mittlerweile zu mitgenommen aussah. »Wir brauchen Leute wie dich.«

Lea blinzelte.

»Ich habe dir die Fehler korrigiert. Einige Kommentare sind von meiner Frau, die die Projektarbeit vor mir gelesen hat. Ich kann dir das korrigierte Exemplar geben. Eva ist ebenfalls einmal durchgegangen, da ich mir mit allem ganz sicher sein wollte«, erzählte Nina weiter. Sie schob Lea den Ordner zu.

Doch Lea sah nur darauf, ohne ihn an sich heranzuziehen.

»Lea, du hast Potenzial«, betonte Nina und tippte auf den Titel der Projektarbeit auf dem Titelblatt.

»Ich weiß nicht. Die Arbeit im Nachhinein abzugeben, wäre sinnlos.« Lea hob die Schultern.

Nina schüttelte vehement den Kopf. »Nein, ist es nicht. Ich habe mit deinem Professor gesprochen. Er wird sie sich ansehen. Und sie ist schon dreifach Korrektur gelesen. Hinter dir stehen eine Exobiologin, eine Mars-Kartografin und die Mama von Curiosity. Was hast du da zu verlieren?«

Lea lachte. Laut und offen. Sie trank von ihrem Tee und nickte. »Okay. Von mir aus. Ich gebe das Ding ab.«

Zufrieden lehnte Nina sich zurück. »Du wirst sehen, das wird die beste Entscheidung deines Lebens sein. Du bist besser, als du ahnst.«

Erneut hob Lea die Schultern. »Ich mache mir wenig Hoffnung, tut mir leid, dich enttäuschen zu müssen.«

Erneut schüttelte Nina den Kopf, nun ruckartiger als zuvor. »Sag das nicht. Ich spüre, dass du das Zeug dazu hast. Und lass dich ja nicht von anderen Leuten verunsichern. Du kannst über die Aktoren sogar deine Doktorarbeit schreiben.« Nina schob Lea die Ausdrucke weiter über den Tisch zu. Das Exemplar, auf dem sie und Tiff ihre Bemerkung geschrieben hatten, und das mit Evas Kommentaren.

»Ich habe keinen Studienabschluss«, wandte Lea ein und berührte das oberste Blatt mit dem Zeigefinger.

»Noch nicht«, kommentierte Nina. »Aber bald. Und anschließend kannst du die Aktoren für deine Doktorarbeit verwenden.«

Neugierig sah Lea über die bunten Randbemerkungen und Markierungen, und ihre Augen huschten nervös von rechts nach links. »Das sind jede Menge Fehler, die ihr gefunden habt.«

»Kleinigkeiten«, erwiderte Nina.

»Warum ist es dir so wichtig?«, fragte Lea und legte ihre Finger um ihre Tasse. Wieder blinzelte sie.

»Weil es ohne dich keine Zukunft gibt. Wir brauchen begeisterungsfähige Menschen wie dich. Als ich ein Kind war, flog unsere Spezies zum ersten Mal zum Mond. Doch die allgemeine Begeisterung für die Raumfahrt hat irgendwann nachgelassen. Selbst Curiosity hat außer bei den Fachleuten kaum Beachtung erhalten. Kleine Kinder haben nicht mehr den Wunsch, Astronaut zu werden, sondern träumen davon, YouTuber zu sein. Aber ohne euch jungen Leute werden wir nie weiterkommen, und in dem Fall wäre meine Arbeit an Curiosity umsonst, genauso wie die Mondlandung umsonst wäre. Und Evas Arbeit bei der Mariner-Mission. Verstehst du?« Nina sah Lea fest in die Augen.

Erst als Lea nickte und entschlossen aussah, unterbrach Nina den Blickkontakt. »Sehr gut. Wir bleiben in Kontakt. Ich schreibe dir meine Handynummer auf. Wir treffen uns, sobald du Hilfe benötigst, in Ordnung?« Erneut sah sie Lea an.

Lea erwiderte ihre Frage erneut mit einem energischen Nicken. Und schließlich ... endlich ... legte sie ihre flache Hand auf den Ordner und zog die Projektarbeit zu sich heran.

*

Zufrieden lief Nina in Evas Altersheim. Sie fand ihre Freundin im Vorhof auf einer Bank. »Hast du sie überzeugen können?«, fragte Eva und lehnte sich auf ihren Stock, den sie zur Unterstützung ihrer Balance stets mitnahm, wenn sie ihr Zimmer verließ.

Nina ließ sich auf die Bank neben Eva fallen und nickte. »Ich hoffe es. Sie ist so kompetent und hat eine besondere Denkmethode. Sie kann es weit schaffen.«

Einen Moment lang schwiegen sie beide. Nina lehnte sich nach hinten und entspannte sich. Das Gespräch mit Lea hatte ihr Energie gegeben. Sie war ein Arbeitstier. Sie liebte die Raumfahrt. Sie liebte die Technik, die sie zu fremden Welten bringen konnte. Jemanden zu fördern, war eine Sache, die für die Zukunft war. Eine, die nicht umsonst war. Hoffte sie zumindest.

Ihre Gedanken gingen erneut zu Tiff, und Nina schloss die Augen. Sie vermisste ihre Frau, und es schien nicht besser zu werden. Allerdings wagte sie nicht, sie anzurufen. Wartete Tiff vielleicht darauf? Würde sie sich freuen? Hätte sie möglicherweise wieder Interesse an Nina, wenn sie wüsste, dass Nina es langsamer anging und sich hier bei Eva in Deutschland entspannte? Die Wahrscheinlichkeit, dass sie mittlerweile in Washington glücklich geworden war, war dennoch höher, eventuell hatte sie sogar eine neue Frau an ihrer Seite. Vermutlich brauchte sie Nina weniger, als Nina sie brauchte.

»Habe ich dir je erzählt, wie ich zur Astronomie gekommen bin?«, fragte Eva leise.

Nina öffnete die Augen und sah Eva an. »Nein«, sagte sie überrascht. Ebenfalls leise.

»Ich war in einer Bücherei und wollte was Spannendes lesen. Etwas, das mich richtig fesselt. Die Büchereimitarbeiterin hat mir ein Buch empfohlen. Es war ein altes Buch, eines, das ich nie beachtet hätte. Mit einem langweiligen Einband. Aber sie hatte es auch gelesen und betonte, wie ergriffen sie von der Handlung gewesen war. Krieg der Welten von H.G. Wells. Marsbewohner greifen die Erde an. Ich habe das Buch verschlungen. Und regelmäßig erneut darin gelesen.«

Erstaunt blickte Nina Eva an. »Das wusste ich gar nicht.«

Eva lächelte. »Ja. Es wird höchste Zeit, dass ich dir davon erzähle. Von meiner Jugend. Meiner Zeit vor Mariner.«

Nina richtete sich auf und nickte energisch. »Ja, darüber würde ich gerne mehr erfahren.«

Und dann begann Eva mit ihrer Geschichte.

LEA – Jahr 2033, Tag 113 auf dem Raumschiff ISS Endurance

Mittlerweile waren sie dem Mars näher, als sie an der Erde waren. Fast vier Monate unterwegs in dieser Dunkelheit und Einsamkeit, eingepfercht in einem engen, nicht wohnlich wirkenden Raumschiff – dennoch war ein Ende tatsächlich in Sicht.

Wenn sie an dem kuppelartigen Fenster mit dem Fernrohr in die grenzenlose Weite und schier unendliche Tiefe starrte, erschien ihr der Nachthimmel fremd. Und doch war alles nach wie vor an Ort und Stelle. Lediglich ihre Position hatte sich verändert. Die Sonne war kleiner und ihre Strahlen schwach, der Erdenmond war kaum zu sehen, dafür war es ihnen besser möglich, andere Planeten außerhalb des Asteroidengürtels zu betrachten. Wenn sie hinaussahen, dann oft, um sich den Mars anzusehen, die rot leuchtende Kugel, der sie sichtbar näher kamen und die für die nächsten Jahre ihre Heimat sein würde, menschenleer, lebensfeindlich und trotz allem der Traum für Visionäre.

Den schmerzhaften Blick zurück wagte Lea weiterhin selten. Ihr hatte es nicht schnell genug gehen können, die Erde zu verlassen; Generationen vor ihr hatten der Erde übel mitgespielt, als wäre sie nicht die bedeutende Einzigartigkeit im Sonnensystem, die sie war. Der lebensfreundliche, blau strahlende Planet mit Sauerstoff, einer vielseitigen Pflanzenwelt und einem komplexen Gleichgewicht, das durch die Menschheit weiter und häufiger gekippt wurde, als wäre niemandem bewusst, dass sie mit ihrem Planeten Glück gehabt hatten.

Von Ninas Frau Tiffany, der sie später begegnet war, wusste Lea, wie mühsam die Suche nach einem zweiten Planeten wie die Erde war. Es gab genug Kandidaten, sogar welche, die lebensfreundlich waren und sich in der habitablen Zone befanden, doch entgegen aller Hoffnungen war es der Bevölkerung der Erde bisher nicht gelungen, einen Antrieb zu finden, der die Lichtjahre überwinden konnte. Es gab nicht einmal eine Idee oder eine theoretische Überlegung. Die Planeten, die Tiffany gefunden hatte, klangen alle verlockend – sie waren aber unerreichbar und würden es vorerst bleiben.

Ihnen blieb also lediglich die Erde. Und der kalte Mond. Und der einsame Mars. Weiter würde es für die Erdbewohner in absehbarer Zukunft nicht gehen. Der Traum von einer Erde 2.0 war geplatzt. Das war eine bittere Erkenntnis, besonders weil die Menschheit längst eine unaufhaltsame Spirale gestartet hatte, die ihren Heimatplaneten immer weiter erhitzte.

Lea schüttelte den Kopf und richtete ihren Blick erneut auf den Mars – das Ziel ihrer Reise. Ihr gelang es, die düsteren Gedanken aus ihrem Kopf zu verbannen, während sie sich auf den Planeten konzentrierte.

Wie groß er von hier aus schon aussah, wie klar und deutlich man ihn erkennen konnte, selbst mit bloßem Auge, so als wäre er nur wenige Flugstunden entfernt.

Lea empfand etwas Stolz, als sie darüber nachdachte, wie viel bereits hinter ihr lag und dass zumindest das erste Ziel ihrer langen Reise zum Greifen nahe war.

Sie hatte es geschafft, nach ihrer Krise irgendwie erneut auf die Beine zu kommen. Sie nahm nicht einmal mehr die Medikamente.

Mittlerweile wusste sie, dass ihre schlechten Tage nichts Besonderes waren. Alle anderen hatten die ebenso. Und es kamen nach schlechten Tagen jedes Mal wieder bessere Tage. Genauso wie auf der Erde im normalen Alltag. Der Unterschied war, dass die schlechten Tage schwerer zu ertragen waren, da man keine Zerstreuung hatte, sich nicht mit einem heiß dampfenden Kakao und der Lieblingsserie in sein Bett kuscheln konnte. Hier gab es nur Instantgetränke, die man mit einem Strohhalm trinken musste. Und es gab keine Betten, sondern Schlafstätten, die wie Särge aussahen und sich gerade an diesen Tagen auch so anfühlten.

Es gab keine Mutter, die man anrufen konnte. Es gab keine Freundin, mit der man etwas unternehmen konnte. Kein Trash-TV, keine Wanderungen durch die Natur, keine Haustiere und kein entspannendes Schaumbad.

Lea war müde. Sie nippte an ihrem Wasser und presste die Trinkflasche zurück in die Halterung, damit sie nicht fortfliegen konnte. Eigentlich hatte sie schon seit einer Stunde schlafen wollen, doch die E-Mails von Nina hatten sie zutiefst bewegt.

Zunächst ihr Bericht über die Trennung von Tiff nach dem Start der Rakete mit Curiosity und die Gefühle von Nina, die ihren so sehr ähnelten. Einsamkeit. Dunkelheit. Leere. Langeweile. Als wäre man in ein Loch gefallen und müsste dort ausharren, weil es niemanden gab, der einem wieder hinaushalf. Auf die gleiche Art fühlte Lea sich manchmal, und es schien, als hätte auch Nina solch eine Phase durchlebt.

Sie hatte gleich die nächste Mail gelesen, in der Nina über ihr Kennenlernen berichtet hatte und wie sie Nina durch die Idee mit den Aktoren neue Energie verliehen hatte, aber Lea hatte gezögert, die Arbeit abzugeben.

Die Energie gab ihr Nina nun mit den Berichten zurück. *Wie ein Kreislauf aus Lebenskraft, die durch die Weitergabe stabil bleibt,* dachte Lea gerührt.

Noch gut konnte Lea sich an die Zeit erinnern. Sie hatte kaum Selbstwertgefühl gehabt und sich mit dem Studium überfordert gefühlt. Zwar übten Roboter seit ihrer frühen Kindheit eine große Faszination auf sie aus, sie hatte sich das Studium allerdings nie so theoretisch vorgestellt. Sie war eine Bastlerin, eine Handwerkerin, keine Akademikerin, die stundenlang über komplizierten Formeln brütete. Aber exakt das war verlangt worden.

Ihr Studium war zu einer Enttäuschung geworden, die ihr regelmäßig vor Augen führte, dass ihre Träume unerfüllt bleiben würden. Hier bekam man keine Anerkennung, wenn man die ganze Nacht an einem Roboter herumbastelte, zumindest nicht, wenn man nicht zuvor und danach weitere Nächte für eine theoretische Abhandlung opferte.

In dieser Lebensphase hatte sie Eva kennengelernt und diese hatte ihr von Nina erzählt, und Lea war voller neuer Hoffnung gewesen. Bis sie ihre Projektarbeit an die E-Mail-Adresse gesendet hatte und keine Antwort erhalten hatte. Sie war davon ausgegangen, dass ihre Arbeit einfach schlecht war, und sie hatte mit dem Gedanken gespielt, das Studium endgültig aufzugeben. Hätte Nina sich nicht schlussendlich um sie bemüht, wäre sie jetzt vielleicht irgendwo in einer Autowerkstatt, um an langweiligen Autos herumzubasteln. Wer weiß, wohin ihr Weg sie geführt hätte.

Dann aber hatte Nina Kontakt gesucht und für vieles eine Lösung gefunden. Sie hatte ihre Arbeit Korrektur gelesen, sie dazu ermutigt, sie doch noch abzugeben und für sie eine Praktikumsstelle in der ESA organisiert.

Letzteres war wie eine Offenbarung gewesen. Endlich hatte sie sich angenommen und angekommen gefühlt. Die Wissenschaftler dort waren wie sie: leidenschaftlich, dazu bereit, ungewöhnliche Lösungen auszuprobieren. Verspielter, offener und visionärer als die ganzen Theoretiker an der Uni und die Kollegen aus der Wirtschaft.

In den Unternehmen ging es oft um Machtstrukturen und Intrigen, bei denen ruhige, schüchterne Personen wie sie auf der Strecke blieben. Die Professoren an der Uni waren von diesem System überzeugt und erzählten ihr, wie sie zu sein hatte, um erfolgreich sein zu können.

Bei der Weltraumbehörde hatte man sie aber so akzeptiert, wie sie war und genauso hatte man sie eingesetzt. Nicht an die vorderste Front, ihr Talent trotzdem anerkennend.

Sie war enttäuscht gewesen von der Uni, durch ihr Praktikum in der Weltraumbehörde war in ihr der Wunsch aufgekeimt, später mal da zu arbeiten. Also musste sie zuvor das Studium durchstehen – irgendwie. Und das kam ihr damals wie eine Herausforderung vor, die sie nicht bewältigen konnte. Aber sie hatte ein Ziel vor Augen – so wie in diesem Moment. Den Blick auf den Mars gerichtet, konnte sie die Stille und Enge im Raumschiff ertragen.

Erneut nahm Lea die Flasche wieder an sich, um gedankenverloren einen Schluck ihres Wassers zu nehmen. Sie sah sich um. Sie berührte den Gurt, der sie davon abhielt, einfach davon zu schweben. Alles war still. Als wäre sie vollkommen alleine.

Sie hatte heute mit Baihu die Nachtschicht gehabt, er war vermutlich längst schlafen gegangen. Der Rest der Crew war beschäftigt. Sie wusste, dass Owen, Rio und Irina im Labor waren und Adua und James im Krankenbereich, wo James Adua half, ein neues Update auf den Rechner zu spielen.

Nein, sie würde nun nicht schlafen können, aber die anderen würden nicht zulassen, dass sie ihnen half, denn es wurde streng darauf geachtet, dass jeder genug Schlaf bekam.

Also zog Lea ihr Tablet zu sich, scrollte durch die Galerie und sah sich die Bilder ihrer Nichte an. Seit sie ihrer Schwester geschrieben hatte, dass es ihr Probleme bereitete, das Mädchen auf Fotos zu sehen, hatte ihre Schwester aufgehört, ihr weitere zu schicken. Sie würde ihr aber schreiben, dass sie gerne – wohldosiert – weiter über die Entwicklung ihrer Nichte informiert werden möchte.

Sie selber hätte sich ebenfalls vorstellen können, Kinder zu bekommen. Lea berührte den Bildschirm und lächelte leicht, als sie ihre Nichte betrachtete.

Ihr Leben hätte anders verlaufen können. Sie hätte eine Mutter sein können, die ihr Geld als Mechanikerin verdiente und nur aus den Nachrichten erfuhr, wie die Reise zum Mars verlief.

Sie hatte einmal einen Partner gehabt und war tatsächlich schwanger geworden. Zunächst hatte sie das Kind nicht gewollt, sich dann aber doch mit dem Gedanken abgefunden. Zunächst war da eine kleine Faszination über das, was im Ultraschall zu sehen war, die allerdings schnell zu einer Entscheidung aus ganzem Herzen geführt hatte: Ja, sie wollte dieses Baby!

Leider war es im Verlauf der Schwangerschaft zu Komplikationen gekommen, und sie hatte das Kind im vierten Monat verloren.

Seitdem wusste sie sehr genau, dass man den Wert von etwas manchmal erst richtig erfassen konnte, wenn es zu spät war. Das ungeborene Baby hatte es in nur wenigen Monaten geschafft, von einem ungewollten Zellenklumpen zu einem herbeigesehnten Kind zu werden, dessen Verlust sogar das Ende der Beziehung der Eltern und jahrelangen Schmerz bei Lea zur Folge gehabt hatte.

So ungefähr musste Nina sich gefühlt haben, als Tiff abgehauen war. Lea konnte es nachvollziehen.

Jahre waren vergangen. Trotz vieler Dates hatte Lea keinen Mann gefunden, mit dem sie sich etwas hatte vorstellen können. Sie war Single geblieben, hatte übers Mutterwerden nicht mehr nachgedacht, bis es schließlich zu spät gewesen war. Ausgerechnet die Kinderlosigkeit hatte ihr später die Möglichkeit zu diesem außergewöhnlichen Abenteuer eröffnet.

Nun war sie hier.

Ähnlich wie Rio, die ebenfalls durch einen Verlust hierhergekommen war. Vielleicht ergab am Ende tatsächlich alles einen Sinn?

Jahrelang hatte sie nach einem passenden Partner gesucht, hatte gehofft und gebangt und war doch immer enttäuscht worden. Bis sie schließlich erkannt hatte, dass ihr das nur Nerven raubte und am Ende doch nichts brachte. Als sie bei der ersten Vorstellungsrunde gesagt hatte, dass sie kein Interesse an einer Beziehung hatte, war das die Wahrheit gewesen. Sie hatte damit abgeschlossen.

Jetzt war sie hier. Und Owen war ebenso da.

Anscheinend hatte sie den Planeten lediglich verlassen müssen, um jemanden zu treffen, bei dem alles zu passen schien.

Unerwartet. Überraschend.

Nach all den Jahren überforderte sie die Situation, da Lea nicht wusste, ob sie es wirklich wollte. Man hatte ihnen stets nahegelegt, keine Annäherungsversuche zu starten, weil das die Mission und den Zusammenhalt innerhalb der Crew schwächen könnte. Außerdem wusste sie nicht, was er darüber dachte oder ob der Rest der Crew sie dafür verurteilen würde. Sie hatte ja selbst nicht damit gerechnet, denn es gehörte zu einem Kapitel, das sie längst abgeschlossen und verdrängt hatte. Hier war weder der passende Ort noch der passende Zeitpunkt. Es passte einfach nicht.

Und doch …

Sie hörte Stimmen und lehnte sich vor. Aber von hier konnte sie nichts sehen. Die anderen diskutierten offensichtlich über irgendetwas.

Nicht ihr Problem. Ihre Schicht war längst vorbei. Sie sollte in ihrem Sarg neben Baihu liegen und von einem Spaziergang durch einen grünen, erdig duftenden Wald in der Schwerkraft träumen.

Sie schloss das Album, das sie für die Bilder von ihrer Nichte angelegt hatte, und öffnete stattdessen ein Foto, das Nina ihr mitgesendet hatte.

Ein Bild von Eva und Nina, auf einem Balkon sitzend, jede mit einem Glas Gurkenwasser in der Hand, lachend und ihre Köpfe einander zugewandt. Das Datum an der rechten unteren Ecke verriet ihr, dass die Aufnahme vor 21 Jahren gemacht wurde, also zu einer Zeit, als Nina und Lea sich noch nicht lange gekannt hatten.

Erneut hörte sie etwas. Jetzt waren die Stimmen lauter. Lea runzelte die Stirn und konzentrierte sich, um besser hören zu können.

James hörte sich verärgert an, Irina klang hysterisch, und anschließend war da die tiefe, sonst immer so ruhige Stimme von

Owen zu vernehmen, dieses Mal aber einem Donnergrollen gleich: »Du gehst mir auf die Nerven, James!«

Dann hörte Lea wieder die hohe, laute Stimme von Irina und schließlich Adua, die versuchte, zu schlichten. James hörte Lea nun nicht mehr. Auch Owen nicht. Von Rio war ebenfalls nichts zu hören.

Lea stopfte ihr Tablet in das Fach an der Wand des Aufenthaltsraumes. Neugierig schwebte sie den Gang entlang zum Labor, von wo die aufgeregten Stimmen kamen.

Als sie um die Ecke bog, stieß sie fast mit Rio zusammen, die ohne Erfolg versuchte, Irina zu beruhigen, indem sie sie am Arm berührte und leise ihren Namen sagte. Irina allerdings achtete gar nicht darauf. Sie diskutierte mit James, der die Arme verschränkt hatte und sie mit gerunzelter Stirn betrachtete.

Owen war schräg hinter ihm und schüttelte den Kopf. Er sah so verärgert aus, wie sie ihn bisher noch nie gesehen hatte. Adua hielt sich an einem der Griffe fest und hatte die Lippen fest aufeinandergepresst. Es machte den Eindruck, dass sie erbost darüber war, die Kontrolle über die Diskussion verloren zu haben. Sie versuchte, Irina zu unterbrechen, doch Irina winkte ungeduldig ab und zeigte wütend mit dem Finger auf James, während sie ihm vorwarf, sich für den Größten zu halten.

»Um was geht es?«, fragte Lea Rio, die sie ignorierte.

Erst als Lea sie am Ellenbogen berührte, sah sie sie an. Sie brauchte einen Moment, bis sie verstand, was Lea von ihr wissen wollte. »Eigentlich um nichts«, sagte sie langsam, ohne den Blick von den Streitenden zu lassen. »James hat einen dummen Spruch gemacht, Irina hat das eine Spur zu ernst genommen und ist zickig geworden, woraufhin er wieder zurückgekontert hat. So haben sie sich gegenseitig reingesteigert.«

»Und Owen?«, fragte Lea und betrachtete den sonst so ruhig wirkenden Mann.

»Er hat Irina beigepflichtet, dass James ihm auf die Nerven geht, und daraufhin war James ziemlich beleidigt.«

Lea musste schlucken. Sie war erstaunt über das Ausmaß an Solidarität, das sie für Owen empfand. Oder war es einfach Mitleid, dass er – noch schüchterner als sie selbst – sich getraut hatte und nun mitten im Gefecht war? Ihm war anzumerken, dass er sich dort nicht wohlfühlte.

Lea sah zu James und seufzte.

Ihr ging James ab und zu gleichermaßen auf die Nerven. Er hatte eine anstrengende Persönlichkeit, aber er war ein sehr hilfsbereiter, humorvoller Mensch, den sie sehr zu schätzen gelernt hatte. Seine manchmal ausschweifende, alles umgreifende Begeisterung war anders als die von Owen: einnehmend, aufdringlich und nahezu überstülpend, weil James nicht aufhören konnte, jemanden überzeugen zu wollen. Er meinte es nie böse, er merkte nur nie, wann es genug war und ab wann sich sein Gegenüber überfahren fühlte.

Lea hatte einmal versucht, es ihm zu erklären, doch sie hatte schnell festgestellt, dass James sich absolut keiner Schuld bewusst war.

Owen war da anders. Auch er konnte für etwas brennen und Begeisterung entwickeln, aber er hatte nicht das Bedürfnis, das anderen ständig mitteilen zu müssen; er freute sich eher im Stillen, wodurch er unterging, wenn James im selben Raum war.

Und Irina?

Wie passte sie in den Konflikt? Sie war jemand, der gut austeilen konnte. Warum reagierte sie aber so empfindlich, wenn James ebenso mal austeilte? Sie war ihm in vielen Dingen ähnlich, trotzdem schien ihr der Geduldsfaden gerissen zu sein.

»Lea?«

Erschrocken hob Lea den Kopf. Sie hatte während ihrer Grübelei die Schwerelosigkeit vergessen und drohte jetzt, davon zu driften. Sie lachte verlegen, als Rio sie festhielt und ihr somit Stabilität verlieh.

Sonst vergaß sie nie die Schwerelosigkeit. Nie. Sie war nicht wie Owen, der alles um sich herum ausblendete, solange er ein Mikroskop vor der Nase hatte, oder wie James, der die Schwerelosigkeit spielerisch und übermütig nutzte, um Drehungen zu machen und den kompletten Raum auszunutzen.

Nein, sie war sich der Schwerelosigkeit immer bewusst, und die fehlende Kraft, die sie nach unten zog, erdrückte sie manchmal auf eine perfide Art in ihrer psychischen Gemütsfassung.

»Lea?« Wieder die ungeduldige Stimme.

»Ja?«, fragte Lea irritiert.

Adua sah sie fassungslos an. Doch auch wenn Lea nur die Psychologin ansah, war sie sich aller Blicke bewusst, die nun auf sie gerichtet waren.

»Warum schläfst du nicht?«, fragte Adua mit einem spitzen Unterton, der überhaupt nicht zu ihr passte.

»Ich konnte nicht schlafen«, sagte Lea.

»Geh und ruh dich aus«, befahl Adua dünnlippig.

Lea runzelte die Stirn. Sie verstand Aduas Wut nicht. Sie hatte kein Recht, sie herumzukommandieren, nur weil sie sauer auf andere war. »Wie soll ich mich ausruhen, wenn ihr hier rumbrüllt?«, fragte Lea. »Habt ihr nicht bemerkt, dass wir in einem kleinen Raumschiff sind?«

»Tut mir leid, wenn wir dich vom Schlafen abgehalten haben, Lea«, meinte James.

Owen sah ihn von der Seite an, danach drückte er sich von der Haltestange ab und kam ihr entgegen. Lea streckte die Hand aus und zog ihn zu sich. Sie genoss seine Nähe, und ihm schien es erstaunlicherweise ähnlich zu gehen.

James verdrehte die Augen, und Irina machte eine spöttische Geste. Lea verspürte Wut in ihrem Bauch. Sie hielt sich in der Regel raus, jetzt hatte sie allerdings das Gefühl, Owen beschützen zu müssen. »Was ist los mit euch?«, fauchte sie beide an, sah dabei aber lediglich James an, dessen Augen sich weiteten.

Im nächsten Moment tat es Lea leid. Was dachte sie sich dabei, sich hier einzumischen? Sie wusste nicht, was gesagt worden war, und sie nahm James sonst auch nichts übel. Woher sollte er wissen, dass sie sich in diesem Moment selbst sehr verletzlich fühlte? Und das gar nicht so sehr wegen der Crew, sondern eher wegen Nina und den ganzen Informationen, die sie mit den E-Mails erhalten hatte.

Plötzlich zog Aduas Stimme ihre Aufmerksamkeit auf sich. Sie sagte etwas in einer anderen Sprache, vielleicht war es Suaheli, die offizielle Sprache in Kenia. Gleichzeitig schwebte Adua an ihr vorbei. »Ihr habt keine Ahnung, wie mich das manchmal aufregt«, rief sie, diesmal auf Englisch, als sie um die Ecke bog und somit das Labor verließ. Kurz darauf kam sie zurück. »Das ist Kindergarten, was ihr da betreibt. Ich kann verstehen, dass die Nerven blank liegen, doch was habt ihr erwartet? Wir waren uns alle bewusst, wie anstrengend die Reise wird, dennoch erwarte ich von allen Disziplin«, rief sie in den Raum rein und sah jeden in der Gruppe an.

Lea betrachtete die anderen und erkannte, dass sowohl Owen als auch Irina irritiert aussahen. James runzelte die Stirn. Rio reagierte, indem sie zu Adua glitt.

Adua stieß ihre Hand allerdings weg.

»Ja, ich bin eure Psychologin, trotzdem sehe ich es nicht ein, mich ständig um eure kindischen Streitereien zu kümmern. Ist euch klar, dass ich ebenso Millionen Kilometer von meiner Familie entfernt bin, dass ich genauso die frische Luft vermisse und oft darüber nachdenke, ob ich nicht einen Fehler begangen habe, als ich in dieses verdammte Raumschiff gestiegen bin?«, fragte Adua.

»Tut uns leid. Wir … Die Nerven liegen blank«, sagte Rio. Sie schien entschieden zu haben, für sie alle sprechen zu wollen, obwohl sie nach Leas Einschätzung gar nicht in den Streit involviert gewesen war.

»Bei mir etwa nicht?«, fragte Adua gereizt? Sie warf die Arme in die Luft und kam ins Strudeln. Endlich erlaubte sie Rio, sie festzuhalten.

Wie ausgeglichen Rio sein konnte, bemerkte Lea erstaunt. Und wie sympathisch. Sie hatte Rio und Irina immer als Einheit angesehen, weil die beiden oft zusammenhingen, aber beide hatten ihre eigene Persönlichkeit. Möglicherweise war Rio das Crewmitglied, das die Reise am besten wegsteckte. Und das obwohl sie auf der Erde den schlimmsten und grausamsten Schicksalsschlag erlitten hatte. Oder vielleicht gerade deswegen? Hatte ihr der Verlust ihres Mannes auf harte Art beigebracht, wie sie mit Herausforderungen des Lebens am besten umgehen sollte?

»Wir haben nie gefragt, wie es *dir* geht. Das war ein Fehler«, antwortete Rio.

Adua rieb sich mit einer zittrigen Hand über die Stirn. »Ich bin eure Psychologin, doch … ich bin auch Mitglied dieser Crew. Auf dieser unwirklichen und schrecklichen Reise.«

»Nicht alles ist schrecklich«, erinnerte Lea sie.

»Ich weiß nicht.« Adua hob die Schultern.

»Hey.« Rio tätschelte ihren Rücken, doch Adua lächelte lediglich resigniert.

Während James und sie sich gegenseitig gut vertreten konnten, und James, Rio und Owen als Naturwissenschaftler sowieso viel miteinander arbeiteten und sich bei den Themen der anderen auskannten, vertrat Adua nur Baihu, aber Baihu nie Adua, erkannte Lea erstaunt. Es war ihr bis eben nie so bewusst gewesen.

Man hatte Adua in die Crew aufgenommen, weil sie als Notfallmedizinerin für Baihu einspringen konnte, wenn er handlungsunfähig war oder Hilfe bei einem schwierigen Eingriff benötigte. Baihu hingegen hatte nicht die Ausbildung, sie groß zu unterstützen. Er hatte sich nie bei ihren Coachingterminen oder bei Teambuildings eingemischt. Ja, er hatte seine Meinung zur Dosierung eines Psychopharmakas gegeben. Mehr aber auch nicht. Das Bodenpersonal war wohl der Meinung, dass im Notfall auf psychologische Beratung verzichtet werden konnte.

Zu wem ging Adua, wenn *ihr* alles auf die Nerven ging? Wenn sie verzweifelte? Wenn sie weder ein noch aus wusste? Wer war für *sie* da? Wer hielt *ihr* den Rücken frei? Wer übernahm *ihre Aufgabe*, wenn sie nichts außer Erschöpfung und Müdigkeit verspürte?

»Ich muss jetzt alleine sein«, sagte Adua und sah dabei gequält aus.

»Nein.« Rio schüttelte den Kopf. »Du solltest nicht alleine sein. Niemand sollte in so einem Zustand alleine sein. Warte.«

Adua schüttelte den Kopf. Bevor sie sich umdrehte, sagte sie zu Lea: »Geh ins Bett.«

Nachdem sie weggeschwebt war, sahen sie sich alle betreten an.

»Tut mir leid«, sagte James in Irinas Richtung, diese winkte ab.

»Schon okay. Ich habe übertrieben«, sagte sie.

Lea fand, dass James Größe bewies, indem er sich als Erster entschuldigte. Sie bewunderte ihn in dem Moment.

»Wir sind einfach schon zu lange hier draußen«, sagte Owen und rieb sich mit der Hand über die Stirn.

»Ja.« Rio seufzte. »Aber selbst, wenn wir umdrehen könnten, wären wir ewig unterwegs. Sogar länger, als wenn wir einfach weiterfliegen.«

»Umkehren war nie eine Option«, sagte James und lächelte.

Rio verdrehte die Augen. »Das weiß ich.«

»Uns bleibt nichts anderes übrig, als das beste aus der Situation zu machen«, fügte Irina hinzu.

»Ja«, sagte Lea und nickte.

Auf einmal spürte sie, wie alle ihren Blick auf sie richteten.

»Okay, okay.« Lea hob beide Hände in einer aufgebenden Geste in die Luft, allerdings nicht lang genug, um ins Strudeln zu kommen. »Ich gehe ja schon ins Bett«, sagte sie und schmunzelte dabei.

Als Lea sich auf den Weg zur Schlafkabine machte, hatte sie kein gutes Gefühl. Owen, Rio, Irina und James in der miesen Stimmung hinter sich zu lassen, war bereits schlimm genug. Doch was war mit Adua? Lea sah auf dem Weg zu ihrer Kapsel kurz in den medizinischen Trakt. Adua war allein und tippte energisch auf die Tastatur ihres Computers. Sie sah Lea düster an, wiederholte aber nicht ihre Aufforderung, schlafen zu gehen.

Lea sah über ihren Rücken zu ihrer Schlafkabine und seufzte tief.

Dann entschied sie, dass sie weiterlesen würde. Nina hatte angekündigt, ihr in der nächsten Mail mehr von Eva zu erzählen, und diese Mail war vorhin eingetroffen. Vielleicht würde Lea das ja ein bisschen trösten. Sie hoffte, dass es sie nicht weiter aufwühlen würde.

EVA – Jahr 1964, 69 Jahre vor der Reise zum Mars mit der Endurance

Eva erfuhr im Alter von vierundzwanzig Jahren von ihrer Mutter, dass ihr Vater am Abend zuvor gestorben war, und die Welt hörte sich für einen Moment auf zu drehen. Zuvor hatte sie diesen Ausdruck als Floskel abgetan, aber jetzt stand sie im Flur, den Hörer des Telefons fest gegen ihr Ohr gedrückt und erlebte das Stocken der Erdumdrehung, bevor es ruckartig weiterging und Eva sich fühlte, als wäre sie aus der Zeitlinie gerissen worden.

Sie hörte ihre Mutter entfernt am anderen Ende der Leitung reden, aber sie verstand nichts. Sie starrte auf die gegenüberliegende Wand, die verschwommen wirkte. Es war, als würde ihr Körper die Geräusche ausblenden, die Sinne vernebeln.

Ihr war schwindelig, weswegen sie sich an dem kleinen Regal festhielt, auf dem das Telefon stand, doch kurioserweise hatte sie nicht das Gefühl, dass sich alles um sie drehte, sondern eher, dass sie aus der Schwerkraft gezerrt worden und nun in der Leere gefangen war.

Ja, ihr Vater war seit der Rückkehr aus dem Krieg kränklicher gewesen als zuvor und hatte sich nie wirklich von den Verletzungen erholt, aber sie hatte nicht mit seinem Tod gerechnet. Nicht so früh. Nicht jetzt.

Wie betäubt bereitete sie das Abendessen vor, als gäbe es keine Alternative, als mit ihrem Leben einfach weiterzumachen. Als Will – ihr Ehemann – von der Arbeit nach Hause kam, setzte sie sich lautlos auf ihren Stuhl und hielt sich mit beiden Händen an der Tischkante fest. Auf einmal spürte sie das Schwindelgefühl. Und die Atemlosigkeit. Das Rauschen nahm ab.

»Was ist los?«, fragte Will alarmiert.

Sie waren erst seit einigen Jahren verheiratet und verbrachten wenig Zeit miteinander. Zunächst war Eva überrascht, dass er überhaupt bemerkt hatte, dass mit ihr etwas nicht stimmte. Dann sah sie ihre Hände, die zitterten, und erkannte, dass jeder Mensch ihr das angesehen hätte. »Mein Vater ist gestorben«, sagte sie und fand, dass sich ihre Stimme seltsam anhörte. Zu hoch, zu laut.

»Dein Vater?« Will klang so entsetzt, wie Eva sich fühlte. Ungläubig. Erschüttert. Empört. »Wie kann das sein? Wie alt war er?«

Langsam richtete Eva ihren Kopf nach oben und sah den Mann an, der nachts neben ihr lag, am Abend am selben Tisch saß und mit ihr aß und ihr dennoch weitgehend fremd geblieben war. Sie nickte, und bei der Bewegung ihres Kopfes kam der Schwindel zurück.

Sie hatte nie damit gerechnet, dass Will beim Tod ihres Vaters zu solch intensiven Gefühlen fähig wäre. Sie hatte geglaubt, er würde ihr raten, das alles nicht so an sich heranzulassen. Aus dem Grund hatte sie auch das Essen vorbereitet, als wäre nichts Außergewöhnliches passiert.

Er hatte ihren Vater nur ein einziges Mal gesehen, während der eiligen Zeremonie, als sie geheiratet hatten. Sie waren danach nicht einmal essen gegangen, da sie es zu eilig gehabt hatten, ihre Sachen zusammenzupacken. Will kannte ihren Vater also überhaupt nicht.

Eva und Will hatten sich drei Jahre zuvor in der Bücherei kennengelernt, in der Eva gearbeitet hatte. Er hatte sich nach englischsprachigen Büchern erkundigt und sie hatte den Grund dafür spannend gefunden. Sein Traum war, nach Amerika zu ziehen, in das Land, aus dem sein Vater kam. Er bereitete sich intensiv auf den Umzug vor. Es klang spannend und nach einer Chance, aus ihrem Leben entfliehen zu können. Zwar war er ein Jahr jünger als sie, aber er kam ihr tatsächlich reifer vor als die meisten ihres Alters. Sie bewunderte ihn. Und deshalb heiratete sie ihn.

Sie hasste ihr vorheriges Leben. Es war trostlos, bedeutungslos, monoton. Manchmal hatte sie das Gefühl, wenn sie jetzt sterben würde, dann würde sich nichts ändern. Niemand würde sie wirklich vermissen, es gab kein Talent, das verschwendet war. Es war nicht wichtig, ob sie lebte oder nicht lebte.

Sie hatte als junges Mädchen immer davon geträumt zu studieren. Am liebsten Astronomie. Sie interessierte sich sehr für das Weltall und beobachtete gerne in der Nacht die Sterne. Sie waren sehr weit weg, doch sie schienen ihr nicht weiter entfernt als ein glückliches, erfülltes Leben.

Der nächtliche Himmel wirkte wie eine endlose Möglichkeit, mehr zu erfahren, mehr zu forschen, mehr zu lernen. Es war wie das Abenteuer, nach dem sie sich bereits als kleines Mädchen sehnte.

Aber das Leben hatte andere Pläne für sie.

Ihr Vater war ein gebrochener Mann, als er aus dem Krieg nach Hause gekommen war. Ihre Mutter hatte vieles übernehmen müssen und war schon bald sowohl der Mann als auch die Frau in der Ehe geworden. Sie war pflichtbewusst, aufopferungsvoll und fleißig. Und sie verlangte dieses Verhalten genauso von Eva.

Sie sollte heiraten, Kinder bekommen und als Bibliothekarin arbeiten. Sich um den Haushalt kümmern, sonntags in die Kirche gehen und natürlich ihre Mutter dabei unterstützen, sich um ihren Vater zu kümmern.

Das Studieren von Astronomie war außerhalb ihrer Reichweite. Dafür waren ihre Eltern zu arm, ihre Lehrer zu konservativ und die Gesellschaft zu festgefahren in alten Rollenbildern. Ja, es gab vereinzelt Frauen, die studierten. Sie studierten allerdings keine Naturwissenschaften und schon gar nicht Astronomie. Und sie kamen nicht aus einer ärmlichen, dörflichen Gegend wie Eva, sondern hatten reiche, gebildete Eltern und lebten in einer großen Stadt, wo das Leben pulsierte und manchmal auch revolutionäre Ideen ausgelebt wurden.

Als Eva in der Schule verkündet hatte, Astronautin werden zu wollen, hatten die Lehrer gelacht und es für einen gelungenen Witz gehalten. Ihre Mutter war wütend geworden, hatte gefordert, Eva solle ihren Egoismus bekämpfen und sich unterordnen. Nur ihr Vater hatte nichts gesagt. Er hatte die Hand ausgestreckt und ihre Wange berührt, obwohl er sonst jeglichen Körperkontakt ablehnte. Es war keine richtige Zustimmung, aber immerhin auch keine Ablehnung.

Also war sie nach dem Schulabschluss in die Bibliothek gegangen, um dort zu arbeiten. Der einzige Ort, an dem ihr das Leben irgendwie erträglich schien, die Quelle wegweisender Gedanken, hoffnungsvollen Träumen und Abenteuern, die erlebt werden wollten.

Hier hatte sie als kleines Kind von anderen Welten erfahren, von einer Venus, auf der in ihrer Vorstellung heute noch dinosaurierartige Wesen in grünen Sümpfen lebten, von gasförmigen Planeten wie Saturn oder Jupiter, die so riesig waren, dass man sie mit bloßem Auge erkennen konnte, und von Erden, die außerhalb des Sonnensystems existierten und so weit weg waren, dass niemand sie erreichen konnte. Und sie erfuhr vom Mars, von dem sie glaubte, dass es die Heimat von machtgierigen Monstern mit langen Tentakeln war.

Später wurden ihre Vorstellungen realistischer. Die Arbeit in der Bibliothek bestand hauptsächlich daraus, Kundenakten anzulegen, Regale abzustauben und Bücher nach einer starren Regel einzusortieren. Der einzige Ort, an dem das Träumen erlaubt und das Erleben von Abenteuern nicht nur Jungs vorbehalten war, entpuppte sich als ein Ort, an dem die gleichen Leitlinien herrschten, wie scheinbar überall auf der Welt.

Evas Leben befand sich in einer Sackgasse, sie war in einer aussichtslosen Gegenwart gefangen, und ihre Zukunft wirkte trüb und bis zum langweiligen Ende vorgeplant.

Es war wie das Gegenteil zum grenzenlosen All: Einschränkend. Begrenzt. Limitiert.

Sie musste raus.

Und Will war eine Chance, raus zu kommen.

Also redete sie sich ein, ein wenig verliebter zu sein, als sie es tatsächlich war, und heiratete ihn, damit ihre Eltern zufrieden waren. Und dann stellte sie sie vor die vollendete Tatsache, mit Will nach Amerika zu gehen.

Das war am Tag ihrer Hochzeit gewesen. Danach hatte sie ihre Eltern nicht mehr gesehen. Sie war mit Will nach Amerika gezogen und begann dort ein Studium. Endlich! Nicht mehr von ihrer Mutter abhängig zu sein, machte es nun möglich, ihren Träumen zumindest ein klein wenig näher zu kommen. Sie war frei.

Sie strebte an, Lehrerin für Naturwissenschaften werden, weil sie es sich nicht zutraute, Astronomie zu studieren. Sie war auch so die einzige Frau im Studiengang, und es fiel ihr schwer durchzuhalten. Sie fühlte sich häufig isoliert. Sie erkannte, dass ihre Mutter recht behalten hatte. Es war ein einsamer Kampf, Neues auszuprobieren, weshalb es sonst wohl auch nur wenige wagten.

Es war ihr schwerer gefallen, in Amerika Fuß zu fassen, als sie geahnt hatte. Auch mit Will verheiratet zu sein. Bereits kurz nach der Hochzeit stellten sie fest, dass sie bedeutend weniger Gemeinsamkeiten hatten als angenommen. Eva hatte keine Freundinnen und fühlte sich nicht wohl unter den amerikanischen Studenten.

Doch sie hatte so viel geopfert für ihre Freiheit, sie war bereit, diese Einsamkeit dafür in Kauf zu nehmen. Heimzukehren war keine Option, auch wenn ihre Eltern sie ständig darum baten. Nein. Sie durfte nicht aufgeben.

Jetzt war ihr Vater tot, und Eva fragte sich, ob sie zurückgegangen und aufgegeben hätte, wenn sie gewusst hätte, dass sie ihn so unvermittelt und ohne Abschied verlieren würde. Hätte sie dann an ihren Träumen festgehalten, obwohl sie sich längst als Trug enttarnt hatten?

»Wie alt war er?«, fragte Will erneut und klang ungeduldig.

Erst jetzt bemerkte Eva, dass sie ihm eine Antwort schuldete. Er starrte sie an, die Stirn gerunzelt, so als würde er an ihrer geistigen Gesundheit zweifeln.

»47 Jahre.«

»Was hatte er? Woher weißt du, dass …«

»Meine Mutter hat mich angerufen«, unterbrach Eva und schob den Teller beiseite. Sie würde heute nichts runterkriegen. Zu schwer lastete der Schock auf ihr. Sie konnte es nicht fassen, dass sie ihren Vater nie wiedersehen würde. Dass das letzte persönliche Gespräch der Streit auf ihrer Hochzeit gewesen war und sie niemals die Chance haben würde, mit ihm zu reden.

»Aber … ihm ging es doch nicht schlecht«, meinte Will verblüfft. »Dachte ich zumindest«, fügte er hinzu, als Eva seufzte.

Sie rieb sich mit der Hand über die Stirn. »Das dachte ich auch … Aber nach dem Krieg … Meine Mutter meinte, es wäre ihm schon länger schlecht gegangen.«

Eva schüttelte den Kopf und sah auf ihre Hände, die nicht aufhören wollten zu zittern. Sie war gerade mal fünfzehn gewesen, als ihr Vater entstellt aus der Kriegsgefangenschaft nach Hause geschickt worden war. Ihm hatten der halbe Kiefer und ein Ohr gefehlt. Sie kannte ihn kaum und hatte ihn vorher nur wenige Male gesehen. Vage konnte sie sich an einen gut aussehenden jungen Mann mit Humor erinnern, der mit ihr gespielt hatte, als sie noch ganz klein gewesen war. Einzelne Szenen waren ihr im Gedächtnis geblieben. Oder kamen diese mutmaßlichen Erinnerungen von den Erzählungen ihrer Mutter? Wie auch immer. Den liebevollen, humorvollen Vater, nach dem sie sich während des Krieges gesehnt hatte, gab es nicht mehr. Er war im Krieg geblieben.

Zurückgekommen war ein verbitterter Mensch, der kein Interesse an seiner Tochter hatte.

Eva selbst hatte den Zweiten Weltkrieg zum Glück recht unbeschadet überstanden. Zwar hatte ihre Mutter darunter gelitten, alleine zu sein, und sie hatte hart gearbeitet, um sich und ihre Tochter über die Runden zu bringen, doch auf ihr Dorf war nie eine Bombe gefallen und sie hatte nie ernsthaft um ihr Leben fürchten müssen. Nicht immer war ein Leben in der Stadt dem der eintönigen Einöde vorzuziehen, erkannte Eva, schon fast entsetzt, dass sie jetzt über solche Dinge nachdenken konnte.

Den Krieg hatte sie kennengelernt, als ihr Vater nach Hause gekommen war und den Krieg in ihre vermeintlich heile Welt mitgebracht hatte.

Und danach war der Krieg niemals mehr weggegangen. Er schien vorbei zu sein, die Nazis besiegt, Deutschland auf einem passablen Weg, aber er hatte sich im Herzen ihres Vaters und in der Seele ihrer Mutter festgeklammert und war in jedem Zimmer ihres Elternhauses spürbar.

»Er …«

»Ich weiß«, unterbrach Eva ihn scharf. Leiser ergänzte sie. »Ich weiß, er war komisch, aber es ging ihm ansonsten nicht wirklich schlecht.«

Sie wusste in dem Moment, als sie es aussprach, dass sie sich selbst was vormachte. Sie hatte ihre Mutter ständig ignoriert, wenn die sie angefleht hatte, sich mehr um ihren Vater zu kümmern. Hatte sich eingeredet, ihren Eltern würde es gut gehen, damit sie ohne schlechtes Gewissen nach Amerika gehen konnte.

Der übertriebene, angepasste Fleiß ihrer Mutter und die Trübsal ihres Vaters hatten sie genervt. Manchmal dachte sie bei sich, ihr

Vater solle sich nicht so anstellen. So schlecht war es um ihn ja nicht gestellt. Im Gegensatz zu vielen anderen Kriegsversehrten ging es ihm hervorragend!

Was sie nicht wahrhaben wollte, war, dass ihr Vater seit der Heimkehr unter seinem Aussehen gelitten und sich dafür geschämt hatte. Er hatte nicht mehr richtig kauen können, und wenn er redete – was er sehr selten machte – hatte man ihn kaum verstanden. Seine Hände hatten gezittert, so wie ihre eigenen gerade zitterten. Er war kraftlos gewesen, hatte sich mit einer Kurzatmigkeit gequält. Er hatte das Lachen verloren. Das nicht nur, da er es durch seine Gesichtsverletzung nicht mehr schmerzfrei konnte, sondern besonders, weil seine Welt zerbrochen worden war.

»Hat er sich … umgebracht?«, meinte Will.

Eva riss ihren Kopf hoch. Sie spürte Tränen in ihre Augen steigen. Das erste Mal, seit ihre Mutter angerufen hatte. »Das kann nicht sein«, hauchte sie.

Was, wenn es nicht der Krieg gewesen war, sondern der Umstand, dass sie gegangen war? Eva zuckte zusammen, als ihr der Gedanke durch den Kopf schoss. Dieser unerträgliche Gedanke, der ihr den Atem raubte. Sie wagte nicht, es laut auszusprechen, aus Angst, dass es dann wahrer erscheinen könnte.

Will hob die Schultern. »Was soll er sonst gehabt haben?«

»Er hat viele Medikamente genommen. Gegen die Schmerzen. Und wegen seiner Angstzustände. Vielleicht war es sein Herz oder …«

»Ist es am Ende nicht egal?«, fragte Will und klang ungewöhnlich sanft.

Eva wandte sich ab. »Nein«, sagte sie und spürte, wie sich alles in ihr verkrampfte und die Leere plötzlich von einer unendlich verzweifelten Trauer geflutet wurde, die sie in der Form noch nie in ihrem Leben so empfunden hatte. Sie weinte. Spürte, wie alle Dämme brachen und die Verzweiflung nach außen drang. »Nein, bitte nicht. Er darf nicht einfach weg sein.«

Auf einmal war er bei ihr. Hielt sie. Wiegte sie. Flüsterte ihr irgendwas ins Ohr. Was, war nicht wichtig, wichtig war nur, dass seine Stimme beruhigend klang. Eva lehnte sich an ihn und fragte sich, ob sie für jemanden Liebe empfand, in den sie nie richtig verliebt gewesen war. Und ob sie gerade für jemanden Trauer empfand, den sie nie vermisst hatte.

»Das darf nicht sein«, wiederholte sie hoffnungslos. Kraftlos. Voller Trauer.

»Warum nicht?«, fragte Will leise.

»Weil … Weil ich nicht schuld sein will.« Eva klammerte sich hartnäckig weiter an die Hoffnung, dass er sich nicht einfach umgebracht hatte. Sie hatte das Ausmaß des Kriegstraumas unterschätzt. Hatte sich nicht genug um ihm gekümmert. Hatte ihn einfach hinter sich gelassen, als wäre er nicht der Mann, der sie im Arm gehalten hatte, als sie ganz klein gewesen war.

»Es ist nicht deine Schuld!« Will setzte sich, behielt aber weiterhin mit seinen Fingern ihren Arm umklammert. Er sah sie streng an. »Eva. Es ist nicht deine Schuld!«

Eva schüttelte den Kopf. »Nein, ist es nicht. Ich habe sein Leiden allerdings vergrößert, als ich gegangen bin. Als ich abgehauen bin. Ich …«

»Du wolltest frei sein, etwas, das du dort nicht bekommen hättest. Studieren, ein anderes Leben leben, als das, was deine Eltern für dich vorgesehen hatten.« Will drückte ihren Arm, als wäre er der Überzeugung, er müsste ihr die Vernunft durch die Poren ihrer Haut ins Innere drücken. »Das ist dein gutes Recht.«

Eva starrte ihn an. Sie versuchte krampfhaft, ihm zu glauben, wusste jedoch, dass sie durchaus egoistisch gewesen war, als sie nach Amerika gegangen war. Mit ihm, einem Mann, den sie im Prinzip nur ausgenutzt hatte.

»Es ist vollkommen legitim, sein Leben zu leben, wie man es möchte«, betonte Will.

»Was lebe ich denn hier für ein Leben?«, fragte Eva hilflos. »Schau mich an. Ich studiere, ohne dabei wirklich glücklich zu sein. Ich bin einsam. Ich habe nichts von dem erreicht, was ich plante. Ich bin gegangen, ohne dass es meinem Traum etwas gebracht hat. Ich habe vollkommen umsonst meine Familie im Streit verlassen.«

Will schwieg.

»Ich habe nichts erreicht«, sagte Eva leise und erkannte, dass sie schon die ganze Zeit darunter gelitten hatte, es aber nie hatte in Worte fassen können. Sie stand auf und schüttelte seine Umklammerung ab. Die Haut war bereits gerötet.

»Hey.« Will griff nach ihrer Hand.

Aber sie war schneller und verließ den Raum.

Sie hatte nichts verwirklicht von dem, was sie sich einmal erträumt hatte. Ihr Traum, den Weltraum zu erkunden, der Venus das Geheimnis unter den dichten Wolken zu entlocken, bis zu den Grenzen des Sonnensystems vorzudringen und sogar darüber hinaus, war zu Ende, bevor sie ihn zu Ende träumen konnte. Sie hatte doch immer wissen wollen, was auf dem Mars war. Inzwischen wusste sie, dass die Wahrscheinlichkeit für eine Existenz von Marsianern sehr gering war, ihre kindische Vorstellung nichts mit der Realität zu tun hatte und die Erzählungen aus den Büchern lediglich Märchen waren. Aber seit Kohlendioxid in der Marsatmosphäre nachgewiesen worden war, fragte sie sich, ob es da vielleicht Moose oder Flechten gab.

Sie war nach Amerika gegangen, in der Hoffnung, eines Tages würden ihr ihre Eltern verzeihen. Sie wären dann so stolz auf ihre Tochter, dass sie alles vergessen würden. Nun war ihr Vater tot. Sie würde ihn nie stolz machen. Sie würde sich niemals mit ihm versöhnen.

Ihre Hände zitterten weiterhin, als sie das schlanke Teleskop, das im Treppenhaus am Fenster stand, umfasste. Sie machte einige Einstellungen und öffnete das Fenster. Die kalte Luft strömte herein, und sie atmete tief ein.

Sie sah hindurch und fand den Mond sofort, verharrte jedoch nicht sehr lange. Sie hatte den Mond schon oft betrachtet und für ihn nie ein besonderes Interesse gehegt. Sie betrachtete die Sterne und fragte sich, ob ihr Vater jetzt dort irgendwo war. Ob sie den kindlich naiven Glauben an den Himmel mit der rationalen Erkenntnis, nur weit entfernte Sonnen sehen zu können, vereinbaren konnte.

Sie stellte das Teleskop schärfer und kniff das linke Auge zu. Sie konnte den Mars nicht erkennen, und das ärgerte sie. Tränen liefen ihr über die Wange, und sie sah den Sternenhimmel nur verschwommen.

Sie beobachtete den Himmel regelmäßig, sie verfolgte die Venus und den Mars, wann immer sie sichtbar waren. Aber heute gelang es ihr nicht.

Sie presste ihre Stirn gegen das Teleskop und schloss die Augen. Eine Träne tropfte auf ihren Arm. Sie dachte an ihren Vater, an sein verwüstetes Gesicht und daran, wie traurig er stets gewesen war und wie lästig es ihr war, bei seinem Anblick ein schlechtes Gewissen zu empfinden. Sie hatte gedacht, sie könnte sich lösen, aber sie hatte das schlechte Gewissen mit nach Amerika geschleppt, wo es sie lähmte, weiterzukommen und aus ihrem Leben etwas zu machen.

Sie hatte nicht fliehen können. Sie hatte bei ihrer Flucht alles eingepackt und mitgenommen, was sie hatte verlassen wollen. Wie auch ihr Vater den Krieg bis zu seinem Tod mit sich herumgeschleppt hatte.

»Es tut mir leid.« Will hatte sich unbemerkt herangeschlichen und legte seinen Arm um ihren Bauch.

»Ich finde den Mars nicht«, sagte Eva und spürte einen Stich im Herzen. Es war so wichtig. Als würde ihr Leben davon abhängen.

»Warte.« Will schob sie sanft zur Seite, dann sah er durch das Teleskop.

Eva lächelte leicht unter Tränen. Er hatte das noch nie gemacht. Hatte es stets für Blödsinn gehalten. Hatte nie die Sterne beobachtet. Wie sollte er den Mars finden?

»Ich sehe ihn auch nicht«, meinte er nach einem kurzen Moment.

»Er muss aber da sein.« Eva ergriff das Teleskop und wischte sich die Tränen aus dem Gesicht, bevor sie hineinblickte. Fast sofort erkannte sie den Mars, sah den orange-roten, kräftig leuchtenden Punkt am dunklen Himmel. »Ich zeig ihn dir«, sagte sie und zog Will zu sich heran.

Er sah durch das Teleskop und ließ sich von ihr erklären, wo der Mars war. Als er ihn fand und erkannte, wie gut sichtbar er war und wie sehr er sich von den anderen strahlenden Himmelskörpern unterschied, machte er ein erstauntes Geräusch.

Das erste Mal in ihrer Ehe interessierte er sich für ihr Hobby. Es tröstete sie. Ein wenig zumindest.

EVA – Jahr 1965, 68 Jahre vor der Reise zum Mars mit der Endurance

Auch zwei Jahre nach dem Umzug fühlte Eva sich nicht wohl in Wills neuer Wahlheimat. Sein Traum war es stets gewesen, in das Land seines Vaters zurückzukehren, weil er sich dort Freiheit und ein besseres Leben versprach. Sein Vater war als Soldat in den Zweiten Weltkrieg geschickt worden und hatte in Deutschland Wills Mutter kennengelernt. Will wurde inmitten des Krieges geboren, ohne dass seine Eltern verheiratet waren. Als Wills Vater wieder in die Heimat gehen sollte, entschied sich Wills Mutter dafür, mit ihm zu gehen. Nachdem die Beziehung in die Brüche ging, zog Wills Mutter mit ihrem Sohn zurück nach Deutschland, heiratete einen anderen Mann und baute sich ein neues Leben auf.

Will hatte sich während seiner Jugend nach dem Land gesehnt, in dem er seine frühe Kindheit verbracht hatte. Es hatte eine gewisse Faszination auf ihn ausgeübt, ohne dass er die Heimat seines Vaters wirklich kennengelernt hatte.

Er hatte seinen Schulabschluss gemacht und es irgendwie geschafft, sich in einer amerikanischen Universität einzuschreiben.

Eva hatte keine Ahnung, ob er dabei getrickst hatte, aber die wenigen Verwandten, die Will hier noch hatte, hatten einmal angedeutet, dass sie das vermuteten. Will war Künstler mit Leib und Seele, studierte Kunstwissenschaft, spielte nebenbei in einer Band und hatte ab und zu Auftritte.

Deswegen war Eva viel alleine.

Auch sie studierte, aber sie ging selten zu den Vorlesungen und fühlte sich orientierungslos. Seit dem Tod ihres Vaters haderte sie mit der Entscheidung, Will geheiratet und mit ihm hierher gezogen zu sein. Nun steckte sie in der Falle. Sie könnte sich scheiden lassen und nach Deutschland zurückkehren, aber was erwartete sie dort?

Wenn sie nachts neben Will im Bett lag, fragte sie sich, warum er sie überhaupt geheiratet hatte. Sie bezweifelte, dass er so verliebt in sie gewesen war, wie er behauptete. Hatte er Angst davor gehabt, alleine nach Amerika zu gehen? War sie die willkommene Begleitung gewesen, als sie Interesse gezeigt hatte, mitzukommen?

Manchmal fragte sie sich, ob sie nicht einfach ein Kind bekommen sollte, um abgelenkt und beschäftigt zu sein, alles in ihr sträubte sich allerdings dagegen. Gerade deswegen war sie doch hergekommen, sie war vor dem gesellschaftlichen Druck und den Erwartungen ihrer Eltern geflohen. Sie hatte nie Kinder gewollt. Jetzt ein Kind zu bekommen, nur weil sie nichts Besseres mit sich und ihrem Leben anzufangen wusste, kam ihr falsch vor.

Nein! Es lediglich aus Langeweile darauf anzulegen, schwanger zu werden, war schäbig und viel schlimmer, als es wegen des gesellschaftlichen Drucks zu tun. Sie studierte, hatte einen Ehemann, der ihr ein freies Leben ermöglichte, und ein Ziel, auf das sie hinarbeitete.

Das Blatt wendete sich an einem Samstagnachmittag. Sie war mit dem Rad unterwegs zum Markt, wo sie frisches Gemüse für das Wochenende einkaufen wollte. Sie war gut gelaunt. Das Wetter war ebenfalls gut, und sie freute sich auf den Abend.

Eigentlich hatte sie vorgehabt, mit ihrer Nachbarin, die eine Art Freundin geworden war, ins Kino zu gehen. Irgendeine Liebeskomödie hatte auf dem Programm gestanden. Nun hatte die Freundin aber abgesagt. Statt traurig zu sein, war sie jedoch merkwürdig erleichtert. Sie beschloss, trotzdem ins Kino zu gehen. Es lief nämlich auch ein Film von Byron Haskin über gestrandete Astronauten auf dem Mars. Weder ihre Nachbarin noch Will hatten Interesse, sie zu diesem Film zu begleiten, also würde sie die Gelegenheit nutzen und ihn sich alleine ansehen. Es machte ihr nichts aus. Ein Abenteuerfilm, der auf den Motiven von Robinson Crusoe basierte, und auf dem Mars spielte – was konnte es besseres geben?

Danach würde sie in die Bar gehen, in der Will heute mit seinen Jungs auftrat, und ein Bier trinken. Sie mochte Wills Freunde, versuchte allerdings, nicht zu oft etwas mit ihnen zu unternehmen, denn sie wusste, dass die Leute redeten, wenn eine Frau alleine mit fünf Männern unterwegs war. Zwar weniger als in Deutschland, doch auch hier wurde geredet.

Sie summte ein Lied und stieg vom Fahrrad, als sie an einer Kreuzung an der roten Ampel stehen bleiben musste. Kurz überlegte sie, dann entschied sie, die Abkürzung über den Campus zu nehmen. Sie würde das Fahrrad schieben müssen, um nicht mit den Studenten zu kollidieren, es war dennoch angenehmer, als an der lauten und lebhaften Straße entlang zu fahren und an jeder Ampel warten zu müssen. Auf dem Weg nach Hause konnte sie auf der Wiese neben der Uni noch nach Wildkräutern suchen.

Sie steuerte das Rad bis zu der Treppe, die zu dem asphaltierten Weg über den Campus führte, und stieg ab. Einige wenige Studenten standen diskutierend draußen und musterten sie.

Eva nahm die Abkürzung durch das Gebäude, in dem die Mathematikvorlesungen stattfanden, obwohl es verboten war, das Fahrrad mit hinein zu nehmen.

Am schwarzen Brett hielt sie an und schaute nach neuen Jobangeboten. Sie suchte nicht gezielt nach einem Job, wenn es die Möglichkeit gab, nebenher ein wenig zu verdienen, würde sie das allerdings nutzen.

Als Studentenpärchen hatten sie nie viel Geld, und deswegen versuchte Eva immer, irgendwelche Aushilfsjobs zu ergattern. Will verdiente mit seinen Auftritten ein bisschen was und nahm auch Auftragsarbeiten für Gemälde an, während Eva in der Universitätsbibliothek für einen kleinen Lohn aushalf, aber es war nie genug.

Dieses Mal fand Eva einen Aushang, der wirklich interessant klang, und ihr Herz schlug ihr heftig in der Brust. Sonst putzte sie oder half an der Kasse aus, jetzt aber wurden Aushilfen bei der Weltraumbehörde gesucht. Es gab keine Details, sie war dennoch wie elektrisiert. Selbst wenn sie nur den Boden schrubben musste, war das aufregend und klang nach einer Chance, die sie nicht verstreichen lassen konnte. In der Weltraumbehörde mit den echten Forschern in Kontakt kommen – die Gelegenheit würde sich nie wieder ergeben.

Sie riss den Zettel mit der Telefonnummer ab und drückte ihn gegen ihre Lippen. Innerlich jubelte sie, obwohl sie nicht einmal wusste, ob sie den Job überhaupt bekommen würde.

Aber sie wusste: Das war eine Chance. Das war ein Anfang. Deswegen war sie hierhergekommen. Das musste ein Zeichen sein! Sie war sich sicher.

Sie war so aufgeregt, dass sie vergaß, dass auf dem Campus das Fahrradfahren verboten war, und radelte schnell nach Hause. Als sie zu Hause das Gemüse in den Kühlschrank räumte, lächelte sie. Sie hatte vor lauter Freude sogar vergessen, die Kräuter zu pflücken.

*

Einen Monat später betrat sie das erste Mal die Weltraumbehörde und war erstaunt, dass sie und fünf andere wirklich für solch eine aufregende Aufgabe eingeteilt wurden. Bis zuletzt hatte sie nicht genau gewusst, für was man sie benötigte, und Will hatte immer wieder gewitzelt, dass sie sich sicher umsonst freuen würde und am Ende tatsächlich lediglich das Klo der Weltraumforscher putzte.

Dem war jedoch nicht so.

Sie wurden in einen Raum geführt, in dem auf einem Tisch große Schwarz-Weiß-Fotografien lagen. Aufnahmen vom Mond, die während der Ranger-Missionen gemacht worden waren. Sie hatten die Aufgabe, diese Bilder zu sortieren und so anzuordnen, dass sich ein zusammenhängendes Bild der Mondoberfläche ergab.

Kurz darauf stellte sich heraus, dass die Arbeit weniger interessant war, als zunächst gedacht. Nach einigen Stunden sah Eva nur noch schwarze, graue und weiße Pixel vor sich, und ihr dröhnte der Kopf. Es war stickig in dem Raum, es gab kein Tageslicht, und die Menge an Bilder war frustrierend.

Der Gedanke, dass sie an einem Ort war, von dem sie nicht einmal zu träumen gewagt hatte, trieb sie allerdings an. Alleine die Tatsache, dass sie die selbe Luft wie die Männer atmete, die die Sonden entwickelt und gebaut hatten, war aufregend für sie. Voller Ehrfurcht erlaubte Eva sich keine Pause und sortierte weiter die Bilder.

Am Ende war sie die Studentin, die es am längsten aushielt. Als die Arbeit getan war, waren alle, die mit ihr angefangen hatten, längst weg und durch andere Studenten ersetzt worden, die das Geld ebenso dringend benötigten.

Eva stand in der Mitte des Raumes, sah auf die riesige Fotografie des Mondes auf dem Boden und stellte sich vor, sie wäre jetzt dort. Ein Gefühl der Wehmut stellte sich ein. Sie war stolz, hier mitgearbeitet zu haben, gleichzeitig würde sie die Weltraumbehörde nun für immer verlassen.

»Alles in Ordnung?«

Eva drehte sich hastig um. Sie hatte nicht bemerkt, dass der Wissenschaftler, der ihre Arbeit vor einer Stunde abgenommen hatte, in den Raum gekommen war. Er war ein alter, dünner Mann von relativ kleinem Wuchs und schneeweißen Haaren. Er lachte nie mit dem Mund, dafür sahen seine Augen meist so aus, als würden sie lachen.

»Wollen Sie gar nicht heimgehen?«, fragte der Mann verwundert.

Eva schüttelte den Kopf und lächelte traurig. »Nein, ehrlich gesagt nicht. Ich werde das hier vermissen.«

Sie erwartete, dass er sie heimschickte, stattdessen kam er näher und trat vorsichtig auf das Gesamtwerk, das auf dem Boden lag.

»In einigen Jahren wird der erste Mensch auf dem Mond stehen«, sagte er.

»Der erste Mann«, korrigierte Eva leise.

Verwundert sah er sie an. Kurz darauf nickte er. »Ja, sehr wahrscheinlich. Aber irgendwann wird eine Frau …«

»Das glaube ich nicht«, unterbrach Eva ihn. Sie hatte seinen Namen vergessen. Und sie fragte sich, woher sie die Frechheit nahm, mit ihm zu diskutieren und ihn sogar zu unterbrechen. Sie spürte, dass ihre Wangen heiß wurden. »Ich meine, bis wir Frauen es geschafft haben, uns so weit durchzusetzen, dass wir ebenso bemannte Welträumflüge unternehmen, wird die Weltbevölkerung es längst geschafft haben, den Mars zu erreichen.«

Der Wissenschaftler lachte. »Da könnten Sie recht haben.« Kurz zögerte er und runzelte die Stirn. »Auch wenn das traurig ist, wenn man bedenkt, dass sich unsere Technik schneller entwickeln wird als unsere Gesellschaft.«

Eva nickte langsam. »Ja«, sagte sie nachdenklich. »Es ist schon ein bisschen traurig.«

Das war nicht unbedingt das, was sie *tatsächlich* empfand. Stattdessen war sie wütend, weil sie von Anfang an darin gebremst worden war, das zu tun, was sie wirklich interessierte. Als sie endlich alles auf eine Karte gesetzt hatte, hatte sie sich mit einem schlechten Gewissen rumschlagen müssen, das sie bis heute verfolgte.

Seufzend hob Eva den Kopf und sah den Mann an. »Es ist, wie es ist«, sagte sie.

»So muss es allerdings nicht bleiben«, betonte er.

Ein weiteres Mal nickte Eva. Sie lächelte leicht. »So interessant es auch auf dem Mond ist, aber er kommt mir so kalt und grau vor, und … der Mars ist weiterhin voller Geheimnisse. Vielleicht gibt es dort Leben? Oder zumindest Spuren von vergangenem Leben. Wenn ich abends durch mein Teleskop schaue, sehe ich da diesen leuchtend roten Planeten und will wissen, was verdammt noch mal da oben ist.«

Er schwieg.

Eva seufzte. Sie würde nun gehen. Obwohl ihr die Hallen wie ein Heiligtum und der Job wie eine Offenbarung vorgekommen war, so hatte sie hier trotzdem nicht die Erlösung gefunden, auf die sie gehofft hatte.

Gerade als sie sich umdrehen wollte, sagte er: »Ende des Jahres planen wir mit Mariner 3 und Mariner 4 einen Flug am Mars vorbei, wussten Sie das?«

Eva nickte. »Ja, ich habe davon gehört. Ich kann es kaum erwarten, das erste Bild vom Mars zu sehen.« Sie zwang sich zu einem Lächeln. Wenn er wüsste, wie emsig sie alles in sich aufsog, was sie über die Weltraummissionen in der Zeitung finden konnte, hätte er sich die Frage wohl gespart. »Das interessiert mich sogar mehr, obwohl ich auf die Ergebnisse der Mond-Missionen auch gespannt war.«

Wieder schwieg er.

Erst als sie an der Tür war, rief er sie zurück. »Wir werden dafür ebenfalls Hilfe benötigen, um die Bilder zu sortieren.«

Evas Herz begann zu klopfen. Sie legte ihre Hand gegen das Türblatt und starrte auf die Finger. Sie wagte nicht, sich umzudrehen, weil sie befürchtete, dass sie ihn möglicherweise falsch verstanden hatte.

Kurz darauf hörte sie Schritte. Er kam ihr hinterher.

»Was studieren Sie?«, fragte er, als er einen Meter von ihr entfernt stand.

»Lehramt.« Eva verdrehte die Augen.

»Sie mögen es nicht?« Er schmunzelte.

Eva machte eine unschlüssige Kopfbewegung. »Es ist okay«, versuchte sie, ihm weiszumachen.

»Kommen Sie bitte mit in mein Büro«, bat er.

Ein letztes Mal sah Eva zu ihrem ehemaligen Arbeitsplatz, anschließend folgte sie dem Wissenschaftler. Ihre Finger fühlten sich schwitzig an, und ihr Herz klopfte weiterhin wie wild in ihrer Brust, während sie dem älteren Mann den Flur entlang folgte. Eine Gruppe junger Wissenschaftler kam ihnen entgegen. Sie musterten Eva irritiert, als wäre der Anblick einer Frau in diesem Bereich der Universität so ungewöhnlich. Es *ist* ungewöhnlich, korrigierte Eva ihren Gedanken.

An seinem Büro hing ein Schild, und Eva erinnerte sich daran, dass er sich mit Dr. Smith vorgestellt hatte, als er die Gruppe vor ein paar Tagen in die Aufgabe eingewiesen hatte.

»Setzen Sie sich«, meinte er und zeigte auf den Stuhl. »Möchten Sie einen Kaffee?«

Noch ehe Eva bewusst wurde, was mit ihr geschah, befand sie sich in einem Vorstellungsgespräch.

*

Sie beendete das Studium, das ihr nie Spaß gemacht hatte, und verdiente ab sofort als Sekretärin von Dr. Smith in der Weltraumbehörde ihr Geld. All ihre Probleme lösten sich scheinbar von heute auf morgen in Luft auf. Will und sie hatten nun unerwarteterweise ein regelmäßiges Einkommen – schneller, als sie damit gerechnet hatten. Sogar ihre Mutter lobte sie, als sie erfuhr, dass sie sich entschieden hatte, ihr Studium aufzugeben und in fester Anstellung zu arbeiten. Gleichzeitig war Eva stets gut informiert über alle geplanten Missionen zum Mond und zur Venus. Und zum Mars. Ein Traum ging in Erfüllung.

Oder zumindest war sie dem ursprünglichen Traum einen riesigen Schritt näher gekommen. Sie war zwar nicht die Wissenschaftlerin oder Forscherin, wie sie es als kleines Mädchen geplant hatte, aber durch ihren Job als Sekretärin ergaben sich plötzlich Möglichkeiten.

Die Mariner-Missionen waren zunächst herbe Rückschläge für das Team, das für Dr. Smith arbeitete. Wie geplant war Mariner 3 Ende des Jahres 1964 gestartet, aber durch die Reibungshitze beim Start schmolz die Nutzlastverkleidung aus Kunststoff. Mariner 3 hatte den Erdorbit nie verlassen.

Einige Wochen später war Mariner 4 gestartet. Als Eva mit ihrer Arbeit begann, war noch nicht klar, ob auch diese Mission ein Misserfolg werden könnte. Alle im Team waren deswegen sehr aufgeregt. Ein halbes Jahr nach dem Start flog Mariner 4 wie geplant am Mars vorbei, machte Bilder und sendete sie während der nächsten Tage zur Erde. Eva war dankbar, dass sie zu diesem denkwürdigen Augenblick bereits Informationen aus erster Hand erhalten konnte.

Dr. Smith schickte Eva zum Labor, um die Bilder abzuholen. Es waren bloß 22 Bilder, aber als Eva sie zu Dr. Smith trug, musste sie grinsen. Vor einem Jahr hatte sie nie damit gerechnet, tatsächlich als erster Mensch die Bilder vom Mars in den Händen halten zu können.

Die Fotos zeigten einen Mars, der zu Evas Enttäuschung ziemlich mondähnlich aussah. Sie deckten auch nur 1 % der Oberfläche ab, waren in einer schlechten Auflösung und lediglich in Schwarz-Weiß.

Mariner 5 war ein Reserveexemplar der beiden vorhergehenden Sonden, und Eva hoffte vergeblich darauf, dass sie ebenfalls zum Mars geschickt wurde. Leider entschieden sich die Wissenschaftler um Dr. Smith dafür, sie zur Venus zu senden.

Eva erhielt von Dr. Smith einen Abzug einer Fotografie vom Mars, den sie an ihren Kühlschrank hängte. Bekannte von Will witzelten, ob es ein Ultraschallbild eines ungeborenen Babys wäre, so unscharf war die Marsoberfläche zu sehen. Eva sah allerdings viel mehr als eine verschwommene Fläche. Sie sah darin das, was andere Frauen in einem Ultraschalbild von einem Embryo sahen: den Anfang von etwas sehr Großem.

EVA – Jahr 1969, 64 Jahre vor der Reise zum Mars mit der Endurance

»Ich glaube, ich mache Feierabend.« Eva zündete sich mit zitternden Fingern eine Zigarette an. Als sie daran zog, vibrierte sie an ihren Lippen, so sehr wurde sie von den bebenden Fingern erschüttert.

»Verständlich.« Ihre Kollegin nickte und sah sie besorgt an. Sie hatte das Glück, dass ihr Mann über 30 war, während Will innerhalb des Altersbereiches war, der ausgelost wurde.

Eva zog erneut an ihrer Zigarette und versuchte, sich zu beruhigen. Wieso sollte ausgerechnet das Geburtsdatum von Will gezogen werden? So viel Pech konnten sie nicht haben. Ganz bestimmt nicht. Aber irgendjemand würde es haben …

Zum ersten Mal bereute sie aus tiefstem Herzen, dass sie die amerikanische Staatsbürgerschaft angenommen hatten. Es könnte sich nun als ihr größter Fehler erweisen. Und alles nur, weil sie geglaubt hatten, dadurch potenziellen Arbeitgebern zu vermitteln, dass sie an einem dauerhaften Arbeitsverhältnis Interesse hatten.

»Geh nur.« Sarah sah sie mitfühlend an.

Eva nickte. Sie hätte gar nicht erst zur Arbeit kommen sollen, aber Dr. Smith hatte in der nächsten Woche einen Vortrag über die bereits kartographierte Fläche des Mars, und Eva hatte seine vorbereitete Rede Korrektur lesen wollen.

Endlich war sie am Ziel angelangt, sie hatte einen spannenden Job und verdiente ihr Geld mit dem, was sie wirklich liebte. Das war mehr, als sie sich jemals erhofft hatte, fast so viel, wie sie sich erträumt hatte. Sie war direkt an der Quelle, entdeckte mit den Wissenschaftlern und Forschern neue Gebiete auf dem Mars, ordnete die Fotos zu und maß Gebirge und Strukturen ab.

Im Juli hatte zunächst Mariner 6 Fotos vom Mars mit akzeptabler Auflösung gesendet, einige Monate danach folgten die Bilder von Mariner 7 – und die waren reichlich gewesen. Da die kartographierte Fläche des Mars nach Mariner 4 enttäuschend gering geblieben und Mariner 5 zur Venus geschickt worden war, hatte Dr. Smith sich auf Bitte von Eva dafür eingesetzt, dass zwei modernere Kameras mit den Sonden mitflogen.

Nun hatten sie nicht nur viele Aufnahmen mit einer Weitwinkelkamera, sondern auch Bilder aus einer erheblich geringeren Entfernung als noch bei Mariner 4. Mariner 6 war ein voller Erfolg gewesen, trotzdem stellte Mariner 7 dies noch in den Schatten. Die

Sonde umrundete den Planeten zweimal, und auf ein paar Bildern war zu ihrer großen Freude der Marsmond Phobos zu sehen.

Nach einer langen Zeit der Auswertung war es ihnen gelungen, über ein Fünftel der Marsoberfläche zu kartographieren. Dr. Smith vertraute ihr so weit, dass er ihr sogar die Leitung über die Studenten übergab, welche die Bilder sortierten, klassifizierten und zu einem Gesamtbild zusammensetzten.

Sie war glücklich in Amerika, hatte endlich ihren Platz gefunden und erntete Anerkennung. Selbst mit Will lief es besser, obwohl sie eher Freunde als Ehepartner waren. Es schien, als hätte sich das Wagnis voll ausgezahlt und sie für ihren Mut belohnt werden.

Wenn nicht der Vietnamkrieg wäre. Schon als Eva von den Angriffen auf Vietnam gehört hatte, hatte sie ein mieses Gefühl gehabt. Will und sie hatten sich den Protesten angeschlossen und innerhalb der Friedensbewegung eine neue Basis gefunden: Freunde und Bekannte, aber ebenso eine neue Zuneigung füreinander.

Hoffentlich würde der Abend für sie gut verlaufen, damit sie mit ihrem zufriedenen Leben fortfahren konnten. Allerdings fühlte sich der Gedanke falsch an, denn ein anderer Mann müsste in den Krieg ziehen, damit Will es nicht tun musste. Wenn sie sich daran erinnerte, stockte Eva jedes Mal der Atem.

»Ich bin morgen früh da«, versprach Eva und drückte die Zigarette aus. Sie lächelte krampfhaft. Sie verbat sich den Gedanken, dass sie morgen früh vielleicht nicht fähig sein würde, zur Arbeit zu kommen, nicht fähig sein würde, sich auf das Kartographieren ihres Herzensplaneten zu konzentrieren.

»Viel Glück«, rief Sarah ihr nach, als Eva den Raum verließ.

Eva hob lediglich die Hand und verabschiedete sich nicht bei ihrem Chef oder den Kollegen, die Gesteinsproben von Apollo 11 untersuchten und mit denen Eva oft ihre Pause verbrachte. Eva wollte keinen von ihnen sehen und schon gar nicht mit einem von ihnen reden. Es zog sie nach Hause.

Sie hetzte mit dem Fahrrad auf dem schnellsten Weg nach Hause und erschrak, als sie fast einen Fußgänger anfuhr. Sie war nervös. Zu nervös, um am Straßenverkehr teilzunehmen, wie sie zugeben musste.

Vor dem Haus ließ sie das Rad achtlos auf der Wiese liegen und sprintete die Treppe nach oben.

Will saß im Wohnzimmer und spielte auf seiner Gitarre. Eva lehnte sich gegen die Zimmertür und lauschte der Musik ihres Mannes. Sie schloss die Augen und versuchte, alles auszublenden, was später im Fernseher übertragen wurde. Es gelang ihr, ihre Atmung zu regulieren und etwas ruhiger zu werden. Eine Wirkung, die nur seine Musik auf sie hatte.

Auf einmal war sie sich sicher, dass sie Glück haben und nichts passieren würde. Sie konnten morgen unbesorgt zur Arbeit gehen und mit ihrem Leben fortfahren.

Einen Moment später ging sie auf Zehenspitzen zu Will und legte sanft ihre Arme von hinten um seinen Oberkörper. Sie küsste die weiche Stelle an seinem Hals und drückte ihre Stirn an die Bartstoppeln seiner Wange.

»Du bist früh zu Hause«, sagte er verwundert und küsste ihren Handrücken.

Eva nickte, sagte aber nichts. Danach richtete sie sich auf und lief in die Küche. Sie drehte sich einen Joint und schnitt Gurkenstücke in zwei Gläser, die sie mit Wasser füllte. Dann ging sie zurück ins Wohnzimmer.

Sie tranken ihr Gurkenwasser und kifften abwechselnd, ohne miteinander zu reden. Als der Joint zu Ende geraucht war, zündete Eva eine Kerze an und lehnte sich an Will, der ihr den Nacken massierte. »Es wäre echt großes Pech, wenn mein Geburtstag gezogen werden würde«, murmelte er und rieb seine Nase über ihr Haar.

Eva nickte.

Sie warteten zwei Stunden. Will spielte Gitarre, Eva blätterte in einem Modemagazin. In regelmäßigen Abständen stand sie auf und lief durch den Raum, unfähig, etwas zu tun, das sie wirklich ablenkte. Irgendwann entschied sie, dass sie nichts Produktives zustande bringen konnte und setzte sich im Schneidersitz Will gegenüber. Sie schloss die Augen, um sich ganz von der Musik durchdringen zu lassen.

Auf einmal spürte Eva einen warmen Atem über ihr Gesicht streichen, und sie öffnete die Augen. Sie lächelte, als sie bemerkte, dass Will sie direkt ansah.

»Du siehst wunderschön aus«, flüsterte er und küsste sie.

Kurz darauf zerfiel ihr Leben wie der Schuttkörper, aus dem der Marsmond Phobos vermutlich bestand. Und wie Phobos nur durch Gravitation zusammengehalten wurde, wurde ihr Leben nach dem Moment lediglich durch ein empfindliches Gebilde aus Liebe, Hoffnung und Verzweiflung daran gehindert, auseinanderzubrechen.

Sie sahen sich die öffentliche Ausziehung im Fernseher an. 366 Kugeln – für alle Tage des Jahres eine Kugel. Eine davon trug den 31. August. Der Tag, an dem Will geboren worden war und jedes

Jahr seinen Geburtstag feierte. Ein Tag, den er bisher stets mit Positivem verbunden hatte. Eva wusste, dass er das nie mehr tun würde, dass Will den Tag seiner Geburt niemals wieder unbefangen und unbeschwert verbringen konnte – selbst, wenn er zurückkäme.

Sie hasste den Vietnamkrieg. Sie hasste ihn, da sie immer noch darunter litt, dass sie sich nie mit ihrem Vater versöhnt hatte und dessen Kriegsverletzungen wie ein Schatten ihre Kindheit und Jugend überzogen hatte. Der Krieg in Vietnam war grausam und in ihren Augen unnötig. Die Amerikaner verloren ihn sowieso. Sie opferten die Zivilgesellschaft in Vietnam. Und sie opferten ihre eigenen Soldaten.

Jetzt sollten weitere Menschenleben dort hingeschickt werden. Und das angekündigte Losverfahren hing wie ein Damoklesschwert über ihnen.

Man verkaufte es den Bürgern als eine faire und gerechte Lösung, da der Zufall darüber entschied, Eva empfand es allerdings als grauenhaft und furchtbar.

Als die ersten Kugeln gezogen wurden und Wills Geburtstag nicht darunter war, spürte sie, wie verkrampft sie war. Erneut sagte sie sich, dass er bestimmt nicht dabei war. Und dann war es die elfte Kugel, die ihr Glück zerstörte. Der 31. August.

Will war blass, aber er sagte nichts. Er verabscheute den Krieg ebenfalls. Er war Pazifist, ein friedliebender Künstler, der die Proteste mit ganzem Herzen unterstützte. Er war nach Amerika gegangen, weil er an dieses Land geglaubt und sich hier Freiheit und Frieden und ein Leben voller Musik, Kunst und Liebe erhofft hatte.

Alles in ihm stürzte in dem Moment ein, als sein Geburtstag vorgelesen wurde. Das konnte Eva ihm ansehen. Sie spürte, wie er unter ihren Händen kleiner und dünner wurde, wie seine Muskeln erschlafften und seine Persönlichkeit von einem Moment zum nächsten zusammenschrumpfte.

»Wir werden … etwas tun!«, rief Eva. Sie rüttelte an seinem Arm und spürte Tränen in ihren Augen. Sie fühlte sich so hilflos und wie betäubt. »Wir müssen uns wehren!«

»Wir können nichts tun. Wer gezogen wird, wird eingezogen«, meinte Will und presste seine Finger an die Schläfen.

»Wir fliehen nach Deutschland«, sagte Eva rasch. Sie grub ihre Fingernägel in seine Haut. Sie widerstand dem Impuls, aufzustehen und sofort ihre Koffer zu packen. »Wir ziehen einfach um. Wir …«

»Das funktioniert nicht, meine Liebste.« Will zog sie energisch zu sich heran und umklammerte sie mit beiden Armen. Sie war erstaunt, wie kräftig er war, obwohl es schien, als wäre jede Energie aus ihm verschwunden. »Du weißt, dass das nicht funktioniert.«

Eva löste sich aus seiner Umklammerung. Sie sah ihm an, dass er aufgegeben hatte, aber dafür war sie noch nicht bereit. »Du weigerst dich einfach. Du sagst ihnen, dass du … Du gehst einfach nicht. Die werden dich nicht zwingen können.«

»Ich werde dafür ins Gefängnis müssen«, sagte Will leise. »Kriegsdienstverweigerung ist ein hartes Vergehen. Sie können mich zwingen. Und sie werden es tun. Eva … Es wird nicht funktionieren. Du weißt, wie das ist: Wer gezogen wird, der muss gehen. Und wenn ich trickse, muss ich mit dem schlechten

Gewissen leben, dass andere gehen mussten, obwohl das Schicksal sich für mich entschieden hat.«

»Keiner sollte dort hin müssen«, betonte Eva. Sie bewunderte Wills Gerechtigkeitsempfinden, aber sie fand, dass sie sich selbst am Nächsten sein sollten. Sie packte Will erneut am Arm. »Lass uns abhauen. Je schneller, desto besser. Wir gehen nach Deutschland zurück.«

»Und dein Mars?«, fragte Will mit einem traurigen Lächeln. Er hob seine Hand und berührte ihre Wange mit einem einzelnen Finger. »Was ist mit deinem Mars, Süße?«

Eva zögerte und schüttelte den Kopf. »Den Mars sehe ich von Deutschland aus ebenfalls. Es ist der selbe Himmel, zu dem wir schauen.«

Will betrachtete sie einen Moment lang. Sie sah ihm an, dass er einen kurzen Moment wirklich darüber nachdachte, dann schüttelte er den Kopf. »Das werde ich dir nicht antun.«

Eva starrte ihn an. »Dein Leben ist mir wichtiger als meine Karriere.«

Will zog sie grob zu sich heran und küsste sie fest auf die Lippen. »Nein. Du wirst diese Chance in Deutschland nicht bekommen. Du hast es weit geschafft, und ich bin so stolz auf dich. Ich will nicht der Grund sein, dass du verlierst, für das du kämpfst, seit du ein kleines Mädchen bist.«

»Will.« Eva spürte, dass sie nur noch schwer atmen konnte vor lauter Trauer und Verzweiflung. »Was ist die Marsforschung gegen dein Leben?«

»Ich würde es nicht ertragen, wenn Mariner 8 und 9 ohne dich losziehen. Es ist dein Planet. Du hast das Kartographieren begonnen. Ich will, dass du es beendest. Das soll dir keiner nehmen.«

Überwältigt von seiner Liebe schluckte Eva. Sie waren nie verliebt gewesen, doch sie erkannte, dass aus ihrer kalkulierten Eheschließung eine Beziehung voller Liebe und tiefer, inniger Freundschaft geworden war. Er war bereit, für sie in den Krieg zu ziehen, nur damit sie den Mars weiter erforschen konnte. Aber er musste begreifen, dass sie genauso bereit war, Opfer zu bringen, und ihrer Meinung nach war ihr Opfer weniger schwerwiegend. Sie konnte nicht auf seine Kosten weiter am Mars forschen. Sie würde kündigen.

Sie hatte schon bei ihrem Vater versagt und ihre eigenen Wünsche über die seinen gestellt. Den Fehler konnte sie nicht erneut machen. Das konnte sie einfach nicht zulassen, und Will musste das verstehen. Wie sollte sie mit dem Wissen weiterforschen können, wenn er dafür sein Leben gab?

»Vielleicht … Wenn ich behaupte, ich sei homosexuell … Ich weiß von einigen, die damit durchgekommen sind und wegen der Homophobie der Generäle ausgemustert wurden … Aber leider bin ich verheiratet. Und *das* nützt mir genauso wenig, weil wir keine Kinder haben«, meinte Will mit gerunzelter Stirn. Nun wirkte er, als hätte er etwas Hoffnung geschöpft.

»Also sollten wir eines bekommen«, sagte Eva energisch. Sie lächelte. »Ich wollte nie Kinder, aber …«

»Nein.« Will schüttelte den Kopf. »Das wäre dem Kind gegenüber unfair.«

Eva klopfte wütend mit der Faust auf die Lehne des Sofas. »Du musst mal an dich denken, Will. Dieses Kind wird nie erfahren, dass wir es nur deswegen bekommen haben. Bis Mariner 8 startet, ist das Kind alt genug, und ich kann weiter den Mars kartographieren, und du machst deine Musik. Wir werden eine Familie sein.«

»Selbst wenn ich dem zustimmen würde, wäre es zu spät, Eva«, betonte Will. »Es ist zu spät. Das Kind käme frühstens in neun Monaten, und wer weiß, ob es überhaupt so schnell klappt. Bis dahin muss ich längst zur Musterung.«

Eva biss sich auf die Lippen. Sie schüttelte den Kopf. Verzweifelt und voller Sorge. Irgendeine Lösung musste es einfach geben! Sie durfte Will nicht verlieren.

»Du … Du erfindest eine Krankheit«, versuchte sie es erneut.

Will sah sie an, lange, dann legte er seinen Arm erneut um ihre Schultern. »Ich liebe dich«, sagte er leise.

Eva wehrte ihn ab. »Du … könntest eine Krankheit …«

»Das klappt nicht. Was soll ich denn erfinden? Ich bin total gesund, ich habe keine Krankheit, nichts. Und warum sollte ich etwas erfinden, wenn dafür jemand eingezogen wird, dem es gesundheitlich wirklich schlechter geht als mir? Er hat in dem Fall eine geringere Chance, gesund heimzukommen.«

Eva schlug ihn. Auf die Schulter. Und gegen die Brust. Sie schlug ihn mit beiden Händen, krallte ihre Finger in seinen Pullover. Sie weinte und schlug ihn immer weiter. »Du sollst jetzt auch mal an dich denken«, rief sie verzweifelt.

Lässig ergriff Will ihren Arm und hielt sie so davon ab, ihn erneut zu schlagen. Er war kräftig und konnte sie bändigen. Sie wusste, dass er gesund war. Jede seiner Bewegungen strahlte das aus. Er war schlank und sportlich und nie ernsthaft krank gewesen. Sie wusste, wie schwer es werden würde, zu behaupten, er sei nicht tauglich für den Krieg.

»Andere würden sich sogar das Knie zertrümmern oder sich den Zeigefinger abschneiden, um zu verhindern, dass sie eingezogen werden«, flüsterte sie und bemerkte, wie die Wut auf ihn die Trauer überwältigte. »Du … Du gibst einfach auf. Du bist so … Du … Wie kannst du mir das antun?«

»Eva.« Will stand auf und sah sie streng an. »Ich habe mich nicht freiwillig ziehen lassen. Hör auf, mir vorzuwerfen, ich würde aufgeben.«

»Aber du tust nichts dagegen.« Eva zeigte auf ihn. »Ich habe dir Möglichkeiten genannt, doch du …«

»Ich werde nichts tun, was dir schadet, und ich werde keine Tricks anwenden, die zur Folge haben, dass andere eingezogen werden, die nach mir dran gewesen wären«, wiederholte Will. »Ich will kein Kind aus egoistischen Gründen zeugen. Ich hätte gerne ein Kind gehabt, wir haben uns allerdings entschieden, keines zu haben. Und dabei bleiben wir auch, weil es falsch wäre und weil es uns zu schlechten Eltern machen würde. Und ich will nicht umziehen, weil ich mich hier wohl fühle …«

»Hier?«, fragte Eva voller Unglauben. Wegen der Tränen konnte sie ihn nur verschwommen sehen. Schau, wie sie Millionen von Vietnamesen abmetzeln, wie sie ihre eigenen Jungs dazu zwingen, sich für ihr Land zu opfern. Und …«

»Hey, du redest von der Nation, die die Deutschen von Hitler befreit und ihnen die Demokratie geschenkt hat«, erwiderte Will kühl.

Eva starrte ihn fassungslos an. Sie schüttelte den Kopf.

»Darum geht es gar nicht«, fügte Will hinzu, nun sanfter, ruhiger. »Ich will nicht … Deine Karriere hier in Amerika ist das großartigste, was ich je erlebt habe. Meine Frau kartographiert den

Mars! Du tust etwas, was Generationen nach uns in der Weltraumforschung weiterhelfen wird. Unter Umständen ist das der Grundstein, dass wirklich mal einer da oben landet und herumläuft und irgendeinen verflixten Stein auf dem Mars nach dir benennt! Also sollst du das ganz einfach weiter tun.«

Eva schüttelte den Kopf. »Es ist doch nur ein weit entfernter Planet«, protestierte sie schwach. Sie wusste, dass sie längst verloren hatte.

»Ich gehe zur Musterung«, meinte Will entschieden. »Dieses Los entscheidet nicht über Leben oder Tod, sondern erst mal nur darüber, wer einberufen wird. Wir wissen nicht, wo ich eingesetzt werde. Eventuell habe ich Glück und komme zur Marinebasis nach Hawaii.«

Eva starrte ihn an. Die Tränen verhinderten weiterhin, dass sie ihn klar sehen konnte. In dem Moment verachtete sie ihn, obwohl er das gar nicht verdient hatte. Obwohl er der mutigste und beste Mann war, den sie kannte, obwohl er ihr der beste Ehemann war, den sie gar nicht verdient hatte.

Sie stand auf und verließ das Wohnzimmer.

»Eva …«

Sie ignorierte ihn, als er ihr nachlief, und warf die Tür hinter sich zu.

Sie ging in ihr Zimmer zum Teleskop. Es war bereits dunkel genug. Sie sah hindurch. Tränen verschleierten ihre Sicht. Ähnlich wie es in der Nacht gewesen war, als sie erfahren hatte, dass ihr Vater sich umgebracht hatte, weil er die Folgen seines Kriegseinsatzes auch Jahrzehnte später nicht verkraftet hatte.

Sie hörte Will im Wohnzimmer Gitarre spielen. Energische laute Klänge, kraftvoll gespielt, in einem lebhaften Rhythmus – als würde Will um sein Leben spielen. Vielleicht tat er genau das? Ohne seine Musik, das spürte Eva, wäre er nicht mehr der Mann, der er war.

Sie wusste, dass sie bei ihm sein müsste, dass sie für ihn da sein sollte. Sie fühlte sich wie die schlechteste Ehefrau der Welt, und sie wusste, dass sie sich zu Recht so fühlte.

Wieder sah sie durch das Teleskop, doch sie sah den Mars nicht. Wolken verhinderten dies. Sie sah nicht einmal den Mond. Nicht einen einzigen Stern. Sie sah nur Dunkelheit. Alles umfassende, sie verschlingende Dunkelheit, während sie weiter weinte und ihre Stirn gegen das Teleskop presste.

LEA – Jahr 2033, Tag 129 auf dem Raumschiff ISS Endurance

Berührt von dem Geschriebenen legte Lea ihren Reader weg und fluchte leise, als er begann, sich selbstständig zu machen und von ihr weg schwebte. Rasch packte sie ihn und stopfte ihn hinter das Gummiband an der Wand, wo sie ihre Gegenstände stets einklemmten.

»Jetzt hast du wohl vergessen, dass du in der Schwerelosigkeit bist«, sagte Owen und lächelte. Seine blauen Augen leuchteten hell und intensiv hinter den dicken Brillengläsern. Er sah heiter aus, amüsiert und voller Belustigung.

Lea rieb sich über die Augen und hob die Schultern. Es stimmte. Es wunderte sie allerdings nicht einmal, dass sie die Schwerelosigkeit einfach vergessen hatte. So wie es sonst nur Owen machte, hatte sie den E-Book-Reader einfach abgelegt.

»Alles okay?«

Lea hob den Kopf und musterte Owen, der plötzlich gar nicht mehr so heiter aussah, sondern sie mit ernstem Ausdruck in den Augen beobachtete. »Ja«, sagte sie und fügte bewusst fröhlich hinzu: »Wenigstens ist es mir rechtzeitig eingefallen.«

Immerhin suchte Owen ständig im ganzen Raumschiff nach seinem Zeug, und die anderen Crewmitglieder beklagten sich, dass ihnen Owens Brillen, Werkzeuge und Trinkflaschen gegen den Kopf stupsten.

»Alles okay?« Owen berührte sie an der Schulter.

Lea lächelte.

»Was ist los?« Owen erwiderte ihr Lächeln auf eine noch breitere Art als zuvor, aber seine Augen musterten sie nach wie vor ernst.

Lea schüttelte den Kopf. Sie wollte mit ihm nicht über das Gelesene reden. Nicht in diesem Moment. Zuvor musste sie sich Gedanken machen. Evas Geschichte hatte sie tief bewegt, und ihr war klar geworden, was es bedeutete, dass sich unzählige Nationen der Welt zusammengeschlossen hatten, um eine gemeinsame Mission zu starten. Sie hatten ihre quälende Vergangenheit, unzählige Kriege und Differenzen hinter sich gelassen, um eine gemischte Crew auf den Mars zu schicken.

Diese Crew bedeutete so viel mehr, als lediglich ein paar gut ausgebildete Astronauten auf die Reise zu schicken. Nein, es war ein Symbol von neuen Brücken, ein Zeichen von Zusammenhalt und gemeinsamen Kämpfen, der Überwindung von Kriegen und einer globalen Pandemie und der Entscheidung, die weltweite Klimakrise als gemeinsame Bedrohung zu akzeptieren.

Nie war es Lea bewusster gewesen als in dem Augenblick. Sie waren keine zufällig ausgesuchten Personen; nein, sie standen für die Hoffnung einer neuen Generation des Planeten.

»Bedrückt dich das, was dir deine Freundin geschrieben hat?«, fragte Owen.

Lea rieb sich über die Stirn. Sie hob die Schultern. »Es bedrückt mich nicht, es macht mich bloß nachdenklich. Sie erzählt von ihrer Mentorin, deren Vater im zweiten Weltkrieg gekämpft hat und deren Ehemann für den Kampf in Vietnam ausgewählt worden ist«, erzählte Lea. »Mir ist bewusst geworden, dass wir …« Sie seufzte.

Owen hob seinen Arm und griff an eine Strähne, die sich gelöst hatte und nun von ihrem Kopf abstand und sich in der Schwerelosigkeit hin und her bewegte. »Die Menschheit hat einiges erdulden müssen, bevor sie endlich erkannt hat, dass wir alle derselben Spezies angehören und jeder einzelne von uns gleich viel wert ist.«

Lea nickte.

Owen klemmte ihr die Strähne hinters Ohr und berührte sie dabei.

Nachdenklich betrachtete Lea ihn und fragte sich, was mit ihnen war und was aus ihnen werden würde. Es war unheimlich harmonisch mit ihnen, trotzdem wollte Lea noch nicht zugeben, dass sie fast ein Paar waren. Die Art, wie Owen sie anlächelte, sie ansah, sie berührte, bewies, dass er verliebt in sie war, und das verursachte, dass Leas Haut kribbelte. Doch es war nicht die angenehme verliebte Art des Kribbelns, sondern die der erhöhten Vorsicht und Angst vor den Folgen.

Was, wenn sie wirklich ein Paar werden würden und sich irgendwann trennen müssten? Zurzeit lief es tatsächlich gut, aber das würde vielleicht nicht dauerhaft so sein.

Echte Zweisamkeit kannten sie nicht, denn sie waren fortwährend in der Gesellschaft anderer Crewmitglieder. Lediglich während der Arbeit im Labor waren sie häufig zu zweit. Sie nutzten hin und wieder die Zeit, um miteinander zu schlafen, allerdings seltener als frisch verliebte Pärchen. Sex war hier nicht so angenehm wie auf der Erde. Ständig lief man Gefahr, von jemandem gesehen zu werden, außerdem verursachte die fehlende Schwerkraft, dass der Akt eine körperlich sehr anstrengende und wacklige Angelegenheit war. Es gab kein Vorspiel, kein Nachspiel, es gab kein Kuscheln, kein miteinander im Bett liegen, stattdessen gab man alles, damit es möglichst schnell vorbei war.

Owen musste sie bloß so anschauen wie jetzt, damit Lea diese Anziehungskraft empfand. Sie liebte es, mit ihm zu knutschen. Das war eine körperliche Nähe, die mit der fehlenden Schwerkraft besser zu vereinbaren war. Oft vergaßen sie, sich festzuhalten, weil sie beide Hände benutzten, um sich gegenseitig zu berühren, und strudelten wie wild im Raum herum, ohne Halt und ohne Orientierung, nur einander als Stabilität nutzend.

Sie ergänzten sich; während sie Owen ein wenig erdete, hatte er eine beruhigende Wirkung auf sie. Durch sie kam er viel häufiger aus dem Labor raus und beteiligte sich an Gruppenaktivitäten. Gleichzeitig gelang es ihm regelmäßig, die aufkommende Panik oder Verzweiflung niederzuringen, die Lea in regelmäßigen Abständen befiel.

Trotz allem könnte es zwischen ihnen eines Tages aber schlechter laufen. Was, wenn es einen Konflikt geben würde, der die ganze Mission gefährdete? Konnten sie beide reif genug damit umgehen, wenn es nicht mehr so reibungslos klappte wie gerade? Sie würden noch Jahre in dem Raumschiff oder auf dem Mars auf engstem Raum zusammenleben und arbeiten müssen. Sie mussten sich aufeinander verlassen, einander vertrauen. Sie mussten funktionieren.

Was, wenn sich herausstellte, dass sie nicht so perfekt zusammenpassten, wie es nun den Anschein hatte? Wenn einer von ihnen dabei verletzt wurde und es keine Optionen gab, sich aus dem Weg zu gehen?

Das waren die Fragen, die Adua ihr gestellt hatte. Mit ernstem Blick, ruhig und gelassen, aber durchdringend und mit fester Stimme.

Natürlich hatten die anderen Crewmitglieder längst mitbekommen, was zwischen ihnen lief. Und ja, es war natürlich Aduas Aufgabe, das bei den wöchentlichen Gesprächen zu thematisieren. Sie war nicht so streng, wie Lea erwartet hatte; andererseits, was sollte sie auch groß dagegen tun? Sie ließ sich keine Überraschung anmerken und machte eher den Eindruck, als hätte sie das sowieso irgendwann erwartet.

War sie für solch eine Aufgabe vorbereitet worden? Wusste das Bodenpersonal, wie leicht es war, Zerstreuung in einer intimen Beziehung zu finden, wenn man da oben isoliert vom Rest der Welt war?

Als Lea ihr gesagt hatte, dass sie nicht wüsste, ob sie wirklich zusammen waren, hatte Adua sie darum gebeten, sich dessen klar zu werden und darüber mit Owen zu sprechen. Eine ungeklärte Beziehung war schlimmer als gar keine Beziehung, hatte Adua betont und Lea mit einem strengen Gesichtsausdruck angesehen, der Lea innerlich beben ließ.

Warum war das ausgerechnet jetzt passiert? Und warum hier – am unwahrscheinlichsten Ort? Lea hatte seit Jahren keine Beziehung mehr geführt, und ihr hatte nie was gefehlt. Sie kannte Owen schon so lange, trotzdem war sie ihm während der Vorbereitungszeit auf die Mission nie nähergekommen. Nun war der denkbar schlechteste Zeitpunkt und hier war der denkbar ungeeignetste Ort. Sie hatte das jahrelang nicht gebraucht, warum fing sie nun damit an?

Lea seufzte.

»Was ist los?«, fragte Owen.

»Nichts.« Lea schüttelte den Kopf. Der gegenwärtige Zeitpunkt war nicht der Richtige, um über sie beide nachzudenken. Sie trank einen Schluck aus ihrer Trinkflasche mit dem blauen Strohhalm. Sie hatten alle eine andere Farbe, so konnten sie ihre Trinkflaschen voneinander unterscheiden und mussten nicht unnötig Wasser verschwenden, um sie täglich zu waschen.

Das war auch der Grund, warum die gesamte Crew wusste, dass es Owen war, der unachtsam war, denn die Trinkflasche mit dem grünen Strohhalm war stets die Einzige, die unbeaufsichtigt unterwegs war.

»Irgendwas stimmt nicht, oder?« Er streichelte über ihren Rücken, und es fühlte sich beruhigend an. Es tat ihr einfach gut, solch wohliges Gefühl, jemanden bei sich zu haben, der sich wahrhaftig für sie interessierte, zu empfinden. Dass sie es immer wieder schaffte, Owen dazu zu bringen, sich für was anderes zu interessieren als für sein Labor und seine Proben, bedeutete viel. Sehr viel! Das zeigte ihr, dass es ihm ähnlich gehen musste wie ihr.

Lea sah zu den anderen, die abseits von ihnen saßen. James und Irina spielten Schach und zankten sich laut. James mit einer polternden Stimme und rauen Ausdrücken, während Irina versuchte, ihn mit einem schrillen Ton zu übertönen. Sie lachten laut und gaben allen anderen das Gefühl, das Raumschiff würde ihnen gehören.

Rio saß am anderen Ende des Tisches, hatte Kopfhörer im Ohr und tippte mit dem Finger auf ihrem aufgefalteten Tablet. Ihre Lippen bewegten sich leicht, weswegen Lea vermutete, dass sie mitsang oder zumindest mitsummte, was aber durch James' und Irinas Streitgespräch nicht zu hören war.

Adua und Baihu hatten sich zurückgezogen. Seit Aduas direkter Ansprache traute sich keiner mehr so recht, ihr nahe zu kommen. Und Baihu war nie wirklich der Typ gewesen, der sich ihnen anschloss. Es war seltsam. Adua hatte sich so sehr darum bemüht, dass sie eine Crew, ein Team wurden, und währenddessen wohl vergessen, sich selbst und Baihu zu integrieren. Dabei wäre das so wichtig gewesen. Oder mussten sie abseits stehen, um bei den anderen das Crewgefühl zu erzeugen? Erbrachten sie und Baihu ein Opfer, indem sie sich ab und zu separierten?

»Ach, komm«, rief Irina und tätschelte James provozierend die Wange. »Du stehst mit der Übermacht vor mir. Ich habe nur noch den König und einen Springer, und du schaffst kein Schachmatt?«

James wehrte ihre Hand lachend ab und erwiderte: »Immerhin habe ich es *fast* geschafft, Schachmatt zu spielen.«

»Fast.« Irina lachte auch und nickte.

Lea musste schmunzeln. Eigentlich mochte sie die übertriebene Art der beiden nicht. Deswegen war sie so gerne mit Owen zusammen. Er hatte eine Schwermütigkeit an sich, eine in sich gekehrte, ausgleichende Art, die nicht alles mit sich riss. Rio war ähnlich, aber Lea war es weiterhin nicht gelungen, eine wirklich stabile Beziehung zu ihr aufzubauen. Obwohl sie grundverschieden waren, waren Irina und Rio nach dieser langen Reise ein eingeschworenes Team, das nur schwer zu durchdringen war. Lediglich James gelang es ab und zu. Aber das nur, weil sein Wesen direkt und zielgerichtet war.

»Schau sie dir an«, sagte Lea und nickte zu den beiden.

Owen drehte sich und beobachtete einen Moment lang die anderen, dann wandte er sich wieder an sie. »Ich muss sie mir nicht ansehen, um zu wissen, dass sie hier sind. Man hört sie vermutlich sogar bis zur Erde.«

Lea drückte die Lippen gequält aufeinander. Das war Quatsch. Und natürlich wusste Owen das. Die Erde war so weit weg. Und statt, dass es sie tröstete, machte ihr die Bemerkung bewusster, wie klein die blaue Kugel am Sternenhimmel zu sehen war. Sie scheute den Ausblick aus dem einzigen großen Fenster im Raumschiff, das kuppelartig in den Weltraum hinausragte und vor dem ein Teleskop stand. Man konnte die Erde nach wie vor sehen, selbst mit bloßem Auge, und der Anblick war einmalig. Jedes Mal, wenn sie las, wie Eva nach dem roten Punkt im Himmel suchte, musste Lea daran denken, wie sie manchmal nach dem blauen Punkt im Himmel suchte.

»Blöde Bemerkung«, sagte Owen rasch und legte seine Finger auf ihren Nacken. Das erzeugte ebenso ein wohliges Gefühl, und Lea lächelte.

»Ich meine, Irina und James in ihrem spielerischen Konflikt, den nie enden wollenden Konkurrenzkampf. Die Ukrainerin und der Amerikaner albern in einem Raumschiff unterwegs zum Mars zusammen herum. Es erinnert mich daran, dass wir dem alten Konflikt jede Menge zu verdanken haben. Für die Weltraumerforschung war der Kalte Krieg wohl ein Segen.«

»Du meinst den Wettlauf zum Mond?«, fragte Owen, und es hörte sich so beiläufig an, dass Lea sofort spürte, dass er nur fragte, um mehr Zeit zu haben, darüber nachzudenken.

Lea nickte. »Damals in den Sechzigern. Wären wir je so weit gekommen, wie wir es jetzt sind, wenn das nicht gewesen wäre?«

Owen dachte kurz nach, während er ihren Haaransatz streichelte. »Ich frag mich eher, ob wir mehr erreicht hätten, hätten wir unsere Kräfte schon früher gebündelt. Das hier wäre nicht zustande gekommen, wenn nicht so viele Länder der Welt zusammengearbeitet hätten.«

»Das stimmt.«

»Ich finde, wir würdigen das gar nicht oft genug. Wir kommen aus sieben verschiedenen Ländern, von vier verschiedenen Kontinenten. Aber wir sind bloß ein kleiner Teil der Unternehmung. Schau dir das Bodenpersonal an. Dort sind mehr Länder vertreten als hier, und die arbeiten Hand in Hand, um uns sicher zum Mars zu bringen.« Owen nickte, als ob er sich das selbst auch eben erst bewusst gemacht hätte.

Lea dachte an die Arbeitsanweisungen, an die Listen, die sie abzuarbeiten hatten, und die Fragen, die regelmäßig zu beantworten waren. Es stimmte, das komplette Team bestand aus weit mehr als sieben Nationen. Da waren eine Australierin, eine Schwedin und ein Mexikaner, die ihnen regelmäßig Updates schickten, ein Japaner, mit dem Baihu in Kontakt stand, und ein internationales Team aus Psychologen, denen Adua regelmäßig die Protokolle schickte.

»Ich dachte wegen Eva daran« Lea zeige auf den Reader, der nach wie vor an der Wand klemmte. »Nina berichtet aus Evas Leben und lässt die Zeit der sechziger Jahre so lebendig vor mir aufleben, als wäre ich dabei gewesen.«

»Erzähl mir, was du gelesen hast.«

Lea zögerte und rieb sich mit der flachen Hand über das Gesicht. »Etwas, das mich sehr bedrückt hat und ich bisher nicht gewusst habe.« Sie trank einen weiteren Schluck aus der Flasche, die sie die ganze Zeit in der Hand gehalten hatte, dann berichtete sie über den Vietnamkrieg und die Art und Weise, wie Amerika die Männer ausgewählt hatte, welche in den Krieg ziehen mussten.

Die Mails von Nina, in der sie über Evas Erzählungen berichtete, nahmen sie manchmal richtig mit, und nichtsdestotrotz zog sie daraus Mut und die Erkenntnis, dass sie sich richtig entschieden hatte, als sie in das Raumschiff geklettert war. »Wusstest du das? Kanntest du die Kriegslotterie?«

Owen nickte. »Ich habe irgendwann mal was darüber gehört. Ich glaube, damals sind sehr viele Menschen nach Kanada geflüchtet und haben dort die Staatsangehörigkeit angenommen.«

Lea betrachtete die anderen Crewmitglieder, ohne sie wirklich zu sehen. Vor ihrem inneren Auge sah sie Eva vor sich, alt und runzlig in dem Sessel und hinter ihr das Bild von Will, das ihn kurz vor seinem Tod zeigt. Sie hatte wenig Kontakt mit Eva gehabt, denn während der Vorbereitungszeit auf die Marsmission war sie die meiste Zeit in Amerika geblieben, und auch davor hatte sie wenig mit Eva zu tun gehabt. Einmal hatte sie sie zusammen mit Nina besucht und der alten Dame berichtet, dass sie bald auf dem Mars stehen würde. Es war der Wunsch von Nina gewesen, die befürchtete, dass Eva nicht mehr lange genug leben konnte, um diesen Meilenstein zu erleben.

Erst durch die Mails erkannte Lea, was sie mit Nina und Eva verband. Ohne Eva wäre Nina vielleicht nie die geworden, die sie sein musste, um Lea zu fördern. Damit trat nicht nur sie diese Reise an, sie trug auch einen Teil der Träume der anderen beiden Frauen mit sich mit zum Mars.

Rio zog sich die Kopfhörer aus den Ohren und starrte zu ihnen, Lea ließ sich jedoch davon nicht irritieren.

»Und Will?«, fragte Owen.

Lea bemerkte, dass ihre Augen brannten. Die letzte Mail hatte sie sehr bewegt. Es klang grauenhaft, keine Möglichkeit zu haben, einen Ausweg zu finden. Wie schrecklich sich das für Will angefühlt haben musste. Und wie grausam für Eva. Der Mensch ist eine Bestie, dachte Lea und war erstaunt, wie emotionslos sie bei dem Gedanken war. Anschließend schüttelte sie den Kopf.

Sie wollte Owen mehr von Will und seiner tragischen Geschichte erzählen, als Rio sich räusperte. »Während der Kämpfe starben ungefähr viermal mehr Zivilisten als Soldaten«, sagte sie und starrte auf den Tisch. Ihre Unterlippe zitterte. »Die Eltern meines Mannes waren direkte Opfer eines Anschlags mit dem Entlaubungsgift Agent Orange, das die Amerikaner über das Dorf meiner Schwiegereltern sprühten. Ich habe sie nie kennengelernt …« Sie hob den Kopf und sah in die Runde. Langsam hob sie die Schultern. »Und … vielleicht hätte er nie Leukämie bekommen und wäre nicht so früh gestorben, wenn … das nicht gewesen wäre.«

Betroffen senkte Lea den Blick.

Sie war sich der Stille bewusst, die sich im ganzen Raumschiff verbreitete. Sie konnte den regelmäßigen Atem von Owen spüren, und sie hörte das dauerhafte Brummen der Maschinen, das sie immer daran erinnerte, dass sie im Weltall und abhängig vom Raumschiff war. Manchmal, wenn die anderen lachten, redeten oder diskutierten, waren die Geräusche nicht mehr zu hören, und dann gelang es Lea hin und wieder, sie zu vergessen.

Als Lea die Stille nicht mehr ertrug, hob sie den Kopf. »Ich wollte nicht … Meine Freundin schickt mir regelmäßig Berichte, und ich …«

Rio lächelte leicht, fast nicht wahrnehmbar. »Es war nicht meine Absicht, die Stimmung zu verderben, aber als du von diesem Will erzähltest, fand ich, dass es wichtig ist, an die Zivilisten zu erinnern, die unverschuldet in solch eine Situation gelangten.«

James glitt auf sie zu und legte Rio die Hand auf die Schulter. Er sagte nichts, sondern verharrte nur einige Sekunden dort. Danach wandte er sich um und zog sich an einer Stange zurück zu Irina.

»So gesehen ist es ein Wunder, dass die Weltbevölkerung es tatsächlich geschafft hat, unser Projekt gemeinsam in die Wege zu leiten«, meinte Irina und hob die Schultern.

Rio grinste. Nun sah es offener und wärmer aus. »Und dass wir uns so gut verstehen.«

»Naja.« Irina hob die Schultern. »Den Umständen entsprechend verstehen wir uns ja hervorragend.«

Lea öffnete den Mund, denn es war ihr ein Anliegen, etwas Tröstendes in Rios Richtung zu sagen, aber sie schloss ihn, als sie Baihu und Adua sah, die über den Gang zu ihnen schwebten und vor dem Tisch in Position gingen.

»Hört bitte her!«, rief Baihu und hob die Hand, damit ihm alle Aufmerksamkeit schenkten, als ob nicht zuvor schon andächtige Stille geherrscht hätte.

Alle sahen also zu ihrem Schiffsarzt und Kapitän. Sie wussten, wenn Baihu so eine Miene hatte, war es ernst. Es musste was passiert sein.

»Es kündigt sich eine Sonneneruption an«, meinte Baihu.

Lea schloss die Augen. Nein. Nicht jetzt.

Eine Sonneneruption konnte in ihrem Fall tödlich enden, da sie nicht über ein natürliches Magnetfeld wie auf der Erde verfügten. Die elektromagnetischen Stürme waren einfach zu stark, und der menschliche Körper konnte nur wenig aushalten, sobald er seine Heimat verließ. Deswegen hatten sie einen sonnengeschützten Raum, eine Art Bunker an Bord. Es handelte sich dabei um den Bereich, in dem ihre Schlaftruhen waren, der einzige Raum, den man abriegeln konnte. Sie hatten dort einen kleinen Vorrat an Lebensmitteln und Medikamenten und neben den Schlaftruhen einfache Sitze, die sie aus der Wand herausklappen konnten. Mehr bot der Raum nicht. Er war aber der einzige Raum, in dem sie vor einer Sonneneruption zumindest etwas geschützt waren.

Eingepfercht und eingesperrt in diesem Raum zu sein, behagte Lea überhaupt nicht. Das Schlimme daran war vor allem, dass während eines solchen Sonnensturms mit Störungen in der Computertechnik und der Kommunikation mit der Erde zu rechnen war. Das Raumschiff würde mit Autopilot fliegen, so wie es das die ganze Zeit schon machte, aber dennoch war es ein seltsames Gefühl. Sie würden vermutlich keinen Kontakt zur Erde haben.

»Wie schlimm ist es?«, fragte James.

Lea war ihm dankbar für seine Frage. Sie hatten schon zwei solcher Sonnenstürme erlebt und überlebt, und es war stets weniger schlimm gewesen, als anfangs vermutet. Sie hatten bereits nach wenigen Stunden den Raum wieder verlassen können. Lea hatte während der Zeit fast nur geschlafen, sodass sie kaum etwas mitbekommen hatte. Aber irgendwas an Baihus Blick sagte ihr, dass es dieses Mal nicht so glimpflich ausgehen könnte.

Baihu sah zu Adua, die nickte. Kurz darauf sagte er: »Sie gehen von einem größeren Sturm aus.«

Lea stöhnte laut auf. Die streichelnden Finger von Owen empfand sie plötzlich als störend, weswegen sie sich etwas von ihm entfernte.

Baihu gab Anweisungen für die Vorbereitungen, und sofort sprangen Owen, James, Irina und Rio auf und machten sich an die Arbeit. Lea blieb wie betäubt sitzen. Alles, an was sie denken konnte, war, dass sie unbedingt die letzten Mails von Nina herunterladen musste. Über Eva und Will zu lesen, würde sie ablenken. Es war das Einzige, was ihr in der jetzigen Situation das Gefühl geben konnte, dass es nicht umsonst war; dass die Opfer, die sie brachte, gegen die Opfer, die Eva und Will erbracht hatten, vergleichsweise gering waren.

Baihu zögerte, und Adua zeigte auf den Flur, woraufhin Baihu nickte. Er folgte den anderen und machte sich ebenfalls an die Arbeit. Er würde den Vorrat an Medikamenten und Lebensmitteln kontrollieren, denn während einer Sonneneruption war es nicht mehr möglich, den Raum zu verlassen. Währenddessen würde James die Systeme prüfen. Vermutlich wäre er für Leas Hilfe dankbar, sie konnte sich jedoch nicht aufraffen. Immerhin waren

Owen, Rio und Irina zu dritt und konnten James helfen, sobald sie ihre Proben und Versuche in Sicherheit gebracht hatten.

»Lea.« Adua glitt zu dem Tisch und setzte sich, so als hätten sie noch Stunden Zeit und könnten in Ruhe einen Kaffee trinken. »Alles okay?«

»Ja.« Lea lächelte krampfhaft. »Ich muss James helfen.« Sie löste den Gurt, der sie davon abhielt, im Raum herumzuschweben, hielt aber inne, als Adua ihre Hand umklammerte. Sie sah sie ernst an.

»Ich bin auf eure Hilfe angewiesen«, sagte Adua leise. »Ich … versuche euch zu helfen, doch ich kann euch nur helfen, wenn ihr … ehrlich zu euch selbst seid.«

Lea dachte an die aufgelöste Adua letzte Woche. Sie war so verzweifelt gewesen, wie Lea sich an ihren schlimmsten Tagen gefühlt hatte. Der Anblick von Adua hatte Lea ein Unwohlsein beschert. Wenn es sogar Adua so ging … »Wie geht es dir, Adua?«, fragte sie und betonte dabei den Namen der Schiffspsychologin.

Adua schloss die Augen. »Ich … Wir müssen nicht über mich reden.«

»Finde ich schon.« Lea nickte. »Das müssen wir. Wir zählen auf dich. Das können wir allerdings nur, wenn es dir auch gut geht. Du … solltest dich genauso um dich kümmern und nicht ausschließlich um uns.«

Adua lächelte, und es sah ähnlich verkrampft aus, wie Lea sich gefühlt hatte, als sie Adua angelächelt hatte.

»Wie geht es dir wirklich?«, fragte Lea.

»Es geht. Die Sonneneruption macht mir Angst.« Adua hob die Schultern.

»Der Gedanke, mit diesem Haufen tagelang eingesperrt zu sein …« murmelte Lea.

»Bei mir ist es eher das Gefühl, dass wir tatenlos bleiben müssen, selbst wenn etwas das Schiff trifft oder Teile davon kaputt gehen. Das Gefühl, hilflos zu sein«, erwiderte Adua und hob die Schultern.

Lea blinzelte. Die Wahrscheinlichkeit, dass etwas in der Art passieren würde, war verschwindend gering. Trotzdem fand sie, dass Adua es verdiente, dass man ihre Ängste ernst nahm. Schließlich war es das, was Adua ebenfalls tat.

Aber wie sollte sie reagieren, wenn jemand tatsächlich Angst um sein Leben hatte? Sie drückte Aduas Hand.

»Danke«, sagte Adua.

Lea runzelte die Stirn.

»Dass du … Das war sehr lieb. Dass du dich nach mir erkundigt hast.«

Lea verstärkte den Druck auf Aduas Hand. »Gerne«, sagte sie leise und schämte sich, dass sie das zuvor nie getan hatte. Sie ging stets davon aus, dass Adua eine starke Frau war.

Adua lächelte. »Lass uns den anderen helfen.«

»Ich muss schnell an den Computer«, wimmerte Lea verzweifelt mit einem drängenden Unterton und war sich bewusst, dass sie flehte.

»Warum?«

»Ich weiß, dass meine Freundin mir eine Mail geschrieben hat, ich bin jedoch noch nicht dazu gekommen, sie auf meinen Reader zu laden. Ich muss sie haben. Adua, es ist mir wirklich wichtig.« Lea sah Adua ernst an.

Adua lächelte. »Geh und lad dir die Mail runter, solange es noch geht. Ich werde James helfen, und du kommst dann einfach nach, wenn du fertig bist.«

»Echt?«, fragte Lea.

Adua nickte und sah dabei vergnügt aus. »Natürlich. Warum nicht? Ich kenne mich ein bisschen aus, und ich glaube, es ist spaßig, mit James zu arbeiten.«

»Spaßig?«, fragte Lea und verdrehte die Augen.

Adua kicherte, und Lea musste auch lachen.

Als sie den Gurt löste, zwinkerte sie Adua zu, die sie angrinste. »Viel Spaß«, sagte Lea.

»Schauen wir mal«, sagte Adua.

Als Lea sich auf den Weg zum Computer machte, musste sie laut lachen, und sie hörte, dass Adua auf dem Weg zu James ebenfalls laut auflachte.

EVA – Jahr 1969, 64 Jahre vor der Reise zum Mars mit der Endurance

Nach Mariner war vor Mariner, pflegte Dr. Smith zu sagen. Daran musste Eva denken, als sie mit den Unterlagen, die ihr die Ingenieure mitgegeben hatten, zur Abteilung ging, in der die Berechnungen für die Missionen durchgeführt wurden. Sie mochte das Großraumbüro, da dort ihre Lieblingsmathematikerin saß, mit der sie unbedingt reden musste.

Selbst hier war die strenge Unterteilung nach Hautfarben die Regel. In den kleineren Viererbüros saßen die Frauen mit heller Hautfarbe, die Afroamerikanerinnen arbeiteten in riesigen Büros mit mindestens zwanzig Schreibtischen. Die Männer hatten die Einzelbüros besetzt.

Nach außen hin präsentierte sich die Weltraumbehörde als weltoffen und modern, leider waren gewachsene Hierarchien und Strukturen fest verankert und konnten nur schwer ins Wanken oder gar zum Einsturz gebracht werden. Es gab immer wieder protestierende Stimmen, die die Abschaffung der Hautfarbentrennung der Toilettenräume forderten, oder eine bessere Bezahlung von Frauen für möglich hielten, aber es gab noch viel zu viele alte, weiße Männer, die sich fest an ihre Stühle klammerten und dafür sorgten, dass das altbewährte System erhalten blieb. Vielleicht, weil es für sie die einzige Gelegenheit war, um eine gehobene Stellung zu verteidigen.

Eva war sich bewusst, dass Männer, die ihre Machtpositionen lediglich aufgrund von Diskriminierung gegenüber anderen innehatten, es nicht gerne sahen, wenn sich marginalisierte Gruppen miteinander verbündeten. Aus dem Grund schickte man sie als weiße Frau ständig zu den Kolleginnen mit heller Hautfarbe.

Eva hatte sich jedoch im Laufe der Jahre ein eigenes Bild gemacht und sah nicht ein, warum sie sich von anderen diktieren lassen sollte, von wem sie sich bei der Berechnungsformel helfen ließ. Also steuerte sie den Schreibtisch ihrer Freundin in der Mitte des lauten und überfüllten Raumes an, nachdem sie eingetreten und die Tür hinter sich geschlossen hatte.

Mit ihr ging sie öfters in der Mittagspause spazieren – die einzige Chance, gemeinsam Zeit zu verbringen, denn sie hatten in unterschiedlichen Pausenräumen zu essen. Eine Frau wie sie, die es nur durch Zufall und der Unterstützung eines Mannes so weit in der Weltraumbehörde geschafft hatte und nun die Flugbahnen von

Sonden berechnete. Als schwarze Frau war sie auf mehreren Ebenen Vorurteilen ausgesetzt.

Zwar war seit 1964, als ein Gesetz zur Gleichstellung ethnischer Minderheiten erlassen worden war, vieles besser geworden, aber Mary meinte, es würde noch Jahrzehnte dauern, bis es eine wirkliche Gleichstellung geben würde. Wenn überhaupt, fügte sie anschließend oft mit hochgezogenen Augenbrauen hinzu, sich die Menschheit jemals so weit entwickeln würde, dass die Hautfarbe oder das Geschlecht keinerlei Rolle mehr spielten.

»Hey, Mary.« Eva nickte den anderen Mathematikerinnen auf dem Weg zu Mary zu und blieb dann am Tisch ihrer Freundin stehen.

»Hallo, Liebes.« Mary stand sofort auf und nahm sie zur Begrüßung in den Arm. »Alles gut? Wie geht es Will?«

Eva seufzte, dann hob sie die Schultern.

»Lass uns eine Zigarette rauchen«, meinte Mary und nahm ihr die Unterlagen ab. »Wofür sind die?«

»Wir bereiten die nächste Mariner-Mission vor, und ich bin mir nicht sicher, ob wir das so durchführen können. Mariner 8 und 9 sollen in den Orbit um den Mars einschwenken«, erläuterte Eva. Sie tippte auf das Deckblatt. »Kannst du das genauer analysieren?«

Mary hob die Augenbrauen. Sie hatte eine ausgeprägte Gesichtsmimik und konnte Muskeln im Gesicht bewegen, die Eva vermutlich nicht mal hatte. Ihr waren alle vorhandenen Gefühle anzusehen. Eva mochte es am liebsten, wenn Mary glücklich war und sich ein Strahlen über das ganze Gesicht legte. Niemand hatte so ein Lachen wie Mary, deren Mundwinkel sich fast bis zu den Ohren zogen.

»Was ist? Unmöglich?«, fragte Eva irritiert.

Mary schüttelte den Kopf. »Nein, aber ich habe momentan viel für Apollo zu tun. Ich habe mir gerade vorgestellt, wann ich heute Abend zu meinen Kindern nach Hause komme«, sagte Mary nachdenklich.

»Es reicht, wenn ich es morgen bekomme«, sagte Eva eilig und hakte sich bei Mary ein. »Lass uns jetzt raus an die frische Luft gehen. Hast du Feuer?«

Mary schnappte sich Zigaretten und Feuerzeug vom Schreibtisch und zog Eva hinter sich her.

Auf dem Gang wurden sie irritiert angesehen. Obwohl sie bereits länger befreundet waren, hatte sich kaum einer der Kollegen in der NASA an sie gewöhnt. Sie missbilligten ihre Freundschaft. Besonders die Männer. Oder missbilligten sie einfach nur ihre bloße Anwesenheit? Sie beide hatten nicht das richtige Fach studiert und waren Quereinsteiger. Sie hatten schlicht Glück gehabt, dass sie ihr Können hier beweisen durften. Doch anders als mit genug Glück gelang es hier keiner Frau, Fuß zu fassen.

Dabei vergaßen zu viele Männer, die hier beschäftigt waren, dass ohne die Hilfe von Frauen die Mondlandung nie gelungen wäre. Sie war Frauen wie Mary zu verdanken, die die Flugbahnen berechneten, und es waren Frauen wie Eva, die mit unendlicher Geduld die Bilder von Planeten zusammenfügten.

Sie setzten sich draußen auf die Treppenstufen mit Blick auf das große Gebäude, in dem die Raketen zusammengebaut wurden. Eva hatte Will die Halle einmal gezeigt, und obwohl er sich nicht für Weltraummissionen interessierte, war er fasziniert und überwältigt gewesen von der Größe und der geradezu zart wirkenden Bauweise der Rakete.

Das alles würde sie verlassen müssen. Wenn sie verhindern wollte, dass Will in einen Krieg zog, gegen den er seit Jahren demonstrierte. Es war einfach nicht fair.

»Und? Hat er sich entschieden?«, fragte Mary.

Eva seufzte und schüttelte den Kopf. Sie zündete sich die Zigarette an und reichte Mary das Feuerzeug. Sie erzählte von den Streitereien, die sie führten, von Wills Grübelei und davon, dass er seit einiger Zeit kaum noch etwas aß.

»Er will mir unbedingt ermöglichen, hier zu bleiben. Er weiß, dass ich so eine Chance in Deutschland nie erhalten würde. Aber der verdammte Krieg ...« Eva zog hastig an ihrer Zigarette.

»Könnte er sich ausmustern lassen?«, fragte Mary.

Eva sah nachdenklich zwei Spatzen zu, die sich um ein Stück Brot zankten, das jemand achtlos auf den Weg geworfen hatte. »Ich ... Wir wissen nicht, wie. Er ist gesund. Es gibt Leute, die haben versucht, sich absichtlich zu verletzen. Wie grausam ist das? Ich habe manchmal richtig Angst um ihn. Einmal, als er betrunken war, hat er die Autoschlüssel genommen und gemeint, er löse das Problem, indem er mit Vollgas gegen einen Baum fährt. Mit dem Schaden müsste er dann zwar für immer leben, aber er müsste nicht in den Krieg und ich nicht auf meine Weltraumbehörde verzichten.«

Mary schüttelte den Kopf. »Das kann nicht die Lösung sein.«

Eva nickte düster. »Ich weiß.« Sie betrachtete ihre Kollegin einen Moment lang und zog wieder an ihrer Zigarette. Man konnte Mary ansehen, wie sie nachdachte. Ihre Stirn war gekräuselt und ihre Nase gerümpft.

»Und wenn ihr euch scheiden lasst?«, fragte Mary.

»Daran haben wir ebenfalls gedacht«, sagte Eva leise. »Er könnte alleine nach Deutschland gehen und ich bleibe hier.«

»Und?« Mary sah sie fragend an. »Ich meine, ich kann verstehen, dass euch das nicht gefällt. Ihr liebt euch. Allerdings könntet ihr so sein Leben retten und du deine Karriere«, ergänzte Mary.

Eva fröstelte. Sie war bereit, vieles zu tun, doch war sie bereit, wegen der Karriere alleine in Amerika zu leben? Sie antwortete nicht, da sie darauf keine Antwort hatte.

Nachdenklich schwiegen sie beide einen Moment lang. Die Spatzen waren davongeflogen. Aus der Halle gegenüber war ein merkwürdiges Geräusch zu hören. Eva fragte sich, ob gerade die Saturn-V-Rakete gebaut wurde, die Ende des Jahres drei weitere Männer zum Mond schießen würde. Der Weltraum war so groß und voller Möglichkeiten, und dennoch saß sie hier, eingeklemmt in einem Leben voller Regeln und Pflichten.

Wie konnte es sein, dass die Menschheit zum Mond flog und darauf herumspazierte, während gleichzeitig Männer dazu gezwungen wurden, in einen Krieg zu ziehen, den sie nicht wollten?

Anscheinend dachte Mary über etwas Ähnliches nach, denn sie sagte plötzlich: »Wir leben in einem schrecklichen Land.«

Eva sah sie an, nachdem sie die halb gerauchte Zigarette ausgedrückt hatte. Sie spürte die Übelkeit, die das Nikotin ihr verursachte. »Nicht alles ist schrecklich.«

»Männer werden wie Schlachtvieh in einen Krieg gezwungen; Personen mit dunkler Haut müssen ihr eigenes Geschirr zur Arbeit mitbringen, da die Kollegen sich ekeln, aus dem selben Glas zu trinken, selbst wenn es gewaschen ist; Studenten demonstrieren – vollkommen erfolglos, weil niemand auf sie hört und sie nie das erreichen werden, was sie wollen. Und Männer fliegen zum Mond, und mancher Dummkopf macht Karriere, während Frauen sich anstrengen können und lediglich Minifortschritte machen, wenn überhaupt.« Mary klang wütend, und genau das sah man in ihrem Gesicht. Sie sah angsteinflößend aus, zornig und verständnislos. Ihre Gesichtsmuskeln entspannten sich kurz darauf allerdings wieder. Sie lächelte Eva traurig an.

»Die Proteste der Studenten sind nicht erfolglos.« Eva legte ihre Hand auf Marys Hand. »Proteste von Menschen, die für Freiheit und Toleranz demonstrieren, sind nie umsonst. Irgendjemanden erreichen sie damit ganz sicher.«

Mary atmete tief ein. »Du hast so viel Optimismus.«

»Und wir Frauen fliegen nicht auf den Mond, weil wir uns auf die größere Reise vorbereiten. Wir fliegen eines Tages auf den Mars«, betonte sie und zwinkerte ihrer Freundin zu.

Mary runzelte die Stirn. »Meinst du?«

Eva nickte. Sie drückte Marys Hand. »Ja«, versprach sie. »Ich bin mir ganz sicher.«

Nun lächelte Mary erneut, und dieses Mal trug es nicht den Schleier von Trauer, sondern ähnelte dem leuchtenden Lachen, das Eva so sehr an ihr liebte.

»Ich muss gehen«, meinte Eva. »Und du musst dich auch an die Arbeit machen. Deine Kinder wollen ihre Mama heute noch sehen, bevor sie ins Bett gehen.«

Mary zögerte. »Ich will dich ungern in so einem Zustand alleine lassen.«

Eva schloss die Augen und stellte sich Will für einen kurzen Moment vor, wie er in Soldatenuniform in einem Graben lag, mit weit aufgerissenen Augen und leblos. Solche Bilder kamen ihr fortwährend. Sie fröstelte.

»Eva?«

Und selbst wenn er zurückkäme, wäre er dann weiterhin der selbe Mann? Konnte er die Tatsache ertragen, dass er andere Personen hatte töten müssen, um sein eigenes Überleben zu sichern? Konnte er mit dem Gewissen leben, vielleicht auch Kinder umgebracht zu haben?

»Eva!«

Eva zuckte zusammen. Sie starrte Mary an. »Tut mir leid, ich habe nachgedacht.«

Mary hob ihre Hand, strich eine Strähne hinter Evas Ohr und seufzte leise. »Wie geht es ihm bei der ganzen Sache? Wenn es dich so sehr belastet, wie sehr muss es *ihn* belasten?«

Wie um sich zu trösten, strich Eva über ihre Beine, aber ihre Hände waren so eisig, dass sie die Kälte sogar durch den Stoff ihres Rocks spürte. »Er spielt ständig Gitarre. Als ob das irgendwelche Probleme lösen könnte. Wann immer er zwischendurch Zeit findet, nimmt er sie zur Hand.«

»Eventuell hilft es ihm ja«, sagte Mary leise.

Eva nickte. »Er kann die Gitarre nicht nach Vietnam mitnehmen.« Unter Tränen lächelte sie. »Alleine deswegen kann ich ihn nicht ziehen lassen.«

»Vielleicht sollte er aufgrund seiner künstlerischen Ader erst recht hingehen. Musik kann heilen. Und Musik kann vereinen«, murmelte Mary.

Stirnrunzelnd betrachtete Eva ihre Freundin. »Nun bist du die naive Träumerin.«

»Ja.« Marys Stimme hörte sich in der Tat verträumt an, doch es ging ein Ruck durch sie hindurch und sie sah Eva durchdringend an. »Nein, bin ich nicht. Es ist eine Tatsache. Wir sollten mehr Musik machen, anstatt uns zu bekriegen.«

Eva musste lächeln. Das hätte Will gefallen, wenn er Mary gerade gehört hätte. Sie musste ihm heute Abend davon erzählen. »Stimmt«, sagte sie und hoffte, dass sie sich überzeugter anhörte, als sie es war. »Komm, wir sollten unsere Pause beenden.«

Mary nickte, anschließend zog sie Eva zu sich heran und presste ihre Wange gegen ihre. »Ihr müsst euch endlich entscheiden. Das macht euch kaputt.«

Eva nickte. »Ich weiß.«

Sie sah Mary hinterher, die die Treppenstufen nach oben ging und im Gebäude verschwand. Dann stand sie ebenfalls auf und schlenderte über das Gelände. Noch nie hatte sie sich an einem Ort so wohl gefühlt, so grenzenlos frei in ihren Gedanken und mit der Möglichkeit auf so großartige Chancen. Sie lächelte, als sie die Halle betrat und erkannte, dass keine Rakete dort lag, sondern eine Mondlandefähre, vermutlich für eine der nächsten Apollo-Missionen.

Sie grüßte die Ingenieure, die sie glücklicherweise nicht daran hinderten, weiterzugehen, und berührte die Außenhülle eines Fußes der Landefähre. Andächtig sah sie nach oben und schauderte bei dem Gedanken, dass dieses zwar große, aber trotzdem so feingliedrige Gefährt zwei Männer sicher auf den Mond bringen würde.

Kurz nachdem Mariner 7 fertiggestellt worden waren, war Eva hierhergekommen. Sie hatte die Magnesiumlegierung bewundert und eine der vier Solarpanels berührt, nachdem sie einen der Ingenieure um eine Leiter gebeten hatte. Einen Moment lang hatte sie die Augen geschlossen und sich bewusst gemacht, dass sie jetzt in dem Moment die Sonde anfasste, die wenige Monate später dem Mars so nahe kommen würde, wie es zuvor keiner anderen Sonde gelungen war.

Einer der Ingenieure hatte sie später gefragt, ob sie gebetet hätte. Die Männer hatten sie mit gerunzelter Stirn angestarrt, einige hatten gelacht. Niemand schien zu verstehen, wie wichtig ihr der Augenblick gewesen war. Als niemand hingesehen hatte, hatte sie sich vorgebeugt und dem oktogonalen Grundgerüst der Sonde etwas zugeflüstert. Es war einer der erhabensten Momente ihres Lebens, und sie würde es nie vergessen.

Sie trat einen Schritt von der Mondlandefähre weg und fragte sich, wo Mariner 7 jetzt war. Wohin sie ihre Beteuerungen, an dem Traum weiterzuarbeiten, irgendwann einen Menschen, eventuell sogar eine Frau, auf dem Mars stehen zu sehen, führte. Wohin hatte Mariner 7 die Versprechen mitgenommen? Wo war sie nun?

Nach der Mission hatte man die Sonden sich selbst überlassen. Es gab weiterhin Funkkontakt, doch die Sonden wurden nicht mehr gesteuert. Sie waren frei.

Mariner 7 nahm Evas Träume, ihre Absichtserklärung und Wünsche mit in die Tiefe des Alls, ohne sie jemals davon entbunden zu haben. Vielleicht würde sie eines Tages in die Umlaufbahn des Mars geraten und bei dem Aufprall in Flammen aufgehen oder mit einem Asteroiden kollidieren und zerrissen werden. In dem Fall würde sie Evas Beteuerungen mit sich nehmen und sie würden mit Mariner 7 sterben – ohne dass Eva es erfahren würde.

Sie verabschiedete sich und verließ die Halle.

Gedankenverloren machte sie sich wieder auf den Weg zu ihrem Büro und fragte sich, was mehr wog. Das Versprechen an Mariner 7, durchzuhalten, oder der Schwur an Will am Tag ihrer Hochzeit, bei ihm zu bleiben, auch in schlechten Zeiten.

Sie wusste, was mehr wog. Und ihr tat diese Erkenntnis weh. Sie wusste, sie würde weinen, wenn sie die Entscheidung, die sie im Angesicht der Mondlandefähre getroffen hatte, kundgab.

Zurück in ihrem Büro teilte sie Dr. Smith mit, dass sie die Unterlagen zu den Mathematikerinnen gebracht hatte, mit dem Auftrag, ihre Pläne zu überprüfen.

Er nickte und wünschte ihr einen schönen Feierabend.

Als sie den Mund öffnete, um etwas hinzuzufügen, sah sie die sichtbar aufgeregte Sarah über den Gang auf sich zu rennen. Sie blieb keuchend vor ihnen stehen. Zunächst dachte Eva daran, dass das Team eine tolle Entdeckung gemacht haben musste.

Sarah war dabei, einen der zwei Monde des Mars zu kartographieren. Vielleicht war ihr was aufgefallen. Ein Hinweis auf Wasser? Auf Eis? Kurz darauf spürte Eva den besorgten Blick von Dr. Smith und verstand, dass Sarah nicht triumphierend, sondern entsetzt aussah.

Sie ging einen Schritt auf ihre Kollegin zu. »Was ist los?«, fragte sie alarmiert. Sie packte Sarahs Schulter und starrte ihr ins Gesicht. » Was ist passiert?«

Sarah berührte ihren Arm. »Will ist im Krankenhaus.«

»Warum?«, fragte Eva. Sie wusste, dass die Frage idiotisch war. Sie wusste, dass Will es nicht mehr ausgehalten und eine Lösung für sich gefunden hatte, ohne mit ihr darüber zu sprechen.

»Ich weiß nichts genaues«, meinte Sarah eilig. »Die haben angerufen und nach dir gefragt. Du sollst hinkommen. So schnell es geht.«

Eva starrte sie an, dann Dr. Smith. Sie verabschiedete sich nicht, sondern rannte ohne weitere Worte los. Das Krankenhaus war zu weit weg, um es mit dem Fahrrad zu erreichen, deswegen sprang sie an der nächsten Bushaltestelle in den Bus.

Außer Atem ließ sich Eva auf einen der Sitze fallen und starrte durch die Fensterscheibe. Sie presste ihre Lippen aufeinander. Sie dachte an Mary. Sie dachte an das Team, in dem sie arbeitete. An Sarah. An Dr. Smith. An den Moment, als sie das erste Mal eine Fotografie vom Mars in den Händen gehalten hatte. Sie erinnerte sich an den Augenblick, als sie Mariner 7 berührte, und machte sich bewusst, wie bedeutend das alles für sie gewesen war. Wie sie zusammen mit den Studenten die Bilder vom Mond sortiert hatte und die Einzige gewesen war, die bis zum Ende durchgehalten hatte. Sie sah vor sich, wie sie im selben Raum die Bilder vom Mars auslegte, diesmal als Leiterin des Teams.

Und sie sah Will vor sich. In dem Moment, als er um das Regal der Bibliothek gebogen war und fast mit ihr zusammengestoßen wäre. Als er sie schüchtern angelächelt und sich bei ihr nach englischen Büchern erkundigt hatte. Sie erinnerte sich daran, wie gut er bei der Hochzeit ausgesehen hatte. Wie er ihre Hand gehalten hatte, als sie ihren Eltern mitgeteilt hatte, dass sie ihn nach Amerika begleiten würde. Und sie erinnerte sich an den Abend, als sie erfahren hatte, dass ihr Vater gestorben war, wie Will ihr gefolgt war und mit ihr durch das Fernglas gesehen hatte. Einfach um sie zu trösten. Sie erinnerte sich an seine Gitarre und die Klänge, die sie beruhigten, und wie oft er darauf spielte, seit er erfahren hatte, dass er in den Krieg geschickt werden würde.

Eva hatte viel zu lange gebraucht, um zu der Erkenntnis zu kommen, dass es hierbei keine Entscheidungsfreiheit gab, keine Alternative.

»Wir werden nach Deutschland zurückkehren«, flüsterte sie zu der Fensterscheibe und knetete ihre Hände, weil sie auf einmal die Befürchtung hatte, dass es zu spät sein könnte und es keine Möglichkeit mehr gab, Will zu sagen, dass sie ihn, sein Leben und seine pazifistische Überzeugung nicht opfern würde, nur um Träumen nachzuhängen, die sich sowieso niemals für sie erfüllen würden.

LEA – Jahr 2033, Tag 130 auf dem Raumschiff ISS Endurance

Unruhig suchte Lea nach einer bequemeren Position. Sie saß auf einem der Klappsitze, eng neben Owen. Ihr gegenüber hockten Rio und Irina. Adua hatte den ungemütlichsten Sitz bekommen. Sie saß eingeklemmt zwischen James und Baihu auf der Seitenbank. Gurte hinderten sie daran, in dem kleinen Raum abzuheben. Ein mickriger Tisch vor ihnen bot die Gelegenheit, sich die Zeit mit Spielen zu vertreiben.

Sie hatten ein paar Spiele im Raumschiff. Ein Schachbrett mit magnetischen Figuren, andere Brettspiele und sogar ein Poker-Set, ebenfalls magnetisch. Nur Würfelspiele waren nicht möglich. James hatte einige Spiele in die Sicherheitskapsel mitgebracht, doch noch lagen sie unberührt in dem schmalen Fach über ihnen.

Lea schloss die Augen und dachte an das letzte Wochenende, bevor sie die Endurance betreten hatte. Eine komplexe Mischung aus Aufgeregtheit, Vorfreude, Trauer und Panik hatte sie gequält.

Sie hatte viel Zeit mit ihren Eltern und ihrer Nichte verbracht. Zunächst waren sie lange spazieren gegangen, danach war Nina im Haus ihrer Eltern gewesen, wo sie mehrere Stunden mit Lea in ihrem alten Kinderzimmer verbracht und mit ihr gemeinsam die Post von Kindern der ganzen Welt durchgesehen hatte. Die Vereinten Weltraumbehörden hatten die Briefe und Karten eingesammelt und zufällig an die Astronauten verteilt, sodass Lea nicht aus Europa, sondern von überall Aufmunterungen erhalten hatte. Bilder von jüngeren Kindern, die sie und die anderen Astronauten auf dem Mars gemalt hatten, und Wünsche für eine gute Reise von älteren Kindern.

Nina war zum Essen geblieben und Leas engste Kollegen, und beste Freundinnen waren auch gekommen, und alle hatten sie umarmt und ihr gesagt, wie stolz sie seien. Ihre Mutter hatte die Tränen nicht zurückhalten können, weil sie wohl das erste Mal realisiert hatte, wie groß das Abenteuer war, das Lea bevorstand. Am Abend, als ihre Nichte längst im Bett und alle Besucher gegangen waren, hatte Lea stundenlang mit ihrer Schwester auf dem Balkon gesessen. Ein unvergessliches Wochenende.

Sie verspürte Heimweh, wenn sie daran dachte, weswegen sie den Gedanken eilig von sich wegschob.

Sie sah sich in dem engen, vom restlichen Raumschiff abgetrennten Raum um und fröstelte bei dem Gedanken, nicht raus zu können.

Die Endurance war sehr funktional eingerichtet, trotzdem war sie zu ihrer Heimat geworden, zu dem Schiff, in dem ihre ungewöhnliche Wohngemeinschaft seit Monaten lebte. Hier jedoch war alles anonym, kalt und beengt.

Über ihnen waren Schränke mit Lebensmitteln und Hygieneartikeln. Hinter Lea und Owen waren die Schlafkisten, hinter Rio und Irina die Tür nach draußen, die luftdicht verschlossen war und sie vor der Strahlung schützte.

Seit über 36 Stunden waren sie nun hier. In der Nacht hatte Lea lange gebraucht, um einzuschlafen, und sie hatte sich sofort aus dem Schlafsack geschält, als sie wieder wach war. Sie hielt es oft nicht lange aus in diesem Sarg.

Während Owen in einem Buch über Botanik las und sich fleißig Notizen machte, spielten Rio und Irina auf dem Tablet gemeinsam ein Adventurespiel. James schlief. Im Sitzen. Einfach so. Als wäre es das Normalste der Welt, wegen gefährlicher Strahlung während der Reise zum Mars in einer Sicherheitskapsel festzusitzen.

Baihu schrieb etwas auf seinem Tablet, vielleicht eine Nachricht nach Hause, die aber während der Sonneneruption vermutlich nicht übertragen werden konnte. Adua machte ein Rätsel und hörte währenddessen Musik über ihre Kopfhörer.

Lea seufzte. Sie starrte auf den E-Reader in ihrer Hand. Sie hatte jetzt alle E-Mails von Nina gelesen und war traurig, dass es erst mal nichts Neues gab. Besonders das Drama um Will und Evas Arbeit an Mariner hatten ihr Zerstreuung und Ablenkung gegeben.

Ihr war nie bewusst gewesen, wie schlimm die Kriegsjahre im 20. Jahrhundert gewesen waren, wie sehr sie in den Alltag der Leute eingegriffen hatten. Zuerst die beiden Weltkriege, dann folgten weitere Konflikte. Es hatte im nächsten Jahrhundert eine immer schwerer zu bewältigende Klimakatastrophe und eine weltweite Pandemie benötigt, um die Weltbevölkerung innehalten zu lassen.

Sie fragte sich, was aus Will geworden war. Es war stets die Rede davon gewesen, dass Will im Krieg gewesen war – zumindest in den Berichten, die Ninas Sicht erzählten. Sie war sich nicht sicher. War Eva nicht fest entschlossen gewesen, rechtzeitig nach Deutschland zu ziehen?

Sie war gerührt, als sie gelesen hatte, wie Eva sich von Mariner 7 verabschiedet hatte. Es erinnerte sie an die Textstelle, in der Nina beschrieben hatte, wie sie selbst Curiosity zum Abschied geküsst hatte.

Und nun war sie wirklich auf dem Weg zum Mars – als hätten sowohl Eva als auch Nina genau darauf hingearbeitet. Sie *hatten* darauf hingearbeitet, korrigierte Lea sich. Sie und jede Menge Wissenschaftler, die nie den Glauben daran aufgegeben hatten, dass die Erdbevölkerung einmal Weltraumreisen unternehmen würde.

Wieder verlagerte Lea ihr Gewicht. Sie sah auf Owens Buch und fragte sich, ob er wirklich etwas in diesen komplizierten Schaubildern erkennen konnte. Und ob er sich tatsächlich trotz der Situation konzentrieren konnte. Er schien bestrebt darin zu sein, die Zeit möglichst sinnvoll zu nutzen.

»Alles okay?«, fragte er.

Lea nickte. »Ein bisschen unbequem.«

»Versuch zu schlafen«, schlug er vor und nickte zu James, der mit leicht geöffnetem Mund so ruhig atmete, als wäre er sich der Situation nicht bewusst, in der sie sich befanden.

Zuvor hatte er sie alle dazu überredet, gemeinsam eine Star Trek-Folge zu schauen. Baihu hatte ihm das Versprechen abgenommen, dass er danach zumindest für einige Minuten den Mund halten würde. James war glücklich gewesen, hatte ihnen Hintergrundinformationen erzählt, danach hatte er sein Versprechen gehalten und war still geblieben, bis er schließlich eingeschlafen war – zufrieden und entspannt, an Adua angelehnt.

Die Folge war eine der ältesten aus den sechziger Jahren gewesen, als noch Kirk die Enterprise befehligt hatte. Leas Gedanken waren während des Schauens natürlich erneut zu Eva gegangen, und sie hatte sich gefragt, ob Eva jemals Star Trek geschaut hatte. Zusammen mit Will oder vielleicht sogar gemeinsam mit Nina, nachdem sie sie als kleines Mädchen in Deutschland kennengelernt hatte.

Lea starrte zurück auf den Reader und blätterte lustlos in ihrer Bibliothek auf der Suche nach einem E-Book, das ihr die Zeit vertreiben konnte, als plötzlich das Licht ausging.

Noch bevor jemand von ihnen reagieren konnte, flackerte das Licht und ging dann wieder an. Leas Herz schlug heftig in ihrer Brust, und sie sah zu Adua, deren Augen weit geöffnet waren. Sie hatte ihre Hand auf den Arm von Baihu gelegt.

Rio war die Erste, die fragte: »Verdammt, was war das?« Ihre Stimme klang dabei nicht so nervös, wie Lea sich fühlte, aber für ihre ruhige Art erstaunlich schrill. Sie war eindeutig aufgeregter als gewöhnlich.

Owen klappte sein Buch zu und sah sich in dem Raum um, während Irina einen Moment lang aufhörte, auf ihrem Kaugummi zu kauen.

»Sonneneruptionen können Störungen an der Elektronik auslösen«, erinnerte Baihu sie. »Wir haben es hier mit einem besonders starken Sonnensturm zu tun. Ich habe schon seit dreißig Minuten keinen Kontakt mehr mit dem Bodenpersonal.«

»Okay.« Irina kaute erneut auf ihrem Kaugummi. Es war kein gelangweiltes Kauen.

»Das Licht sollte nicht davon betroffen sein«, erwiderte Lea leise und sah zu Adua, die sich sichtbar unwohl fühlte. »Der Stromspeicher war gefüllt. Und selbst wenn die Solarpanels betroffen sind, sollte es nicht zu Ausfällen kommen. James und ich haben vor der Einschließung alle Systeme überprüft.«

Sie richtete ihren Blick zu James, der schlief allerdings weiterhin. Ein leises Schnarchen war zu hören, als sie alle alarmiert zu ihm starrten.

»James.« Adua stieß ihn mit dem Ellenbogen in der Seite an. »James, wach auf«, sagte sie ungeduldig.

Irritiert öffnete James die Augen. »Was ist los?«

Lea blinzelte und verspürte ein Kribbeln auf der Haut, als sich die Schachfiguren vor ihren Augen einige Millimeter erhoben, so als hätten ihre Magnete keine Wirkung mehr. Erneut ging das Licht aus. Diesmal blieb es lang genug aus, dass James sich erneut verwundert erkundigte, ob irgendwas passiert war. Kurz darauf war nur noch das Klicken der fallenden Schachfiguren zu hören, die plötzlich wieder vom Brett angezogen wurden.

»Wir wissen es nicht«, zischte Lea. Wie konnte er bei allem so entspannt klingen? Er hätte die ganze Katastrophe vermutlich mit Schlafen und Star Trek verbracht, ohne einen Gedanken daran zu verschwenden, dass sie hier sterben könnten.

Das Licht ging erneut an und flackerte besorgniserregend. Die Schachfiguren standen auf dem Brett, aber anders als vorher, was der Beweis dafür war, dass Lea sich das nicht eingebildet hatte.

Beunruhigend. Lea zog ihre Beine nach oben und umschlang sie mit ihren Armen. Mit zitternden Fingern griff sie nach den beiden Ringen, die sie stets bei sich trug. Ihre Glücksbringer. Konnten sie ihr helfen? Obwohl es nicht besonders warm war, fühlten sich die Eheringe heiß in ihrer Faust an. Es musste ihre eigene Körperwärme sein, die sich auf das Metall übertrug.

Ihr wurde bewusst, wie hilflos sie waren. Sie blinzelte und versuchte, sich an den Moment zu erinnern, als sie mit James in den Technikraum geschwebt war und sie im Vier-Augen-Prinzip alles kontrolliert hatten. Sie fragte sich, ob sie einen Fehler gemacht hatte, weil sie zu konzentriert darauf gewesen war, die Mail von Nina auf ihren E-Book-Reader zu laden.

Sie konnte sich kaum konzentrieren. Alle redeten durcheinander, stellten sich gegenseitig Fragen und machten einander Vorwürfe, die Arbeiten nicht richtig gemacht zu haben. Aduas Lippen, die im Normalfall für Ruhe sorgten, zitterten. Irina, die sonst immer so betont lässig tat, war kreidebleich, und auch Baihu, der das Kommando hatte, gelang es nicht, sie zur Ruhe zu bringen.

»James.« Lea setzte sich auf und ließ ihre Beine los. »Kannst du dich erinnern? Wir haben doch alles überprüft.«

James nickte und sah dabei sehr ernst aus. »Es war alles okay«, beteuerte er, besonders in die Richtung von Baihu, der skeptisch aussah.

»Es war sicher nichts«, versuchte Owen alle zu beruhigen. »Wir wissen, dass durch Sonnenstürme Spannungsverschiebungen entstehen können.«

»Wir sind autark. Wir haben eine Batterie. Wie oft muss ich das noch sagen?«, rief James sauer.

»James!« Adua schüttelte den Kopf. »Entspann dich bitte. Keine Panik.«

»Ich habe keine Panik. Aber warum hört ihr *uns* nicht einfach zu? Wir schlucken eure Pillen, wenn ihr es uns sagt, tanzen ständig zu den Gesprächen an und lassen uns regelmäßig alle messbaren Funktionen unseres Körpers abchecken«, sagte er laut und zeigte auf Adua und Baihu, »und wir hören uns tagelang euer Gelaber über eure ach so atemberaubenden Versuche an.« Er zeigte zuerst auf Owen, anschließend auf Irina und Rio. Durch die abrupte Bewegung löste sich das Lederband an seinem Handgelenk. Es war ein Geschenk seines Bruders, das er ihm kurz vor dem Start der Endurance gegeben hatte. »Jetzt hört ihr *uns* zu.«

Irina fing das Armband in der Luft auf. »Kein Grund, durchzudrehen«, zischte sie und warf ihm das Band zu.

Lea hob die Hand. »Lasst mich nachdenken. Seid mal still.«

Zum Glück folgten alle ihrer Anweisung. Sie biss sich auf die Lippen und war sich der plötzlichen Aufmerksamkeit bewusst. Sie schloss die Augen und versuchte, sich an den Gedanken, der ihr kurz zuvor durch den Kopf geschossen war, zu erinnern. Wenn sie das Flackern richtig interpretierte und all ihr Wissen über die Batterie kombinierte, konnte nur ein …

»Was hast du?«, fragte James, der es natürlich als Einziger nicht schaffte, die Klappe zu halten.

»Gib mir das Tablet«, forderte Lea, ohne ihm zu antworten.

Nun wollten alle wissen, über was sie nachdachte. James legte seinen Finger auf die Lippen und führte anschließend den Finger an seinem ausgestreckten Arm in einem Halbkreis die Gruppe entlang. Als wäre er das große Vorbild darin, still zu sein. Dann reichte er Lea das Tablet, von dem aus sie Zugriff auf die Systeme im Technikraum hatten.

Lea nickte ihm zu und autorisierte sich mit ihrem Passwort. Das war wieder einer dieser Momente, in dem sie James jede nervende Aktion zuvor verzieh. Er vertraute ihr und sorgte dafür, dass sie in Ruhe arbeiten konnte.

Hastig tippte sie auf das Display, um zu der gewünschten Auswertung zu gelangen. Als sich ihr Verdacht bestätigte, kribbelte es auf der Haut an ihrem ganzen Körper. Ihr Augenlid begann nervös zu zucken, und sie rieb sich frustriert über das Auge.

»Was ist?«, fragte Adua hastig, die wohl spürte, wie ernst es war.

Lea schluckte und sah zu James. Er erwiderte ihren Blick, kurz darauf richtete er seine Augen auf die Auswertung, und Lea konnte sehen, wie sich die Muskeln in seinem Kiefer verkrampften, als er erkannte, was sie entdeckt hatte.

»Ich glaube, die Eruption hat eine freie Ladung im elektronischen Bauteil des Bordcomputers erzeugt, und es kam kurzzeitig zu einem Absturz der Software, die die Stromversorgung regelt. Das ist normalerweise kein Problem, weil sich das durch einen Reboot beheben lässt, aber bei dem Reboot muss es zu einem ungeplant hohen Stromverbrauch gekommen sein. Unsere Batterie hat kaum noch Leistung«, sagte Lea leise.

Owen sah zu dem Tablet und versuchte, etwas zu erkennen, seine Augen waren geweitet. Irina war weiterhin blass, und Lea wurde sich des rhythmischen Geräuschs bewusst, das sie die ganze Zeit schon gehört, jedoch ausgeblendet hatte. Baihu trommelte mit seinen Fingern auf dem Tisch herum.

»Was bedeutet das?«, fragte Rio fassungslos.

»Das bedeutet, dass wir nur eine geringe Stromreserve haben«, meinte Lea und gab James das Tablet, der eine nervöse Handbewegung machte. Er packte das Tablet grob und äußerte sich nicht.

»Aber unser Leben hängt von der Stromversorgung ab«, erinnerte Adua sie, als hätte Lea sich die Situation ausgesucht.

»Wir können ohne Licht auskommen, allerdings nicht ohne Heizung«, betonte Owen.

Lea sah ihn an und hob die Hand. Sie berührte seine Stirn, auf der sich feine Schweißperlen gebildet hatten.

»Wie lange haben wir?«, fragte Baihu knapp.

»Wie lange wird die Sonneneruption andauern?«, fragte Lea leise und sah ihm direkt in die Augen. Sie hoffte inständig, dass er irgendwelche Informationen hatte, da er der Letzte gewesen war, der mit dem Bodenpersonal Kontakt gehabt hatte.

»Ich glaube, sie hat recht«, meinte James und dann stieß er ein wütendes *Fuck* hinterher. Er reichte Lea das Tablet.

»Ich weiß nicht, wie lange wir aushalten müssen«, meinte Baihu leise. »Ich hatte keinen Kontakt mehr mit der Basis, das letzte Mal sagten sie, dass es lange dauern könnte.«

Unschlüssig sah Lea zu dem Tablet, das James ihr gegeben hatte und auf dem ersichtlich war, dass die Software für einen Moment offline gewesen war. Nicht einmal eine Sekunde hatte es gedauert, und trotzdem war das lang genug, um sie in diese verheerende Katastrophe zu katapultieren. Es gab keinen, dem sie die Schuld geben konnte. Es war einfach eine unwahrscheinliche Verkettung mehrerer Unglücke.

Es könnte sie das Leben kosten. Sie könnten hier sterben. Lea biss sich auf die Lippen und versuchte, das Brennen auszuhalten, das ihre Lungen beherrschte, so als wäre ein mächtiger Felsen auf ihren Oberkörper gefallen.

»Sonneneruptionen dauern nur wenige Minuten«, bemerkte Irina. »Es sind die Folgen, die magnetischen Stürme zum Beispiel, die Stunden andauern können.«

Sie alle starrten sie an, James hob die Augenbraue. Adua war die Einzige, die sich äußerte: »Ich weiß nicht, ob das hilft.« Es klang eingeschnappt, nicht mehr so entspannt, wie Adua sonst klang.

Sie fiel aus der Rolle, erkannte Lea mit Entsetzen. Sie war nicht mehr länger ihre Bordpsychologin, die alles im Griff hatte, sie war eine von ihnen. Eine Frau, der bewusst geworden war, dass sie hier sterben könnte.

Es war diese Reaktion, die Lea am meisten schockierte und erschaudern ließ. Ja, sie alle waren nervös. Alle von ihnen kannten das Gefühl. Lea dachte an den Moment, kurz bevor sie in die Endurance gestiegen waren und die Rakete startete. Die Nervosität hatte nahezu greifbar zwischen ihnen in der Luft gehangen. Adua hatte selbst da aufmunternde Sprüche gemacht und sie in einer kurzen Ansprache daran erinnert, dass sie das geübt hatten und dass sie wussten, was zu tun war, wenn etwas schief ging. Nun vergaß Adua das erste Mal, dass es ihre wichtigste Aufgabe war, ihre Emotionen hintenanzustellen.

Irina hob beide Hände in einer verteidigenden Geste. »Ich wollte lediglich darauf hinweisen. Ihr könnt es ja falsch denken, verwendet bitte später trotzdem in euren Memoiren die korrekten Begriffe, damit es nicht peinlich wird.«

James schmunzelte, und sogar Owen lachte kurz auf. Lea wünschte, Irinas Sprüche könnten sie so sehr erheitern, wie die anderen. Sie war dankbar, dass Irina es wenigstens schaffte, ein wenig Zuversicht bei den anderen zu verbreiten.

Sie sah zuerst James an, dann erneut zu Baihu. »Wir müssen das Licht ausmachen, um Strom zu sparen. Wir erfrieren, wenn die Heizung ausfällt.«

»Wie lange haben wir?«, wiederholte Baihu gequält.

»Mit Beleuchtung nicht mehr als zehn Stunden«, sagte James, der wild auf dem Tablet herumtippte, als würde das die Diagnose besser machen. »Wenn wir das Licht ausmachen, bestimmt doppelt so lange.«

»Die Wahrscheinlichkeit, dass die Sonneneruption so lange dauert, ist sehr gering«, versuchte Adua, die Gruppe zu beruhigen. Ihre Stimme war weiterhin zu hoch, fast schrill, und sie selbst nur noch ein Schatten der starken Persönlichkeit, die sie bisher präsentiert hatte. Dennoch versuchte sie, in ihre Rolle zu finden.

Lea hob die Schultern. Der Sonnensturm war bereits jetzt schon viel länger als alle Stürme, die sie hier an Bord erlebt hatten. Adua hatte recht, es war unwahrscheinlich, doch sie sollten das Risiko nicht eingehen.

»Wir könnten die Solarpanels ausfahren und neuen Strom erzeugen«, schlug James vor.

»Um zu riskieren, dass die Panels zerstört werden?«, fragte Owen.

James presste die Lippen zusammen. »War ja nur ein Vorschlag.«

»Kein schlechter Vorschlag, aber wir sollten alle Möglichkeiten und Folgen bedenken, bevor wir uns entscheiden«, betonte Owen.

»Ich weiß«, brummte James. Ein wenig leiser ergänzte er: »Wir sollten versuchen, es so auszuhalten, bevor wir die Panels ausfahren.«

»Und das Licht ausmachen«, betonte Irina.

Rio hatte das Gesicht in ihre Hände gelegt.

»Rio? Was sagst du?«, fragte Adua leise.

Rio hob die Schultern. Einen kurzen Moment später richtete sie sich auf. »Ja, Licht aus. Die Panels sind zu wichtig für die weitere Mission.«

»James?« Adua sah ihn an.

»Ich bin dafür.«

»Ich auch«, sagte Baihu, bevor Adua ihn fragen konnte.

»Und ihr?«, fragte Adua.

»Dafür.« Owen hob die Hand.

Lea wollte nicht im Dunkeln sitzen. Sie würde sich der schrecklichen Lage noch bewusster werden. Die anderen nicht zu sehen, würde zudem bedeuten, dass sie sich einsamer als jetzt fühlen würde. Sie wusste allerdings, dass es vernünftig war und zwingend notwendig. Dass ihr Leben von dieser einen Entscheidung abhängen könnte. »Ich auch«, flüsterte sie.

Adua nickte, lächelte aufmunternd und wandte sich erneut Baihu zu. »Einstimmig beschlossen.«

»Einstimmig beschlossen«, wiederholte Baihu und nahm das Tablet entgegen, welches James ihm hinhielt. Er tippte etwas ein. Es wurde dunkel um sie herum, bis auf eine Notleuchte an der Decke, die es zwar unmöglich machte, die Gesichter der anderen zu erkennen, aber man konnte immerhin die Umrisse sehen.

Lea versuchte, regelmäßig zu atmen und die aufkeimende Panik zu unterdrücken. Owen streichelte ihren Arm, doch es beunruhigte sie eher, als dass es ihr half. Vielleicht weil seine Hand heiß war und sie wusste, dass er schwitzte, da er sich so unwohl fühlte wie sie.

Sie starrte in die Dunkelheit und sah etwas aufblitzen. Sie erinnerte sich an die Halskette von Rio, in der sich das schwache Licht der Notbeleuchtung reflektierte. Ausgerechnet Rio war der Fixpunkt, auf den sie ihre Augen konzentrieren konnte. Es vermittelte ihr etwas Hoffnung.

Lea lehnte sich nach hinten und zwang sich dazu, Rio anzulächeln, um ihr etwas zurückgeben zu können, obwohl sie natürlich wusste, dass Rio es nicht sehen konnte.

Sie war nicht alleine.

LEA – 2033, Tag 131 auf dem Raumschiff ISS Endurance

Als Lea aufschrak, dachte sie im ersten Moment, es wäre alles nur ein Traum gewesen. Erst als ihr bewusst wurde, dass ihr Nacken schmerzte, weil sie mit dem Kopf an Owens Schulter eingeschlafen war, statt in ihrer Schlafkapsel, verstand sie, dass sie nicht geträumt hatte.

Verwundert rieb sie sich die Augen. Sie hätte nicht gedacht, in dieser Situation schlafen zu können. Doch nach den vielen Stunden, die sie bereits hier verharrten, verzweifelt in der Hoffnung, endlich Kontakt zur Erde zu erhalten, und damit die Gewissheit, dass die Sonneneruption vorüber war, musste sie tatsächlich eingenickt sein.

Owen schien zu spüren, dass sie erwacht war. Er strich ihr über die Wange. Seine Hände waren inzwischen kalt, obwohl der Strom zum Glück immer noch dazu reichte, das Raumschiff zu heizen.

»Wie lange habe ich geschlafen?«, murmelte Lea und versuchte, ihren Nacken zu dehnen, indem sie den Kopf hin und her bewegte.

»Nicht besonders lange«, antwortete er sanft und drückte seine Nase an ihre Wange.

Lea presste ihr Gesicht gegen seines und spürte, wie ihr die Tränen kamen, als Owen seine Lippen zu ihrer Schläfe führte und sie dort küsste. Sie umfasste seine Hand und drückte sie fest.

Einige Wochen vor dem Start der Endurance hatte ihre Mutter sie gefragt, wie gefährlich die Reise zum Mars wirklich war. Lea hatte ihr von dem Risiko einer Sonneneruptionen erzählt, sie hatte ihr aber versichert, dass es extrem unwahrscheinlich war, dass die Sonneneruption so lange dauerte, dass sie zu einer Gefahr werden konnte. Ihre Mutter hatte keine Ahnung gehabt, was eine Sonneneruption war. Lea hatte gelacht und flapsig geantwortet, eine Sonneneruption wäre nichts anders, als wenn die Sonne mal kurz rülpsen würde. Statt ihre Mutter damit zu beruhigen, hatte sie sie damit nur verunsichert, und sie hatte sich bei Nina nach Sonnenstürmen, Magnetfeldern und Polarlichtern erkundigt.

Nun wusste sie Bescheid.

Vermutlich saß sie vor dem Fernseher, die Hände fest ineinander verkeilt, um die Nachrichten zu verfolgen. Oder sie suchte im Internet nach weiteren Informationen. Hoffentlich machte sie aber das, um das Nina sie gebeten hatte: Sie anzurufen, sobald sie sich um Lea ängstigte.

Lea spürte, wie sich in den Augenwinkeln Tränen bildeten. Sie vermisste ihre Mutter. Sie vermisste alle zu Hause so sehr. Sie wollte bei ihnen sein, ihnen versichern, dass es ihr gut ging.

»Und jetzt?«, fragte jemand, und Lea erkannte die Stimme nach einem kurzen Moment als die von Irina. »Wenn es so still ist, fühlte ich mich unwohl«, fügte sie hinzu und sprach damit direkt aus Leas Seele.

»Sonst beklagt ihr euch immer, dass ich zu viel rede«, kommentierte James trocken.

Einige lachten, und sogar Lea musste schmunzeln.

»Wir sollten was spielen«, sagte Adua entschlossen. Sie wirkte, als hätte sie in der Zwischenzeit ihre innere Stärke zurückerlangt. »Ein Spiel, das man im Dunkeln spielen kann. Wir werden hier unter Umständen noch viele Stunden festhängen.«

»Hoffentlich nicht«, murmelte Rio.

Sofort war die Stimmung wieder gedrückt. Wenn es wirklich weitere Stunden andauerte, würde ihre Stromversorgung endgültig zusammenbrechen. Dann blieb ihnen nichts anders übrig, als die Sonnenpanels auszufahren und darauf zu hoffen, dass sie nicht zerstört wurden.

»Wir werden möglicherweise ein *bisschen* hier festsitzen«, konkretisierte Adua, ruhig, aber betont.

Nun war Lea sich sicher. Adua schien ihre Panik und Angst überwunden zu haben. Oder sie überspielte ihre Sorgen, um die Crew zu beruhigen.

»Oder wir erzählen uns Geistergeschichten?«, schlug James vor.

»Keine gute Idee«, erwiderte Baihu. Seine Stimme klang angespannter als sonst und gleichzeitig so erschöpft, wie es Lea von ihm nie gehört hatte.

Lea stellte sich vor, dass seine Augen sich nun hektisch in den Augenhöhlen bewegten, während Irina auf ihrem Kaugummi herumkaute und Owen sich ständig die Brille richtete. Lediglich Rio und James wäre die Nervosität sehr wahrscheinlich nicht anzumerken. Nur bei Adua konnte sie sich kein Bild machen. Sie war stets so bemüht darum, Ruhe zu bewahren und sie nach außen zu transportieren, gleichzeitig wusste Lea, dass Adua ihre Unruhe nicht immer überspielen konnte.

»Kennt ihr das Spiel *Ich habe noch nicht …?*«, fragte Adua, und ihre Stimme klang atemlos. Sie war sich wohl bewusst, dass die Stimmung jederzeit umschlagen könnte und dass das Bodenpersonal in solchen Situationen von ihr erwartete, dass sie alles in Ordnung brachte.

Offenbar hatte Adua nicht wirklich zu der Kraft gefunden, die sie in den Augen der Vereinten Weltraumbehörden für die Mission in erster Linie befähigt hatte, aber sie kämpfte darum und wollte wohl mit eisernem Willen daran festzuhalten, dass sie ihre Panik überwinden konnte – zum Wohle der Crew.

Sie war nicht zu beneiden, dachte Lea. Sie nicht und Baihu auch nicht, der das Kommando und das letzte Wort hatte, wenn es darum ging, die Sonnenpanels zu riskieren und zu entscheiden, wie viele sie ausfuhren, wenn es notwendig wurde.

»Ich glaube, dafür ist es zu dunkel«, sagte Rio.

»Und uns fehlt der Alkohol«, fügte James hinzu.

»Wir könnten uns einfach mit einem *Hier!* mitteilen, wenn wir der Aussage zustimmen«, meinte Adua. »Ich fang mal an. Zum Testen was Einfaches. Ich habe noch nicht nackt auf dem Mars getanzt.«

Lea schmunzelte. Alle riefen: »Hier!«

»Klappt doch«, sagte Adua zufrieden. »Baihu. Du bist dran.«

»Ähm.« Baihu klang, als würde er überlegen. »Ich habe noch nie Kontaktlinsen getragen.«

Lea erkannte Owens Stimme, und eine weitere Stimme war zu erkennen. Sie vermutete, dass es Irinas Stimme war. Kurz darauf fiel ihr ein, dass sie ebenfalls nie Kontaktlinsen getragen hatte, und sie sagte eilig: »Hier!«

Einige lachten – als wäre irgendwie ein Knoten geplatzt.

»Zu unser aller Leidwesen, Owen«, betonte Rio amüsiert, und Irina lachte erneut. »Pass auf deine Brille auf, Owen, ich habe keine Lust, sie im Dunkeln ins Auge zu bekommen.«

»Ich habe sie sicher verstaut«, sagte Owen und klang heiter dabei. Er drückte Leas Hand, und sie drückte sich enger an ihn.

»Owen? Du bist dran«, sagte Baihu.

»Ja. Okay. Moment. Mir fällt leider nichts besseres ein. Ich habe noch nie über fünf Stunden am Stück telefoniert«, meinte er mit einem fragenden Unterton in der Stimme.

Lea dachte nach und bestätigte es als Erstes. Danach folgten James, Rio und Adua.

»Mit wem habt ihr so lange telefoniert?«, fragte Adua erstaunt, als die anderen schwiegen.

»Mit meiner Mutter«, sagte Irina und klang traurig. »Wir haben uns nicht oft gesehen, seit ich studiert habe. Sie wohnt in einem kleinen Dorf in einer ländlichen Gegend westlich von Moskau, und ein Besuch bei ihr war immer mit viel Mühe und Zeit verbunden. Also haben wir lange telefoniert. Und ab und zu konnte das auch mal über 5 Stunden gehen.« Sie seufzte leise. »Ich vermisse sie. Ich hätte nicht gedacht, dass ich sie so sehr vermissen könnte. Doch es ist etwas anderes, in Moskau zu studieren und erleichtert zu sein, dem Kaff entkommen zu sein, als auf dem Weg zu einem anderen Planeten zu sein.«

»Ja. In der Tat«, kommentierte Rio.

»Verständlich, dass du sie vermisst«, sagte Adua leise.

Irina seufzte. »Ich vermisse sogar das Dorf, in dem ich aufgewachsen bin. Damals ging es mir nicht schnell genug, wegzukommen, jetzt frage ich mich allerdings, ob ich jemals wieder dort sein werde.«

»Natürlich wirst du das«, erwiderte Adua energisch.

»Hey.« Es hörte sich nach James an, könnte aber genauso Baihu gewesen sein.

»Wir hatten einen riesigen Garten und zwei Hausschweine. Meine Mutter hat den ganzen Sommer damit verbracht, Gemüse anzubauen, das sie im Herbst eingekocht und eingelegt hat. Wir hatten eine riesige Menge davon, nur an leckeren Dingen wie Schokolade oder Cola hat es ständig gemangelt. Als meine Mutter erkannte, welches Interesse ich hatte, hat sie nicht gezögert, in die Stadt zu fahren und mir das Observatorium und das Technikmuseum zu zeigen. Sie war alleinerziehend, fleißig und tapfer, manchmal sehr hart, aber sie hat mir eine wunderbare Kindheit ermöglicht, und als ich eine Erwachsene war, hat sie alles dafür getan, damit ich Physik studieren konnte.« Irina verstummte. Zunächst dachte Lea, sie würde nichts mehr sagen, dann redete Irina plötzlich weiter. »Ich glaube, ich habe mich nie wirklich dankbar gezeigt.«

»Ich denke, sie hat es gespürt«, erwiderte Adua und versprühte dabei Zuversicht, als hätte sie vergessen, wo sie waren und in welcher Gefahr sie schwebten.

»Ja.« Kleidergeraschel war zu hören. Vielleicht hatte Irina sich in der Dunkelheit eine andere Sitzposition gesucht. Sie räusperte sich. »Baihu, mit wem hast du telefoniert?«, fragte sie.

Lea, die sich Irinas Kindheit in dem kleinen Dorf in der Ukraine vor ihrem inneren Auge vorgestellt hatte, erinnerte sich erst jetzt wieder daran, dass die Frage nach einem langen Telefonat gestellt worden war.

»Mit meiner Exfrau. Wir hatten eine Wochenendbeziehung. Und in der Nacht, als ihr Vater einen Herzinfarkt hatte und sie im Krankenhaus gewartet hat und nicht wusste, ob er es überlebt, habe ich die ganze Zeit am Telefon gehangen, damit sie nicht alleine sein musste. Es war eine grauenhafte Nacht für sie«, erzählte Baihu.

»Hat ihr Vater überlebt?«, fragte Rio heiser.

Lea fragte sich, ob Rio an ihren Ehemann dachte, der vor Jahren nach einer langen und schweren Krebserkrankung verstorben war.

»Ja, er hat überlebt und ist fünf Jahre später in seinem Bett friedlich eingeschlafen«, antwortete Baihu.

Schweigen legte sich über alle, und Lea räusperte sich. Gerne hätte sie das Spiel in eine lustige Richtung gedreht, um die anderen auf heitere Gedanken zu bringen, aber ihr fiel nichts ein. Also besann sie sich auf das Spiel und sagte: »Ich habe als Kind nie den Wunsch verspürt, Astronautin zu werden.«

Ein Teil von den anderen bestätigte dies, der andere verneinte es, doch weil sie gleichzeitig antworteten, konnte Lea nicht heraushören, wer ebenfalls wie sie nie hatte Astronaut werden wollen.

»Und wieso bist du es trotzdem geworden?«, fragte Owen und klang erstaunt, so als hätte er was anderes von ihr erwartet.

Lea lachte leise. »Ich habe bei der Europäischen Weltraumbehörde ein Praktikum gemacht und das Gefühl gehabt, dass ich dort so arbeiten kann, wie ich arbeiten will. Dass ich kreativ sein kann, auch mal nur für mich an einer Sache herum tüfteln darf, ohne dass Teamarbeit verlangt wird. Ich habe mich bereits früh für Robotik und Technik interessiert. Und die Weltraumbehörde war einfach der beste Arbeitgeber für mich. Außerdem gab es meine Betreuerin, die mir bei der Doktorarbeit geholfen hat und mich seitdem unterstützt hat. Sie hat damals, bevor sie mich kennengelernt hat, Curiosity gebaut. Und irgendwann konnte ich ihren Schwärmereien vom Mars nicht mehr widerstehen.«

»Schöne Geschichte«, sagte Owen anerkennend.

»Findest du?«, fragte Lea überrascht.

»Na, dass sie in dir ihre eigene Leidenschaft ebenfalls erwecken konnte«, erläuterte Owen. Er schob seine Hand über ihren Oberschenkel.

»Das ist Nina, die dir regelmäßig schreibt, oder?«, fragte James.

Lea nickte, einen Moment später fiel ihr ein, dass die anderen das nicht sehen konnten. »Ja«, beeilte sie sich zu sagen. »Ich weiß nicht, ob ich den ganzen Flug bis heute so gut geschafft hätte, wenn ich ihre Geschichte nicht als Ablenkung gehabt hätte. Es fühlt sich manchmal so an, als wäre sie … bei mir.« Lea runzelte die Stirn, weil sie glaubte, dass es albern klang. Allerdings lachte niemand, sondern alle murmelten zustimmende Worte.

»Ich wollte als Kind nicht fliegen!«, warf Adua nach einem Moment ein. »Ich hatte solche Angst davor. Ich hätte euch den Vogel gezeigt, wenn ihr mir damals gesagt hättet, dass ich eines Tages in ein Raumschiff steige.«

»Wie ist es gekommen, dass *du* dich umentschieden hast?«, fragte Lea und klang ebenfalls erstaunt, wie Owen sich zuvor angehört hatte.

»Eines kam zum anderen. Ich habe meine Doktorarbeit über die psychologischen Herausforderungen einer kleinen Crew im Weltall geschrieben, und bin irgendwann trotz meiner Furcht geflogen, und zwei Jahre später war ich auf dem Weg zum Mond. Ich habe gelernt, meine Ängste zu überwinden, sie kommen dennoch manchmal hoch. Doch ohne meinen Mut hätte ich das beste Abenteuer meines Lebens verpasst«, erzählte Adua.

Sie war die Einzige von ihnen, die auch auf den Mond geflogen war. Alle anderen waren nur auf der ISS gewesen, unter anderem, um sich auf ihre Mission vorzubereiten. Lea fand es bewundernswert, dass Adua diesen Weg gegangen und nun hier gelandet war.

»Du erzählst das so, als wäre solch ein Werdegang selbstverständlich«, fasste Baihu das in Worte, was Lea zuvor gedacht hatte.

»Nein, ist es sicher nicht. Ich hatte verdammt viel Glück. Zwar hat sich Afrika und speziell Kenia in den letzten 10 Jahren gut entwickelt, es ist dennoch weiterhin schwer mitzuhalten. Ich habe tolle Eltern und wunderbare Lehrer und später Professoren, ohne die ich es nicht geschafft hätte.«

»Vor allem hattest du auch dein Durchhaltevermögen«, ergänzte Baihu.

Kurz war es still, dann lachte Adua, und es hörte sich an, als würden Baihu und sie sich gegenseitig leicht anschubsen. »Ja, okay«, sagte Adua. »Das hat da sicherlich ebenfalls mit reingespielt. Als ich meine Doktorarbeit über die Rollenbildungen und Beziehungsgeflechte innerhalb einer Crew, die vom Rest der Menschheit isoliert ist, geschrieben habe, habe ich mich als eine Beobachterin von außen gesehen. Was würde mein jüngeres Ich wohl sagen, wenn es wüsste, dass ich einmal ein Teil davon sein werde?« Adua klang fasziniert. Sie verstummte, kurz darauf fragte sie: »Und ihr?«

»Also ich verspürte den Wunsch, Astronaut zu werden, seit ich denken kann. Das oder Lokführer«, sagte James.

»Ich auch«, sagte Irina. »Oder Sängerin. Zweiteres scheiterte an mangelndem Talent, deswegen bin ich bei euch gelandet.«

Lea kicherte, und Owen machte ein grunzendes Geräusch, während Baihu laut auflachte.

Die Stimmung war gelöster, und Lea stellte fest, dass sie es wirklich schaffte, sich abzulenken.

»Ich wollte auch nie Astronautin werden. Nachdem mein Mann starb, brauchte ich allerdings ein Projekt, das mich ablenkt. Eine neue Aufgabe. Eine schier unlösbare Aufgabe. Eine, mit der ich richtig was zu tun habe. Die Reise zum Mars schien dafür besonders geeignet«, erzählte Rio.

Lea wusste nicht, was sie dazu sagen sollte. Sie hatte häufiger darüber nachgedacht, dass es falsch wäre, Rio gegenüber zu erwähnen, es wäre schön, sie hier zu haben. Das würde implizieren, der Tod ihres Mannes sei erstrebenswert gewesen.

Natürlich fand Adua bessere Worte. »Ich bin mir sicher, er wäre sehr stolz auf dich. Ich bewundere dich sehr. Du bist eine Powerfrau.«

»Danke.« Rio klang nicht traurig, sondern ausgeglichen. Möglicherweise vermittelte es ihr Kraft, von ihrem Mann zu reden und dieses Kapitel ihres Lebens zu erwähnen. »Es fühlt sich manchmal komisch an, dass ich seinem Tod zu verdanken habe, das hier erleben zu dürfen.«

»Eventuell wärst du auch ohne diesen Schicksalsschlag Astronautin geworden. Es könnte einfach vorherbestimmt sein«, stellte James in den Raum.

»Nein.« Rio klang nüchtern. »Nein, ich wäre Mutter geworden. Ich bin mir ganz sicher. Ich habe mir nie etwas anderes für mich vorgestellt. Und dann kam es anders. Er war lange krank, und an ein Kind war nie zu denken. Und als er dann starb, war ich bereits Ende 30, und alleine der Gedanke daran, mit einem anderen Mann ein Kind zu bekommen, kam mir ungeheuerlich vor. Also habe ich mich stattdessen entschieden, was aus meinem Studium zu machen. Das Leben ist kein vorgeschriebener Weg, sondern besteht aus Weggabelungen, Kurven und Sackgassen, und es steht uns jederzeit frei, uns umzuentscheiden oder etwas ganz anderes auszuprobieren.«

»Wie lange war er krank?«, fragte Owen.

»Insgesamt fast sieben Jahre. Mal ging es ihm schlechter, mal besser. Wir hatten meistens die Hoffnung, er könnte es überstehen, leider wurden wir ständig mit Rückschlägen konfrontiert. Wir hatten eine sehr traurige, aber auch sehr intime und intensive Zeit miteinander.«

Lea hatte nie das Gefühl gehabt, dass Rio jemand war, die gerne über ihren Mann redete. Sie hatte nie das Bedürfnis verspürt, sich bei Rio nach ihrem Mann zu erkundigen. Ja, sie hatte es mitbekommen, und manchmal erwähnte Rio ihren Mann, doch nie zuvor hatte sie den Eindruck, dass Rio gerne über ihre Ehe redete und die Krankheit, die sie viel zu früh beendet hatte.

»Ach, Schatz.« Das war Irina, und sie klang so fürsorglich, wie sie sich noch nie angehört hatte. »Du erzählst so gerne über Tung, und ich höre dir gerne dabei zu, denn du klingst nach wie vor so verliebt.«

Das bestätigte Leas Vermutung. Rio redete sehr viel über Tung, von dem sie erst in diesem Moment den Namen erfahren hatte. Rio und sie waren sich bisher nie so nahegekommen. Eine Freundin, mit der sie über Tung sprechen konnte, hatte Rio wohl eher in Irina gefunden.

»Ich habe das Gefühl, er ist bei mir. So wie die Freundin von Lea.« Rios Stimme war nachdenklich. »Ich bin jetzt dran, oder? Ich habe noch nie Sex gehabt, ohne verliebt gewesen zu sein«, meinte Rio etwas heiterer.

Lediglich Owen meldete sich.

Lea lehnte sich gegen ihn und war seltsam gerührt. Sie wusste, was das bedeutete. Und obwohl sie nicht wusste, wie sie damit umgehen sollte, lehnte sie sich eng an ihn. Owen legte seinen Arm um ihre Schultern und drückte sie fest.

»Ich habe bis heute nur mit drei Frauen geschlafen, und ich war in jede aufrichtig verliebt gewesen«, sagte Owen so leise, dass außer ihr niemand ihn hören konnte. »Mit meiner besten Freundin als Teenager, in die ich heimlich verknallt war, mit meiner Exfreundin, mit der ich viele Jahre zusammen war, und …«

Lea küsste ihn, bevor er weiterreden konnte.

»Genug geflüstert?«, fragte Irina laut.

Lea spürte, dass sie rot wurde. Zum Glück konnte das niemand sehen.

»Jawohl«, sagte Owen heiter.

»Wo wir gerade beim Thema waren.« Irina machte eine künstliche Pause. »Ich habe noch nie ohne Schwerkraft mit einer Person geknutscht.«

Keiner meldete sich. Lea runzelte die Stirn. Okay, sie hatte gewusst, dass es Gerüchte über James und Irina gab. Mit wem hatte James wohl geknutscht, wenn nicht mit Irina? Und was war mit Baihu, Adua und Rio?

»Schön«, sagte Irina. »Da wir uns hier alle so einig sind, kann ich euch sagen, dass ich eben gelogen habe.«

»Hey, das ist gegen die Spielregeln«, beschwerte Rio sich amüsiert.

»Ich war neugierig. Es war die einzige Möglichkeit, es herauszubekommen«, verteidigte Irina sich. »Sehe ich das richtig, dass niemand zugestimmt hat?«

»Also haben alle …«, fasste James zusammen. »Moment …«

»Baihu und Adua?«, fragte Rio irritiert.

Es kam keine Antwort.

»Und Rio?«, fragte Irina. »Du schlimmer Finger, du … Was hast du uns sonst noch verheimlicht?«

»Das war nicht hier«, sagte Rio. »Das war auf dem Weg zum Mond. Weitere Details gebe ich nicht frei. Eine Dame darf Geheimnisse haben.«

»Aha«, sagte James.

»Sehr interessant«, sagte Owen.

»Und Adua?«, fragte Irina.

»Wie Rio gerade sagte, eine Dame darf Geheimnisse haben«, betonte Adua, und ihr war das Grinsen praktisch anzuhören.

»Das ist unfair. Was ist denn mit Gleichberechtigung und so«, meinte Baihu eilig. »Aber bevor ihr fragt, ein Herr hat auch Geheimnisse.«

Plötzlich musste Lea lachen, und nach und nach stimmten alle mit ein.

»Ich glaube, uns wird nicht langweilig, bis wir hier raus können«, meinte James laut. »Ich bin jetzt dran.«

EVA – Jahr 1970, 63 Jahre vor der Reise zum Mars mit der Endurance

»Die Kisten sind beschriftet. Wenn ihr nicht wisst wohin damit, stellt sie einfach in das sogenannte Kinderzimmer«, wies Eva an und sah zu Will, der auf der Bank vor dem Haus saß, die die fleißigen Helfer bereits abgestellt hatten. Er sah verloren aus, wie er so lethargisch in dem ganzen Trubel Löcher in die Luft starrte. Zuvor hatte er sich an den Arbeiten beteiligt, soweit es sein Bein erlaubte, doch nun wirkte er leer und meilenweit entfernt.

Seit sie nach Deutschland gekommen waren, hatte er sich verändert. Er ertrug den Gedanken nicht, dass er dem Krieg in Vietnam entkommen war, während täglich andere Männer in seinem Alter dort ihr Leben ließen. Regelmäßig hatte er betont, wie ungerecht es war, dass gerade Akademiker es sich leisten konnten, nach Kanada oder wie in ihrem Fall nach Deutschland umzusiedeln, während andere, die eine Familie zu versorgen hatten, gezwungen waren, dem möglicherweise viel zu frühen Tod entgegenzutreten. Manchmal hatte er sogar das Losverfahren der Amerikaner verteidigt.

Zwar war es in seinen Augen makaber gewesen, aber jetzt sah er das alles etwas anders. Wenigstens entschied der Zufall und nicht die Bildung oder das Geld oder der Einfluss der Eltern, betonte er immer wieder. Und er hatte sich diesem Zufall mit seinem selbst verschuldeten Autounfall und dem anschließenden Umzug nach Deutschland entzogen. Er bezeichnete sich selbst als Feigling.

Die Spuren des Unfalls verstärkten den Eindruck, dass nun ein kaputter Mann vor ihr saß. Die Narben in seinem Gesicht hatte er sich zugezogen, als er durch die Windschutzscheibe geschleudert worden war. Das Hinken stammte von den komplizierten Brüchen in seinem rechten Bein, das wie eine Salzstange an mehreren Stellen gebrochen wurde, als er im Graben aufgeschlagen war.

Das Schlimmste war aber die Verletzung seiner Hand. Sie war vermutlich schon beim Aufprall an mehreren Stellen gebrochen worden. Einige der Finger waren taub und nur mit Mühe beweglich, seinen Daumen konnte er nicht mehr krümmen.

Eva war sich sicher: Wenn Will noch Gitarre spielen könnte, dann wäre das für ihn ein Trost.

Manchmal war sie wütend auf ihn. Er hatte sich im vollen Bewusstsein ins Auto gesetzt und war mit hoher Geschwindigkeit gegen den Baum gerast, um zu verhindern, dass man ihn zwang, in Vietnam Menschen zu töten. Die Ärzte werteten diesen Unfall als Selbstmordversuch und legten Eva nahe, in eine neumodische Behandlung mit einem Mittel namens Fluoexetin einzuwilligen, welches gerade erst auf dem Markt erschienen war. Ob sie glaubten, dass es Will danach besser ging, oder ob sie lediglich ihr neues Medikament anpreisen wollten, war Eva nicht ganz klar. Klar war ihr allerdings, dass Will nichts von der Idee halten würde. Außerdem glaubte Eva nicht, dass Will echte Suizidabsichten gehabt hatte, er hatte nur keinen anderen Ausweg aus seiner Lage gesehen.

Und das alles nur, weil Eva zu lange zugelassen hatte, dass Will mit dem Gedanken spielte, in den Krieg ziehen zu müssen, damit Eva weiter am Mars forschen konnte. Wenn sie ihm früher klar gemacht hätte, dass es keine Alternative als den Umzug nach Deutschland gab. Dass sie es nicht ertragen könnte, ihn in den Krieg ziehen zu lassen, nur damit sie weiterhin die Bilder von Mariner betreuen konnte.

Das wäre absurd.

»Will?«

Er reagierte nicht, und Eva seufzte. Sie ging zu ihm hin und legte ihm die Hand auf die Schulter.

Er zuckte zusammen und sah sie aus halb geschlossenen Augen an. Manchmal wusste sie nicht, wie lange sie noch Geduld mit ihm haben konnte. Wie lange sie das aushalten konnte. Gelegentlich fragte sie sich sogar, ob es nicht tatsächlich besser wäre, ihm nahe zu legen, sich Hilfe zu holen.

Sie kam nicht mehr an ihn heran, hatte den Kontakt zu ihm vollkommen verloren, wurde ihr mit einer Heftigkeit bewusst. Sie setzte sich neben ihn und betrachtete das Umzugstreiben um sie herum. Ein Symbol dafür, wie die Welt sich weiterdrehte, während sie für sie beide stehen geblieben war.

»Ich leg mich kurz hin«, sagte Will leise.

Eva zögerte, dann nickte sie. Sie war erleichtert gewesen, dass er sich dafür entschieden hatte, hier draußen zu bleiben, statt sich sofort ins Haus zurückzuziehen.

Die Medikamente, die er verschrieben bekommen hatte, machten ihn müde und anteilnahmslos. Er konnte die Schuldgefühle aber nur auf die Art ertragen, behauptete er. Deswegen schluckte er die Pillen täglich, obwohl Eva dagegen war.

Sie war sauer. Sie hatte ihm zuliebe ein so großes Opfer gemacht und würde an dem spannendsten Projekt ihres Lebens nicht teilnehmen und hier in Deutschland in der Bedeutungslosigkeit untergehen, weil sie sich um sein Wohlergehen gesorgt hatte. Aber alles, was sie dafür erhielt, war ein kranker Will.

Wenn sie gleich nach Deutschland gezogen wären, wäre er ein gesunder Mann, mit dem sie ein neues Leben hätte aufbauen können. Doch so … Was würde es hier in Deutschland für sie geben?

Es gab keinen Gewinner. Die hatte es bei einem Krieg aber auch nie gegeben.

»Leg dich hin«, sagte sie. »Ich werde eine rauchen.«

Sie drehte sich einen Joint mit viel Tabak und wenig Stoff, damit sie noch klar genug denken konnte, um den Umzug zu beaufsichtigen. Es wäre mehr als peinlich, wenn sie zu bekifft wäre und ihre Helfer, ihre Cousine, deren Mann und Freunde, alles alleine machen müssten, denn Will war ja auch keine große Hilfe.

Nachdem Will hineingehumpelt war, sah Eva zu ihrer Cousine. »Ich setz mich nur ganz kurz hin. Bin gleich wieder da«, sagte sie und hasste das mitfühlende Nicken ihrer Cousine. Sie fühlte sich wie ihre Mutter, die ebenfalls mit einem Kriegsversehrten gelebt hatte. Nur, dass deren Mann wirklich im Krieg gewesen war.

Ihre Finger zitterten, als sie sich den Joint anzündete. Sie starrte auf das gegenüberliegende Haus. Der Garten war etwas ungepflegt. Ein Kinderfahrrad lag auf dem Weg vor dem Eingang. Wäsche hing an einer Wäscheleine im Garten.

Die Nachbarn schienen nett zu sein, doch sie wirkten auf Eva etwas altmodisch, spießig und weltfremd. Nichts im Vergleich zu den Freunden, die sie in Amerika zurückgelassen hatte.

Das Mädchen, das dort mit ihren Eltern lebte, schlüpfte durch die Haustür, schaute sich um und kam dann auf sie zu. Sie hatte braune Locken, war im Gesicht ein klein wenig mollig und hatte einen Gang an sich, als wollte sie die Welt erobern. Eva musste grinsen und dachte an sich in diesem Alter; naiv und selbstbewusst genug, zu glauben, ihr würde später einmal alles gelingen.

»Hallo«, sagte das Mädchen und grinste breit.

Eva richtete sich leicht auf. »Hallo.«

»Wo ist dein Mann?«, fragte das Mädchen und sah sich misstrauisch um, so als hätte sie Angst vor Will.

Eva hob die Schultern. Wie konnte jemand Angst vor Will haben? Ausgerechnet Will, der keiner Fliege etwas zuleide tun konnte und der seine Gesundheit geopfert hatte, um nicht in den Krieg ziehen zu müssen.

Eva lächelte, obwohl sich die Hoffnungslosigkeit wieder auf ihre Seele legte. »Im Haus. Er mag es nicht, wenn zu viele Menschen da sind. Der Trubel hier ist ihm zu viel.« Sie zeigte auf die Möbelpacker, die in dem Moment ein Sofa hineintrugen.

»Ihr habt vorher in Amerika gelebt?«, fragte das Nachbarskind neugierig.

Eva lächelte. Das Mädchen war in ihrer direkten Art süß. Eigentlich konnte Eva mit Kindern nichts anfangen, aber dieses Mädchen wusste, was sie wollte und schien sehr wissbegierig zu sein. Das mochte sie. »Ja. Genau. Aber seit einigen Wochen sind wir in Deutschland. Wir haben bisher bei meinen Eltern in der Stadt gewohnt. Jetzt möchten wir aufs Land«, erzählte Eva.

»Und wie heißt du?«, fragte das Mädchen.

»Eva.« Sie zog an dem Joint. »Ich bin Eva Schmidt-Ingells.«

»Ich nenne dich Eva, okay?«, kündigte das Kind an.

»Okay.« Eva nickte und versuchte, ein Lachen zu unterdrücken, was ihr nur halb gelang. Das Mädchen war einfach zu witzig.

»Ich bin Nina.« Sie zeigte auf sich und kam etwas näher. Ihre Augen waren geweitet und sahen Eva aufmerksam an. »Mein Papa hat mir gesagt, dass du Astronautin bist. Stimmt das?«

Eva dachte kurz an den Moment, als sie sich von ihren Kollegen verabschiedet hatte. Als Mary sie im Arm gehalten hatte, weil Eva bei dem Gedanken, die Weltraumbehörde an ihrem letzten Arbeitstag zu verlassen, zu weinen begonnen hatte. Dann zog sie erneut an ihrem Joint.

»Nein«, sagte sie entschieden, vielleicht, um sich selbst zu überzeugen. »Ich bin doch keine Astronautin.«

»Also warst du nicht auf dem Mond?«, fragte Nina und starrte Eva frustriert an. Ihre Lippen verzogen sich zu einer klischeehaften Schnute.

Eva musste lachen. Sie konnte es einfach nicht mehr verbergen. Sie lachte laut und befreit und so ehrlich, wie sie es nicht mehr getan hatte, seit sie von der Vietnamlotterie erfahren hatte. »Nein, ich war nicht auf dem Mond. Da fliegen nur Männer hin.«

»War dein Mann dort?« Nina sah an Eva vorbei zum Haus. Ihr Blick war misstrauisch, was Eva nicht gefiel. Wie konnte nur jemand Angst vor Will haben? »Sieht er deswegen so … mitgenommen aus?«, fragte die kleine Nina.

»Nein, mein Mann war auch nicht auf dem Mond. Ihm geht es zurzeit nicht so gut«, antwortete Eva und sah auf ihre abgekauten Fingernägel.

»Warum nicht?«, fragte Nina und verschränkte die Arme vor der Brust. Sie hatte ihr Kinn gehoben, als würde sie sich auf eine Zurechtweisung gefasst machen.

Eva zögerte. Wie sollte sie das dem Kind vor ihr erklären? Es fiel ihr ja schon schwer, es einem Erwachsenen zu erklären. Immerhin war Will nun in Sicherheit und würde niemals in den Krieg gehen müssen, doch es war kompliziert, und das schlechte Gewissen erdrückte ihn. Dafür versuchte Eva Verständnis aufzubringen, obwohl sie sich wünschte, er würde *ihr* Opfer mehr schätzen und sein Leben wieder genießen.

»Du kannst es mir ruhig sagen.«

Eva räusperte sich. »Man hat von ihm Dinge verlangt, die er … nicht bereit war zu tun. Es ist sehr schwer zu erklären.« Eva glaubte nicht, dass sie das als Kind verstanden hätte.

»Kapier ich nicht«, sagte Nina.

»Geht mir genauso«, sagte Eva und schnippte die Asche ihres Joints weg.

Ninas Augen weiteten sich. »Hat er etwas angestellt?«

Eva schüttelte den Kopf. Ninas Fragen waren ihr unangenehm, sie wusste keine Antwort darauf, und es erinnerte sie daran, warum und unter welchen Umständen sie nach Deutschland gekommen waren. »Natürlich nicht. Er am allerwenigstens. Frag bitte nicht weiter. Ich kann darüber nicht mit einem Kind reden.«

»Ich bin aber ein kluges Kind.« Nina stampfte mit dem Fuß auf.

»So?« Eva war genervt und spürte Ungeduld in sich aufkommen. Sie war einfach nicht geübt im Umgang mit Kindern. »Weißt du, was in Vietnam passiert?«

Nina nickte, und endlich schien sie akzeptiert zu haben, dass Eva nicht ausgehorcht werden wollte.

»Wenn ich groß bin, werde ich auf den Mond fliegen«, teilte sie nach einer Weile stolz mit.

Mit dem Temperament, Beharrlichkeit und Energie zweifelte Eva nicht daran, dass das Mädchen es weit bringen würde. Warum allerdings war es schon wieder der Mond, der als ultimatives Traumziel auserkoren worden war? Eva kam nicht dahinter, was den Hype um Apollo rechtfertigte. Ja, es war aufregend, aber das Weltall war voller Möglichkeiten. Als die Erdbevölkerung sich auf den Weg zum Mond gemacht hatte, hatte Eva gedacht, sie hätten dies als Anfang verstanden, doch scheinbar war der Gedankenhorizont der Menschheit begrenzt, und die meisten gaben sich mit der Reise zum Mond zufrieden. Eva verspürte den dringenden Wunsch, Nina mit auf den Weg geben, dass Träume weiter reichen konnten als nur bis zum Mond. Erheblich weiter. »Ich kann die Faszination für den Mond nicht nachvollziehen. Wenn ich die Wahl hätte, würde ich lieber auf den Mars fliegen.«

»Fliegen da die Frauen hin?«, fragte Nina und setzte sich neben Eva auf die Bank. Sie strahlte sie an, als hätte noch nie jemand ihren Bedarf an Wissen decken können.

Eva runzelte die Stirn und begriff den Zusammenhang zwischen dem Mars und den Frauen nicht.

»Du hast gesagt, auf den Mond fliegen nur Männer«, erinnerte sie Eva.

Jetzt wurde es ihr klar! Eva grinste. »Ach so. Ja, so ungefähr. Wir sagen den Männern zunächst, kommt, schaut euch da um und prüft das für uns, um danach die spektakulärere Reise zu unternehmen. Warte es ab. Wir Frauen werden den Mars erkunden.«

»Okay, dann fliege ich auf den Mars.« Nina kniff die Augen zusammen, sie schien über etwas nachzudenken. Plötzlich hob sie den Kopf und sagte: »Weißt du, wie man sich die Planeten gut merken kann?«

»Wie denn?« Eva zog ein letztes Mal an dem Joint und drückte ihn in einem unter der Bank stehenden Aschenbecher aus. Langsam begann sie, das Kind zu mögen. Statt sich bloß auf den Mars zu konzentrieren, dachte sie gleich an das ganze Sonnensystem.

»Du musst dir den Spruch regelmäßig wieder vorsagen. Jedes Wort steht für einen Planeten. *Mein Vater erklärt mir jeden Sonntag unsere neun Planeten.* Merkur. Venus. Erde. Mars. Jupiter. Saturn. Uranus. Neptun. Pluto«, sagte Nina und sah stolz aus.

»Wow«, lobte Eva, obwohl sie den Spruch natürlich schon kannte. »Super.«

Einen kurzen Moment war Nina ruhig, bevor sie Eva ansah und fragte: »Warum magst du den Mars so sehr?«

»Als mein Mann und ich in Amerika waren, habe ich in einer sehr interessanten Forschergruppe gearbeitet«, erzählte Eva und betrachtete das Nachbarskind. Kurz wägte sie ab, ob Nina alt genug war, um zu verstehen. Eva entschied, dass sie es einfach drauf ankommen lassen wollte. Zur Not konnte die kleine Nina ja nachfragen. »Wir haben Sonden gebaut, sie zum Mars geschickt und Bilder von dem Planeten gemacht. Wir haben mit Mariner 7 letztes Jahr 20 Prozent der Oberfläche des Mars kartiert und den Bodendruck und die Temperatur bestimmt. Kennst du Mariner 7?«

Nina kniff die Augen zusammen und wirkte verwirrt. Vielleicht tatsächlich zu viele Informationen auf einmal?

»Weil sie in den Nachrichten immer nur vom Mond berichten.« Eva seufzte und verdrehte die Augen. »Mariner 7 ist eine Sonde, die zum Mars geschickt wurde, um Fotos zu machen. Ein großer Erfolg war, dass wir den Marsmond Phobos ebenfalls untersuchen konnten. Wir wissen jetzt, wie groß er ist.«

»Marsmond?«, erkundigte Nina sich erstaunt.

Es gefiel Eva, ihr Wissen zu teilen. Sie war bisher davon ausgegangen, dass sie Kinder nervig fand, nun musste sie feststellen, wie gut es sich anfühlte, ihre Vision, ihr Wissen zu teilen, jemandem etwas auf den Weg zu geben. »Ja, der Mars hat nämlich genauso wie die Erde einen Mond, zwei sogar: Phobos und Deimos. Und …«

Nina unterbrach sie erneut. Ihre Augen waren weit geöffnet. »*Zwei* Monde?«

Eva nickte und musste innerlich schmunzeln. »Ja, richtig. Langsam merkst du, wieso ich es bevorzuge, weiter zu träumen als die Männer, die nur auf den öden Mond fliegen.« Sie zeigte ins Weltall, dorthin, wo die Träume unendlich waren. »Nein, ich bin überzeugt davon: Eines Tages wird jemand auf dem Mars stehen. Und ich glaube …« Sie machte eine kunstvolle Pause. »… mit etwas Glück ist das eine Frau.«

»Ich.« Nina zeigte auf sich. Voller Selbstbewusstsein und Tatendrang. Eva dachte, wenn hier ein Raumschiff stehen würde, würde das Kind sofort hineinstürmen, um ins Unbekannte zu reisen.

»Das kann sein. Dafür musst du aber fleißig sein und dich durchboxen. Wir leben in einer männerdominierten Welt, Nina.« Eva hob die Schultern und hoffte, dass ihre Botschaft bei dem Kind angekommen war. Als Frau konnte man lediglich etwas verwirklichen, wenn man immer besser als die besten der Männer war. Man musste hervorstechen und sich fortwährend beweisen.

Eigentlich widerstrebte es ihr, dem Kind Hoffnungen machen, die sich nicht erfüllen konnten. Bis eine Frau oder generell ein Vertreter ihrer Spezies auf dem Mars landen konnte, musste noch einiges an Technik weiterentwickelt oder neu erfunden werden. Wer weiß? Vielleicht könnte Nina ein Teil der Wissenschaft sein, die diese notwendige Technik hervorbrachte, die es Generationen nach ihnen ermöglichte, den Mars auch zu erreichen?

Nicht jeder, der den Mars erforschte, flog zum Mars, aber wenn jemand zum Mars flog, dann würde er die Arbeit all dieser Wissenschaftler mitnehmen. Als Armstrong als Erster auf dem Mond gestanden hatte, hatten ihn all die Menschen, die ihn dahin gebracht hatten, begleitet. Selbst die Kinder, die jahrhundertelang in den Himmel gestarrt hatten, um sich zu fragen, was auf dem

Mond wohl war. Denn diese Fragen hatten es erst möglich gemacht, dass Apollo 11 erfolgreich zum Mond geschickt worden war.

»Werdet ihr weiter den Mars erforschen?«, fragte Nina.

Eva seufzte. Das Bedauern, das sie empfand, war so allmächtig, dass sie sich auf einen Schlag traurig fühlte. »Ja, na ja, es sind weitere Sonden geplant, Mariner 8 sogar bereits im nächsten Jahr. Doch das machen die ohne mich, denn ich bin ja mit meinem Mann nach Deutschland gezogen. Ihm geht es nicht gut. Wir mussten wieder in meine Heimat zurück. Amerika hat uns kaputt gemacht.«

»Ich dachte, das sei Vietnam gewesen«, murmelte Nina.

»Oh nein, das war nicht Vietnam«, korrigierte Eva rasch und runzelte die Stirn. Da hatte das Kind was falsch verstanden. »Kaputt gemacht hat uns Amerika.«

»Also wirst du nicht weiter am Mars forschen?«, fragte Nina und sah sie enttäuscht an.

Eva starrte auf die Erde und schob einige Steinchen mit der Fußspitze zur Seite. Sie hob die Schultern. Sie war die ganze Zeit davon ausgegangen, dass sie dem Kind etwas beibrachte, nun gab ihr das Kind einiges zum Nachdenken. »Ich glaube nicht …«

»Schade.« Nina seufzte.

»Ja«, sagte Eva leise und sah auf ihre Schuhspitzen. Sie dachte an Marys letzte Worte, bevor sie sich verabschiedet hatte. Wenn sie zurückgehen würde, zumindest zeitweise, würde es ihr sicher besser gehen. Und Will ebenso. Ein großer Teil seines gequälten Zustands war durch das schlechte Gewissen ihr gegenüber verursacht. Das wusste Eva, ohne ihn je darauf angesprochen zu haben.

Zwar würden sie sich sehr selten sehen, aber … sie wären beide glücklicher und gesünder, als wenn sie zusammen unglücklich waren.

Also? Warum packte sie nicht ihre Koffer? Seit wann verschloss sie die Augen vor den unendlichen Träumen?

»Jemand muss aber meine Ankunft dort vorbereiten. Jemand muss weitere Bilder vom Mars machen und überprüfen, dass mir keine Gefahr droht, wenn ich hinfliege«, unterbrach Nina ihren Gedankengang.

»Das stimmt«, sagte Eva nachdenklich. Das Kind hatte recht! »So habe ich das noch nie gesehen.«

»Nina?« Die Mutter des Mädchens stand am Zaun des gegenüberliegenden Hauses und sah erbost aus. »Hast du deine Hausaufgaben gemacht?«

Nina zuckte zusammen, dann berührte sie Evas Hand. »Ich muss rüber. Hausaufgaben.« Sie brüllte in die Richtung ihrer Mutter: »Ich komme gleich, Mama!« Eva zuckte zusammen, denn mit dieser Lautstärke hatte sie nicht gerechnet.

Bei dem Anblick der Nachbarin hatte Eva ein schlechtes Gewissen. Sie hatte Nina aufgehalten. »Wenn man zum Mars fliegen will, muss man Hausaufgaben machen. Du musst wirklich dein Bestes in der Schule geben und viel lernen.«

»Ich hasse Hausaufgaben. Und an der Schule mag ich nur die Pausen, weil ich dann mit meinen Freunden spielen kann.« Nina hob die Schultern und stand auf.

»Da musst du durch. Du brauchst einen sehr guten Schulabschluss.« Eva meinte es vollkommen ernst. Nina lebte in einer anderen Zeit. Es war in den letzten Jahren erheblich leichter geworden, als Frau zu studieren und ins Berufsleben einzusteigen.

Trotzdem herrschte keine Chancengleichheit. Nina würde besser in der Schule sein müssen als ihre männlichen Mitschüler. Viel besser sogar.

»Okay. Abgemacht. Ich lerne. Und du machst weiter Fotos vom Mars, okay?« Feierlich hielt Nina ihr den kleinen Finger hin.

Eva wusste, dass das hier Bedeutung hatte. Wie ein Versprechen an sich selbst. »Abgemacht«, sagte sie feierlich.

Sie sah dem Mädchen hinterher, und als das Kind von seiner Mutter in Empfang genommen worden war, stand sie auf. Sie ging ins Haus und lief zielsicher ins Schlafzimmer.

Obwohl das Bett noch mitten im Zimmer stand, hatte Will sich darauf gelegt. Er lag auf der Seite. Eva setzte sich aufs Bett und streichelte sanft seine Schulter, dann legte sie sich hinter ihn und umschlang seinen Oberkörper mit den Armen. »Was würdest du sagen, wenn ich zumindest für Mariner 8 und Mariner 9 nach Amerika zurückgehe?«, flüsterte Eva leise in sein Ohr.

Seine Hand umfasste ihre Finger und drückte sie hastig. Sein Griff war kräftiger als jede Berührung, die er ihr geschenkt hatte, seit sie in Deutschland waren.

»Ja«, sagte er leise. Seine Stimme war rau, als hätte er sie seit Tagen nicht mehr benutzt. »Das würde mir gefallen«, betonte er erstaunlich fest.

Eva schmiegte ihre Nase gegen seinen Rücken und atmete tief ein. Sie nickte und umfasste seine Hand ebenfalls.

Es würde Gerede geben. Es würden sich Gerüchte verbreiten, dass sie sich getrennt hätten, dass sie bald die Scheidung einreichen würden. Das sollte ihnen allerdings egal sein, oder?

Dass sie sich liebten, hatten sie sich bereits versichert, und sie zeigten es einander Tag für Tag. Wem sollten sie also irgendwas beweisen?

»Okay«, hauchte Eva. »Also werde ich zurückgehen, und du versuchst dir hier ein Leben aufzubauen.«

»Ja.« Will drehte sich um und sah ihr in die Augen. Er hob seine Hand, die verletzte mit den tauben Fingern, und fuhr mit dem kleinen Finger über ihre Nase. Als er sich an sie presste und sie küsste, hatte Eva das erste Mal seit seinem Unfall das Gefühl, mit ihm in Kontakt kommen zu können.

Konnte entgegen ihrer Befürchtung alles wieder gut werden?

NINA – Jahr 2013, 20 Jahre vor der Reise zum Mars mit der Endurance

Ihre Finger zitterten, als sie das Gebäude betrat. Ein unscheinbares graues Gebäude mit wenigen Fenstern und einer langweiligen Fassade. Niemand käme je auf die Idee, dass in dem Gebäude jemand nach Planeten außerhalb des Sonnensystems suchte, Planeten, die wie die Erde bewohnbar und in der habitablen Zone um ihren Stern kreisten, auf dem vielleicht Leben vorhanden war. Leben, für das der Stern die Sonne und damit der Mittelpunkt der Existenz war.

Wenn Nina ehrlich zu sich selbst war, dann hatte sie die Arbeit von Tiff stets als weniger interessant, weniger wichtig gehalten. Sie hatte es Tiff nie so gesagt, aber sie wusste, dass Tiff das gespürt hatte.

Aber im letzten Jahr, das sie weitgehend in Deutschland verbracht hatte, hatte sie sich über die Arbeit ihrer Frau genauer informiert und sich entsprechende Bücher besorgt, um sich endlich mal für das zu interessieren, was Tiff so begeisterte.

Mittlerweile verstand sie den Reiz, den Tiff darin sah, weiter als das Sonnensystem zu denken. Vielleicht war sie die größere Visionärin, die mutigere Frau. Vor allem war sie klüger, weniger selbstzerstörerisch, stattdessen geduldig und geerdeter.

Nina wusste, dass sie Tiff unrecht getan hatte, als sie all die Jahre ihre eigene Arbeit über die ihrer Frau gestellt hatte und der Meinung gewesen war, Tiff müsse immer zurückstecken und ihr den Rücken stärken, weil sie ja nicht nur träumte, sondern *wirklich* arbeitete und Roboter auf den Mars schickte und damit *echte* Forschung betrieb. Sie war so selbstverliebt gewesen und egoistisch, und in ihrem eigenen Horizont trotzdem so begrenzt geblieben.

Das Gebäude sah von innen ebenso mitgenommen aus, es zeugte jedoch von einer alten Eleganz, die offenbarte, wie schön es hier einmal gewesen war. Nina liebte den Klang ihrer Schritte, als sie die Stufen der großen steinernen Wendeltreppe nach oben lief. Der Empfangsherr nickte lediglich kurz, als sie ihm den Besucherausweis zeigte.

Dieser Teil der Weltraumbehörde wirkte nicht elegant, weniger professionell, dafür um einiges gemütlicher und wohnlicher.

Es hatte während ihrer Karriere mehr als genug Gelegenheiten gegeben, um sich die Arbeitsplätze der Kollegen anzusehen, Nina hatte tatsächlich keine davon genutzt. Sie war noch nie hier gewesen.

Während sie oben an der letzten Treppenstufe nach Luft schnappte, sah sie auf ihr Smartphone und las noch einmal die Nachricht von Tiff, in der sie ihr den Weg erklärt hatte. Sie betrat einen abgeschlossenen Bereich und war erstaunt, dass sie nicht erneut überprüft wurde. Sie war außerdem überrascht, wie freundlich sie empfangen wurde.

Am Ende des Flurs war genug Platz für eine Tischtennisplatte, an der gerade zwei Männer spielten. Als sie Nina sahen, hielten sie kurz inne und winkten ihr. Eine Frau saß auf einem Sofa, las in einem Buch und aß ein Sandwich. Sie nickte Nina zu, ohne sie zu fragen, was sie hier suchte.

Irritiert über das mangelhafte Sicherheitsempfinden ging Nina weiter und atmete erleichtert aus, als sie das Büro ihrer Frau fand. *Tiffany Brooks.* Einer der drei Namen auf dem Messingschild, da Tiff kein Einzelbüro hatte. Und den Dr. hatte man wohl vergessen, oder Tiffany hatte darauf bestanden, ihn nicht hinzuzufügen. Manchmal war sie zu bescheiden. Nina hatte schon darüber nachgedacht, ob Tiff sich für ihre Intelligenz und für den Titel, den sie trug, schämte.

Sie klopfte und trat ein. Lächelnd, aufgeregt. Sie freute sich so sehr darauf, sie wiederzusehen.

Aber Tiff war nicht da.

Dafür saß eine jüngere Frau an einem der Schreibtische und schien am Computer zu arbeiten, während sie Nudeln aus einer Pappschachtel aß.

Im ersten Moment dachte Nina, dass Tiff sie gar nicht sehen wollte und in ein falsches Büro gelotst hatte.

Die junge Frau sprang sofort auf und warf dabei ihre Gabel zur Seite. Sie wirkte wie ertappt und hatte rote Wangen. »Wir hatten noch nicht mit Ihnen gerechnet. Wir waren alle so aufgeregt, als Tiff gesagt hat, dass Sie kommen. Ihre Arbeit ist unfassbar spannend. Tiff hat uns jede Menge darüber erzählt«, sagte sie hastig und reichte Nina die Hand.

Nina ergriff sie und spürte den Anflug des schlechten Gewissens. Also hatte Tiff trotz ihrer Trennung weiterhin über sie und ihre Arbeit an Curiosity berichtet, obwohl es Nina in all den Jahren zuvor nicht einmal geschafft hatte, sich auch mal über die Forschung von Tiff zu erkundigen.

»Wir verfolgen den Weg, den Curiosity über den Mars nimmt. Gestern hat er ein Selfie von sich geschickt, aber was erzähle ich Ihnen? Das wissen Sie natürlich. Sie sind ja die Erste, die diese Bilder zu sehen bekommt«, plapperte die Frau weiter. Sie musterte Nina mit roten Wangen und fügte etwas leiser hinzu: »Ich verschwinde gleich. Tiff holt sich nur einen Kaffee.«

Nina runzelte die Stirn und sah die Frau genauer an, als diese unter dem Schreibtisch verschwand, um die Gabel aufzuheben.

Sie war jünger. Viel jünger. Vermutlich erst Mitte zwanzig. Und sie war verdammt hübsch. Und scheinbar war sie wie Nina auch keine Amerikanerin, wie der Akzent verriet. Nina hatte einen Verdacht.

»Kommen Sie aus Deutschland?«, fragte sie auf Deutsch.

Das Mädchen sprang auf und nickte. »Ja. Süddeutschland.«

Nina runzelte die Stirn und trat zur Seite, als sie an ihr vorbei zur Tür eilte. »Wie heißen Sie?«, fragte Nina, bevor die junge Frau verschwinden konnte.

»Nele«, sagte sie und lächelte, und das Lächeln stand ihr so außerordentlich gut, dass Nina einen Schritt zurückwich und wie betäubt dabei zusah, wie Nele den Raum verließ.

Sie war zu spät.

Tiff hatte eine Nachfolgerin für sie gefunden. Wieder eine Deutsche. Sie stand auf den Akzent, sie mochte die deutsche Sprache. Fand Worte wie Bratwurst oder Landratsamtbeamter witzig. Beim

Sex hatte Nina manchmal spaßeshalber mit ihr Deutsch gesprochen, und Tiff fand das so amüsant, dass sie lachend zum Orgasmus gekommen war. War es Zufall, dass Neles Name ihrem so ähnlich war?

Sie war verdammt hübsch.

Als die Tür sich öffnete, stand Tiff vor ihr. Braungebrannt und größer, als Nina sie in Erinnerung hatte. Der Rest wirkte vertraut. Ihre Haare, ihr Lachen, die wunderbaren Augen – alles war so, wie es gewesen war, als Tiff sie verlassen hatte.

Sie nahmen sich in den Arm. Es fühlte sich ungewohnt an, seltsam vertraut und trotzdem distanziert. Tiff blieb steif, und sie schob Nina schnell von sich weg.

Enttäuscht setzte Nina sich auf den Stuhl, den Tiff ihr zeigte.

»Wie geht es dir?«, fragte Tiff und warf einen leeren Nudelkarton in den Papierkorb. Offenbar hatte sie gerade mit Nele Pause gemacht.

»Ganz okay«, antwortete Nina und runzelte die Stirn. Sie atmete tief durch und schüttelte die Traurigkeit von sich ab. Sie hatte keine Ansprüche mehr. Dass Tiff ihr nicht gesagt hatte, dass sie eine neue Partnerin hatte, durfte sie ihr nicht übelnehmen. Sie waren getrennt, was hatte sie erwartet? Eva hatte sie davor gewarnt, nicht zu große Erwartungen an ihre Rückkehr in die USA zu haben.

»Wie geht es Eva?«, erkundigte Tiff sich.

»Eigentlich gut«, sagte Nina und fasste kurz zusammen, wo und wie Eva nun lebte. Sie erwähnte die Abende, die sie mit ihrer alten Freundin verbracht hatte und die ihr dabei geholfen hatten, zur Ruhe zu kommen. Dass Eva ihr viel von Will und ihrer Arbeit am Mars erzählt hatte und dass sie manchmal überhaupt nicht redeten, sondern nur Karten spielten. Oder Nina Eva auf der Gitarre vorspielte. Oder sie Evas leckere Limonade tranken, während sie in die Sterne starrten, so wie sie es bereits getan hatten, als Nina noch ein Kind gewesen war.

»Du spielst wieder Gitarre?«, fragte Tiff erstaunt.

Nina nickte. »Naja, ich war ja nie sonderlich gut, aber ich glaube, Eva tut es gut. Sie … Es erinnert sie an Will.«

»Ihr hattet eine gute Zeit«, sagte Tiff und lächelte, als wäre sie wirklich froh über die Tatsache, dass Nina sich die Zeit für ihre alte Freundin genommen hatte.

»Ihr Umfeld im Altersheim glaubt, dass ich gekommen bin, um Eva zu unterstützen«, erzählte Nina. Sie sah Tiff an, die sie aufmerksam musterte. Eilig fügte sie hinzu: »Was ich ja irgendwie auch gemacht habe. Ich habe ein paar Sachen für sie organisiert, wir haben die Bepflanzung von Wills Grab erneuert und sind oft in der Umgebung gewesen.« Sie spürte, wie drängend das Bedürfnis war, vor Tiff einen guten Eindruck zu machen. Sie hielt kurz inne, dann hob sie die Schultern. »Aber tatsächlich war Eva diejenige, die *mich* aufgebaut hat. Sie hat mir Dinge aus ihrem Leben erzählt. Von ihrer Arbeit bei der Weltraumbehörde, von ihrer Liebe zu Will. Und von mir. Es hat … mir die Augen geöffnet.«

»Sie kennt dich richtig lange«, meinte Tiff. »Du warst ein kleines Mädchen, als sie in eure Nachbarschaft gezogen ist.«

Nina nickte und fügte hinzu, wie schwer Will und Eva es gefallen war, sich dafür zu entscheiden, nach Deutschland zu ziehen, nachdem Will in der Kriegslotterie verloren hatte. Sie erzählte, wie schlecht es ihm gegangen war und wie sehr es Eva geprägt hatte, auf sie als kleines Mädchen zu treffen. Die Begegnung mit Klein-Nina hatte dazu geführt, dass Eva zurück nach

Amerika gegangen war, um Mariner 8 und Mariner 9 zu betreuen, womit sie große Erfolge erzielt hatte.

Erst als sie bekannt genug gewesen war, um in der deutschen Weltraumbehörde beachtet zu werden, war sie dauerhaft in Deutschland geblieben. Will war es deutlich besser gegangen, nachdem seine Frau ihren Traum verwirklicht hatte.

Eva hatte in der Zeit nach Amerika weiter in einer Projektgruppe gearbeitet, die die Missionen zum Mars betreute, doch ihr Augenmerk hatte darauf gelegen, junge Frauen für ihre Arbeit zu begeistern. Sie hatte als Ausbilderin Enormes für die Europäische Weltraumbehörde getan und schließlich Lea getroffen und sie an Nina vermittelt.

»Was willst du damit sagen?«, fragte Tiff und sah alarmbereit aus.

Nina runzelte die Stirn. »Ich will dir lediglich erzählen, was Eva mir erzählt hat.«

»Will ist glücklich geworden, nur weil er hinter Evas Karriere zurückgesteckt hat?«, murmelte Tiff.

»Will und Eva haben sich umeinander gekümmert und sind für mich der Inbegriff eines guten Teams«, korrigierte Nina sie kühl. »Ich kenne niemanden, der eine bessere Ehe als die beiden geführt hat.«

Tiff sah sie kurz an, dann nickte sie. »Wie läuft es mit deinem Mündel?«

»Lea?«, fragte Nina.

Tiff lächelte. »Wieso? Hast du inzwischen mehrere? So wie ich dich kenne, vermutlich zu viele.«

Nina runzelte die Stirn. Offenbar hatte Tiff nicht verstanden, wie sehr sie sich verändert hatte. Wie sehr die Zeit in Deutschland sie entschleunigt hatte. »Ich betreue Lea. Als Einzige«, sagte sie.

Tiff lächelte erneut, und nun sah das Lächeln ehrlich aus. »Schön«, sagte sie. »Und wie geht es ihr?«

»Sie hat ihre Studienarbeit über die Aktoren abgegeben und will darüber auch ihre Diplomarbeit schreiben. Sie hat dich in der Danksagung erwähnt«, erzählte Nina.

»Ich weiß.«

Nina kratzte sich am Kopf. »Woher?«

»Lea hat sie mir zugeschickt. Sie dankt mir und Eva. Und der *Mama von Curiosity.*« Tiff lachte laut. »War das deine Idee, dich so zu nennen?«

»Ich habe das irgendwann erwähnt und seitdem zieht sie mich damit auf«, erläuterte Nina und verlagerte ihr Gewicht. Sie erzählte Tiff von Leas Studium und ihrem Talent und den Unsicherheiten und Selbstzweifeln, die sie manchmal quälten und die Nina bisher erfolglos versuchte, ihr abzugewöhnen.

»Und was machst du ansonsten so?«, fragte Tiff.

Nina hob die Schultern. »Nichts besonderes.«

»Du redest ab und zu mit Eva und greifst Lea unter die Arme. Und was ist mit deiner restlichen Zeit? Was machst du da?«

»Wir waren im Urlaub«, erzählte Nina. »An der Ostsee im Norden von Deutschland.«

»Ich weiß, wo die Ostsee ist«, betonte Tiff und verschränkte die Arme vor der Brust.

Nina musste lachen bei Tiffs Anblick. Schmollend wirkte sie wie ein kleines Kind, das von seinen Eltern den gewünschten Lutscher nicht bekam. Nina liebte es, Tiff so zu sehen, besonders, weil sie nicht nur wie ein Kind schmollen, sondern sich auch ebenso herzlich freuen konnte.

»Mit wem warst du im Urlaub?«, fragte Tiff.

»Mit Eva. Und Lea«, sagte Nina.

Tiff riss die Augen auf. »Ihr drei?«, fragte sie erstaunt.

Nina nickte. »Es war Evas großer Wunsch. Sie hat auf Rügen häufig mit Will Urlaub gemacht und war seit seinem Tod nicht mehr dort. Und Lea brauchte Ruhe für ihre Studienarbeit. Also hat es perfekt gepasst. Eva war sehr gerührt und in Gedanken viel bei Will. Lea hat sich gut konzentrieren können und einen großen Teil ihrer Studienarbeit gemacht.«

»Und du?«, fragte Tiff.

»Ich habe Evas Geschichten gelauscht und Leas Arbeit Korrektur gelesen. Und zwischendurch war ich joggen und habe mir die Insel angesehen«, berichtete Nina.

Tiff hob die Augenbrauen, abwartend sah sie Nina an.

Nina schmunzelte. »Es ist wirklich so. Ich habe mir die Kreidefelsen angesehen und bin über die Landungsbrücken geschlendert. Ich habe mich endlich wieder wohl in meiner Haut gefühlt.«

Tiffs Blick wurde für einen kurzen Moment weich, dann verhärtete er sich wie in dem ganzen Gespräch zuvor nicht. »Mit mir hast du nie Urlaub machen wollen.«

Nina räusperte sich. Sie hatte schon damit gerechnet, dass dieser Vorwurf kommen würde, trotzdem war sie überfordert damit. Sie nickte lediglich.

Tiff überschlug ihre Beine. Sie musterte Nina. »Du siehst gut aus, erholt, glücklich«, sagte sie.

»Ich bin mir bewusst, was ich dir angetan habe. Was ich *mir* angetan habe, *uns*. Ich … Curiosity war mein Leben, und ich …

Ich habe da an einer tollen Mission mitgearbeitet, mit einem tollen Team. Ich weiß allerdings, was ich dafür geopfert habe, und das tut mir bis heute leid, und es schmerzt mich, wie sehr ich dir weh getan habe. Ich habe ebenfalls Mitleid mit mir selbst, weil ich alles verloren habe, nur wegen Curiosity, der nun so weit weg ist, dass ich ihn nicht einmal mehr erreichen kann. Vielleicht hänge ich ja deswegen weiterhin an ihm. Er ist das Einzige, was ich jetzt noch habe.«

Tiff hob langsam die Schultern. »Die Sache mit Curiosity war einmalig, und es war immer mein Wunsch, dich zu unterstützen, doch mit der Zeit … warst du einfach nicht mehr da, warst mir nicht mehr nah. Ich habe jegliche Verbindung zu dir verloren. Ich …«

Nina unterbrach sie: »Eva sagt dazu, ein Stuhl steht auf einem Bein nie stabil. Ich habe die Beine meines Stuhls ständig weiter gekürzt, bis ich mich gewundert habe, warum ich auf einem einbeinigen Stuhl die Balance verliere. Am besten steht ein Stuhl auf vier Beinen, auf drei geht zur Not, wenn man allerdings ein weiteres Bein kürzt, kommt man in Schwierigkeiten.«

Tiff lächelte. »Nette Allegorie. Ihr habt also über mich geredet?«

»Ständig. Wenn wir nicht über Will geredet haben, fast nur über dich. Und wenn wir über euch beide nicht geredet haben, natürlich über …«

Tiff ergänzte den Satz: »Den Mars.«

Nina schmunzelte.

»Also für was stehen die Beine des Stuhls? Welche außer mir hast du noch gekürzt?«

»Jeder Mensch hat dafür eine andere Bedeutung. Bei mir waren es du, der Mars, das dritte für Freunde und Bekannte, und das letzte Bein … bin ich selbst. Zeit für mich. Zeit für meine Gesundheit. Sport, Kunst, Seele baumeln lassen.«

»Das letzte Stuhlbein hast du als erstes gekürzt, als es wegen Curiosity stressiger wurde.« Tiff hörte sich nachdenklich an. Sie nahm einen Kuli vom Schreibtisch, spielte einen kurzen Moment mit dem Mechanismus für die Mine und warf ihn dann zurück auf den Schreibtisch. »Du hast anschließend alle Freunde aus deinem Leben aussortiert und danach … mich.«

»Ich bin dabei, mein Leben auf die Reihe zu kriegen«, wandte Nina eilig ein. »Ich … Ich habe viel getan, um wieder Halt zu bekommen.«

Tiff nickte. »Das hört sich gut an.«

Nina seufzte. »Nur, dass ich keine Chance mehr habe, die Sache mit dir einzurenken, oder? Sie ist hübsch. Zwar jung und recht unsicher, aber trotzdem bestimmt nett.«

Tiff runzelte die Stirn.

»Und eine Deutsche«, fügte Nina verwundert hinzu. »Du magst die deutsche Sprache wohl sehr.«

»Von was redest du?«, fragte Tiff irritiert.

»Von Nele. Deiner neuen Freundin.« Nina stand auf. Sie hatte es vermasselt. Ja, sie hatte sich erhofft, noch eine Chance bei Tiff zu bekommen, aber sie wusste, dass sie darauf längst keinen Anspruch mehr hatte, nach allem, was sie ihrer Frau angetan hatte. Zum Glück kann ein Stuhl auf drei Beinen ebenso stehen, wie Eva versichert hatte, kurz bevor Nina mit dem Taxi zum Flughafen gefahren war.

Tiff sah nach oben zu Nina. »Du gibst aber schnell auf. Wenn du bei Curiosity so schnell aufgegeben hättest, hätte er es nicht einmal zum Saugroboter in unserem Wohnzimmer geschafft.«

Nina hob die Schultern. »Ich habe kein Recht dazu, dir irgendwas zu vorzuwerfen. Und wenn du erneut verliebt bist, tut mir das weh, ich weiß aber ganz genau, dass *du* die Person auf der Welt bist, der ich eine neue Liebe gönne. Du hast es dir verdient, nach all den Jahren mit mir.«

Tiff stand auf. Rasch war sie bei ihr und berührte ihre Schulter. »Nele ist eine Kollegin, Nina. Und genauso wie ich an ihr kein Interesse habe, hat sie keines an mir. Sie trifft sich gerade mit einem gewissen Brian auf einen Kaffee.«

Nina trat einen Schritt zurück. »Tut mir leid. Ich bin davon ausgegangen, dass …«

»In dem Fall hätte ich doch am Telefon etwas gesagt. Oder zumindest dafür gesorgt, dass du nicht auf diese Art davon erfährst, Nina. Für was hältst du mich?«

Nina schüttelte den Kopf. Sie war verwirrt. Einerseits war sie überglücklich, andererseits war sie mit der Situation nun total überfordert. Roboter waren in ihrer Komplexität nichts im Vergleich zu den Vertretern der Gattung Homo sapiens.

»Was hast du vor, wenn dein Sabbatical vorbei ist?«, fragte Tiff und lehnte sich gegen das Fenster. Sie hatte von ihrem Büro aus einen wunderbaren Ausblick. Jetzt sah Nina nach draußen und versuchte, ihren Herzschlag so zu beruhigen.

»Ich werde eventuell wieder bei der Weltraumbehörde arbeiten. Welchem Projekt ich zugeteilt werde, weiß ich allerdings nicht. Ich lasse es definitiv langsamer angehen. Ich habe mir außerdem fest vorgenommen, regelmäßig nach Deutschland zu fliegen, um Eva zu besuchen. Und ich will Lea weiterhin unterstützen. Sie besitzt enormes Potenzial. Vielleicht kann ich sie während der Doktorarbeit betreuen.«

Tiff nickte. »Hört sich so an, als würdest du nach deiner Rückkehr auf ein ausgeglichenes Leben achten wollen. Also …«

»Möchtest du mit mir essen gehen, Tiff?«, fragte Nina rasch, bevor Tiffany das Gespräch beenden konnte.

»Ich muss hier noch einiges erledigen. Geh du erst mal in dein Hotel. Ich kann dir ja schreiben, wenn ich heute Abend rechtzeitig Feierabend mache, um etwas zu unternehmen.«

Nina spürte Enttäuschung in sich aufsteigen, sie nickte dennoch tapfer. Sie hatte nichts anderes verdient. »In Ordnung, schreib mir einfach.« Sie wusste, sie würde den ganzen Nachmittag auf ihr Smartphone starren. Sie hatte keine Ahnung, wo sie bei Tiff nun stand. Eva hatte sie davor gewarnt, alles zu überstürzen.

Tiff unterbrach ihre Gedanken, indem sie laut lachte. Sie schnappte sich ihre Handtasche. »Ach Nina … Ich habe mir die nächsten Tage natürlich Urlaub genommen und bin nur hier, weil ich mit Nele die Übergabe besprechen musste. Meine Frau ist nach fast einem Jahr wieder zurück aus Deutschland und ich schicke sie ins Hotel, während ich arbeite? Was denkst du denn von mir?«

Nina straffte ihre Schultern. »Wirklich?«

»Ja, natürlich. Ich fahr dich zu deinem Hotel, du machst dich kurz frisch, und danach gehen wir essen.«

»Und dann?«, fragte Nina verunsichert.

»Danach musst du dich ausruhen. Du hattest einen anstrengenden Tag. Leg dich mit einem Buch in die Badewanne.«

Nina knetete ihre Hände. Sie wusste nicht genau, was das alles bedeutete. »Und morgen hast du Urlaub?«

Tiff nickte. »Wenn du willst, können wir den Tag zusammen verbringen. Ich kann dir Washington D.C. zeigen. Morgen Abend wollte ich dir eine Stelle zeigen, von der aus man sehr gut die

Sterne beobachten kann. Ich finde es so faszinierend, das Licht eines Sterns zu sehen, der vielleicht so weit von uns entfernt ist, dass er bereits verloschen sein könnte, wenn sein Licht bei uns ankommt. Erinnerst du dich? Solche Dinge haben wir zu Beginn unserer Beziehung häufig gemacht.«

Nina rieb sich über die Augen. Sie war erschöpft vom Flug und gleichzeitig so glücklich, dass Tiffany offenbar bereit war, ihr eine zweite Chance zu geben. Sie lächelte und folgte ihrer Frau aus dem Büro.

LEA – Jahr 2033, Tag 175 auf dem Raumschiff ISS Endurance

Erst als es leicht blutete, bemerkte sie, dass sie sich beim Schreiben auf die Lippe gebissen haben musste, so konzentriert war sie gewesen. Lea wischte sich das Blut mit dem Handrücken ab und betrachtete die Mail an ihre Nichte noch einmal. Bisher hatte sie nicht gewusst, wie sie mit dem Mädchen umgehen sollte, sie oft sogar ignoriert, ihre Fragen als lästig empfunden und ihrer Schwester gesagt, sie wolle keine gemalten und eingescannten Bilder. Weil sie befürchtete, dadurch Heimweh zu bekommen. Sie verstand außerdem nicht, warum ihre Schwester die Fragen nicht selbst beantwortete, statt sie ihr weiterzuleiten. Sie musste zugeben, sie fühlte sich im Umgang mit dem Kind unsicher, und die Fragen des Mädchens erschienen ihr naiv und manchmal sogar etwas … dumm. Doch die Mails von Nina hatten ihr eines gezeigt: Wenn Eva damals nicht auf die nervigen Fragen von Nina eingegangen wäre, wäre sie heute nicht hier. Und: Ihre Schwester glaubte offenbar, sie so auf der langen Reise beschäftigen zu können. Und vielleicht hatte sie damit recht.

Sie sendete die Mail ab und fragte sich, wie lange es inzwischen brauchte, bis sie ankommen würde. Sie waren dem Mars mittlerweile so nahe, dass man ihn schon richtig gut erkennen konnte. Ein riesiger Planet, mit Bergen, Schluchten und Felsformationen. Genauso rot, wie sie ihn sich stets vorgestellt hatte. Es erinnerte sie an ihren Aufenthalt auf der Internationalen Raumstation, wo der Blick aus dem Fenster immer die Erde zeigte. Nun war es nicht mehr die Erde, sondern der Mars.

Ihren Heimatplaneten hatten sie längst hinter sich gelassen. Sie benötigten oft sogar das Teleskop, um sie überhaupt sehen zu können, da sie mit dem bloßen Auge nur wie ein Stern unter vielen aussah und am dunklen Himmel unscheinbar wirkte.

Sie schloss das Mail-Programm und öffnete das Dokument, an dem sie zuvor geschrieben hatte. Sie hatte nur wenige Tage Zeit, bevor es veröffentlicht werden sollte. Sie alle hatten einen Brief an die gesamte Weltbevölkerung geschrieben, und sie spürte ein Kribbeln, als sie daran dachte, dass alle Zeitungen der Welt die gleiche Schlagzeile haben würden, und endlich wäre das Thema kein Krieg, kein Terroranschlag und keine neue Seuche, keine verheerenden Brände oder alles vernichtende Fluten, nein, jetzt war es eine gute Nachricht. Sie würden das Schreiben abschicken, sobald sie auf dem Mars gelandet waren. Anschließend mussten sie noch im Raumschiff warten, während die Wohnkuppel mit Sauerstoff gefüllt werden würde und sie sich erst wieder an die Schwerkraft gewöhnen mussten. Es wäre der perfekte Moment, um sich an die Bewohner ihrer Heimat zu richten; am Ziel, fast bereit, den Mars zu betreten.

Sie hatte einiges von dem, was sie über Nina und Eva erfahren hatte, in den Brief mit einfließen lassen. Hatte den Bericht über ihre Reise damit begonnen, dass irgendwo in Deutschland vor etwa achtzig Jahren eine Frau, die sie nicht kannte und die vermutlich bereits tot war, einem Mädchen *Krieg der Welten* in einer Bibliothek ausgeliehen hatte. Lea hatte keine Ahnung, warum die Frau ausgerechnet zu diesem Buch gegriffen hatte und es der kleinen Eva ausgeliehen hatte. Damit hatte sie allerdings etwas in Gang gesetzt, das immer noch nicht zu Ende war.

Sie hatte erwähnt, dass die Reise zum Mars aus dem Grund realistisch werden konnte, weil zuvor Generationen von Frauen und Männern es gewagt hatten, an das Unmögliche zu glauben und davon zu träumen, obwohl sie es – wie sie natürlich wussten – niemals selbst erreichen würden. Es war eine generationsübergreifende Arbeit gewesen, die das möglich gemacht hatte, was sie jetzt erlebte.

Und das war nicht das Einzige. Es war zusätzlich ein länderübergreifender Erfolg. Anfangs war ein Konkurrenzgedanke die geeignete Lösung, um Erfolge zu erzielen, mittlerweile waren die Projekte zu groß, um von einer Nation alleine gestemmt zu werden. Die Reise zum Mars mit sieben Menschen aus verschiedenen Ländern und einem Bodenpersonal und Ingenieuren mit noch viel mehr kulturellen Herkünften bewies, dass es machbar war, alle Grenzen zu überwinden.

Lea betupfte erneut ihre Lippe und lächelte. Ihr Brief war vielleicht ein bisschen kitschig, aber das war nun mal das, was sie in dieser Phase der Reise fühlte. Vermischt mit der Angst vor der Landung, der Erleichterung, dass bis jetzt alles geklappt hatte, und einem großen Gefühl von Liebe für die anderen Crewmitglieder.

Die Emotionen gingen mit ihr durch, und sie war froh, dass sie auf dem Mars einige Tage Ruhe haben würde, während sie darauf warteten, dass die Wohnkuppel für sie vorbereitet wurde. Sie musste die Eindrücke verarbeiten, bevor sie weitere sammeln konnte.

Dass es den anderen auch so ging, erleichterte es ihr. Sie war nicht alleine, und das gab ihr ein angenehmes Gefühl.

Sie faltete das Tablet zusammen, bis es klein genug war, um in eine Hosentasche zu passen, und sah die anderen erwartungsvoll an. Rio und Owen saßen ebenfalls über ihre Dokumente gebeugt, während James, Baihu und Irina die Botschaften von Kindern aus aller Welt sortierten.

Ein weiteres Symbol, das zeigen sollte, dass sie nicht alleine den Weg zum Mars auf sich genommen hatten, sondern lediglich Vertreter für die gesamte Weltbevölkerung waren. Die Nachrichten der Kinder würden die Wohnkuppel schmücken und mit Baihu, der als Erster den Mars betreten würde, auf den Mars gelangen.

Adua saß regungslos da, hatte ihre Finger ineinander gefaltet und lächelte Lea entspannt an. Sie streckte ihre Hand aus und drückte Leas Finger.

»Hast du denn gar keine Angst?«, fragte Lea verwundert.

Seit der Mars sichtbarer war, war die ganze Crew in Alarmbereitschaft. Pure Erleichterung, die Reise bald beenden zu können, paarte sich mit panikartigen Angstanfällen vor der Landung, der riskanteste Teil des Fluges, zusammen mit dem Start des Raumschiffes.

»Doch.« Adua nickte heftig. »Sehr sogar.«

Als Owen sein Tablet zusammenfaltete, nickte er und ergriff Leas andere Hand. Er führte sie zu seinen Lippen und küsste sie.

Lea lächelte.

Da hatte eine ihren Partner verlassen müssen und eine andere ihre Partnerin, nur dass eine weitere, die es aufgegeben hatte, nach einem Partner zu suchen, unverhofft einen fand. Der Gedanke war ihr beim Lesen der letzten zwei Mails durch den Kopf gegangen, als Nina davon erzählte, wie Eva ohne Will nach Amerika gegangen war und Nina ihren Weg zurück zu Tiff gefunden hatte.

Unglaublich, dass sich auf engem Raum bei der geringen Auswahl ganz still und leise etwas entwickelt hatte, das so groß war. Lea konnte es noch nicht glauben, und sie wusste nicht, ab wann sie es öffentlich machen konnten, ohne dass das Bodenpersonal Bedenken äußern würde.

Als Rio schließlich den Kopf hob und das Tablet ebenfalls zusammenfaltete, räusperte sich Baihu. Man merkte ihm nie an, dass *er* der Leiter des Projekts war, er ließ das nie heraushängen. Jetzt war aber einer dieser offiziellen Momente, das spürte Lea.

»Ich bin während unserer Vorbereitungsphase dazu bestimmt worden, unsere Mission anzuführen. Wie ihr wisst, habe ich mich nie besonders dazu berufen gefühlt, und ich habe selten leitend eingreifen müssen. Ihr alle habt mich tatkräftig unterstützt und somit geholfen, dass ich der weltbeste Projektleiter geworden bin. Oder soll ich der marsbeste Projektleiter sagen?«

Alle lachten. James warf ein: »Was nicht unbedingt ein Kompliment ist, da du für lange Zeit auch der einzige Projektleiter auf dem Mars sein wirst.«

Baihu schmunzelte. »Das stimmt.« Er wurde wieder ernst und setzte den Blick auf, den er immer trug, wenn er etwas Offizielles anordnete. »Ich bin vom Bodenpersonal dazu bestimmt worden, als erster Mensch den Mars zu betreten. Aber ich habe mich gefragt, warum eigentlich *ich*? Macht es für mich einen Unterschied, ob ich vor euch, als zweiter oder gar siebter den Mars betrete? Nein, denn wir alle werden den Mars betreten, und wir werden Monate dort leben und arbeiten, und deswegen hat es lediglich einen symbolischen Wert, in welcher Reihenfolge wir den Boden betreten. Warum also ich? Vielleicht, weil ich China vertrete und China sehr viel für die Weltraumfahrt getan hat? Das könnte ein Grund sein. Nun, ich vertrete jedoch nicht allein China, ich vertrete auch nicht Asien, ich vertrete ebenso all die Länder, die keinen Vertreter mit hochschicken konnten, die Mission dennoch finanziell und intellektuell unterstützt haben. Also fällt das als Grund weg. Was unterscheidet mich sonst von euch? Okay, ich bin Leiter der Mission, trage am Ende die Verantwortung, aber wenn man ein so gutes Team im Rücken hat, dann ist man als Leiter fast arbeitslos. Ich bin vor allem auch euer Arzt, und das bin ich gerne. Erst danach sehe ich mich als euren Käpt'n an. Und als der habe ich herzlich wenig zu tun gehabt. Es qualifiziert mich nicht mehr, als es euch qualifiziert.«

»Wenn es anders gekommen wäre, hätten wir allerdings auf dich gezählt«, wandte Adua ein.

Baihu sah sie an und hob die Schultern. Sein Ziegenbärtchen wackelte dadurch, und sein langes, schwarzes, zu einem Pferdeschwanz gebundenes Haar bewegte sich leicht in der Schwerelosigkeit. »Wenn was passiert wäre, hätten wir alle aufeinander zählen können. Gerade du hast das Team immer unterstützt und uns in dem Moment geführt, als wir alle mut- und kraftlos waren.«

Adua lächelte. »Gerne. Dafür bin ich da.«

»Dafür sind wir *alle* da«, betonte Baihu. Er hielt kurz inne. »Als wir da in der Kapsel festsaßen und mit Notstrom ausharren mussten, bis die Sonneneruption vorbei war, ist mir der Gedanke gekommen, dass die Unternehmung nur funktioniert, weil wir als Team funktionieren. Wir sollten also alle gleichzeitig aussteigen.«

»Dafür müssten wir die Luke vergrößern, und ich wage zu bezweifeln, dass das vom Bodenpersonal genehmigt wird«, warf James ein.

»Ach, das Bodenpersonal …« Irina machte eine wegwerfende Geste. Rio verdrehte die Augen, und der Rest von ihnen schmunzelte.

Baihu schien es hingegen tatsächlich ernst zu meinen. Er fuhr fort: »Jeder macht seine Aufgabe gewissenhaft, also sind wir alle gleich qualifiziert, der symbolisch erste Mensch zu sein. Mehr als ein Symbol ist es sowieso nicht. Keiner von uns sollte auserwählt sein.«

»Also schlägst du vor, dass wir von drei bis eins runterzählen und anschließend alle gleichzeitig Hand in Hand vom Raumschiff auf den Mars springen – was, wie James bereits anmerkte, schon technisch nicht möglich ist?«, fragte Owen.

»Ich kann mir das auch nicht vorstellen. Ist das nicht ein wenig pathetisch? Ich meine, von einem romantischen Kanadier hätte ich so was erwartet, aber doch nicht von dir, Baihu«, fügte James amüsiert ein.

»Hey.« Owen warf seinen Notizblock in Richtung James' Kopf, er vergaß dabei allerdings, die Schwerelosigkeit einzukalkulieren, weswegen der Notizblock orientierungslos zwischen ihnen herumtrudelte, bis Lea danach griff und ihn aus der Luft fischte.

Alle lachten. Selbst Baihu grinste. Rasch wurde er wieder ernst. »Du weißt genauso wie ich, dass wir nicht einfach aus dem Raumschiff springen können. Selbst wenn die Luke größer wäre.«

»Und was schlägst du vor?«, fragte Owen ratlos.

»Das Los entscheidet«, sagte Baihu. »Der Zufall. Weil wir es alle verdient haben und ich es uns allen gönne.«

Das erinnerte Lea an die Lostrommel, in der Wills Geburtstag gelegen hatte. Will hatte an dem Tag verloren, was dazu geführt hatte, dass sich Eva und Nina über den Weg gelaufen waren. Nun gab es aber wirklich was zu gewinnen, ohne dass jemand ein Opfer dafür bringen musste. Sie fand den Vorschlag von Baihu ideal.

»Das ist eine schöne Idee«, sagte Rio, und Owen stimmte ihr zu. Lea sah sich um. Abgeneigt schien keiner zu sein, höchstens verwundert darüber, dass Baihu diese Ehre abtrat.

»Bist du dir sicher?«, fragte Lea zögerlich. »Ich meine … Wäre es für dich nicht bedeutend?«

»Natürlich wäre es das. Wenn das Los mich zieht und der Zufall entscheidet, dass ich es bin, werde ich bis dahin nicht mehr aufhören zu grinsen, so aber könnte ich es nicht richtig genießen. Seid ihr alle einverstanden?«, fragte Baihu.

»Wenn es für dich okay ist«, sagte James. Er hob die Schultern. »Ich würde es schräg finden, wenn ich gewählt werden würde. Schon wieder ein Ami? Echt jetzt?«

»Immerhin wärst du der erste Afroamerikaner. Ich finde sehr wohl, dass das eine Bedeutung hätte, nachdem die Weltraumfahrt vorrangig durch Weiße präsentiert wurde«, wandte Rio ein.

»Weiß und männlich«, korrigierte James sie. »*Du* könntest genauso gut die Frauenkarte ziehen.«

»Wir ziehen keine Karte, sondern ein Los«, betonte Rio.

James hob erneut die Schultern. »Trotzdem würde ich es komisch finden. Es ist eine schöne Geste, mehr nicht. Wie Baihu sagt, es ist am Ende lediglich ein Symbol.«

»Irgendeiner muss es aber sein«, betonte Owen. »Sonst sitzen wir bis zu unserem Rückflug hier drin und haben gar nichts gewonnen. In dem Fall möchte ich dem Bodenpersonal nicht mehr unter die Augen treten.«

»Man würde sie bis hier her toben hören«, erwiderte James amüsiert.

»Also mal im Ernst, ich möchte gar nicht derjenige sein, der den Anfang macht«, sagte Owen ernst. »Der Medienrummel würde mir überhaupt nicht behagen, außerdem bin ich bereits der erste Mensch, der auf dem Mars etwas anpflanzt. Das ist mir persönlich bedeutend genug.«

»Du musst das nicht tun, Baihu«, versuchte Adua es erneut. Sie seufzte. »Du siehst ja, dass das nur zu Chaos führt. Geh einfach voran, wie es bestimmt wurde, und damit hat sich die Diskussion erledigt.«

Baihu ignorierte sie und sah zu Owen. »Bist du dir sicher?«

»Es ist so, dass ich Leas Brief an die Weltbevölkerung gestern gelesen habe, und mir ist da eine Stelle aufgefallen, als ihre Doktormutter als kleines Mädchen mit Eva gesprochen hat, die später zu ihrer großen Inspirationsquelle wurde. Sie redeten darüber, dass Armstrong als erster Mann den Mond betrat und dass es zu der Zeit keiner Frau gelang, ebenfalls den Mond zu betreten, und dass nicht einmal absehbar war, wann das der Fall sein würde. Sie redeten darüber, dass Frauen dann halt eben den Mars betreten würden. Deswegen dachte ich … Als Symbol … Versteht ihr?« Owen sah die Männer abwechselnd ab.

»Moment.« Irina hob die Hand. »Ihr verweigert euch und schiebt uns echt die Frauenkarte zu?«

Lea musste ihr zustimmen. Dass ihr Brief dafür genutzt wurde, um eine große Geste zu untermauern, gefiel ihr nicht. Sie sah in Rios und Aduas Gesichtern auch Ablehnung. »Nein«, sagte sie bestimmt. »Ich dachte, wir wären schon weiter und hätten Quotennominierungen hinter uns gelassen?«

»Und was schlagt ihr vor?«, fragte James und lehnte sich grinsend nach hinten. »Oder sollen wir umkehren und heimfliegen, weil sich niemand von uns traut?«

»Ich kann wirklich nicht den Anfang machen. Ich muss den Kran bedienen, der die Proben sicher nach unten bringt. Das ist mir wichtiger.«

»Du Nerd«, sagte James leise und lachte.

Owen hob die Schulter und zeigte auf James' Tablet, das offen auf dem Tisch fixiert lag und die zuletzt geschaute Star Trek-Folge geöffnet hatte. »Kann ja nicht jeder so ein Geek sein wie du.«

»Ich möchte keinen Hehl daraus machen, dass ich echt scharf drauf wäre. Ich gebe das offen zu«, betonte James, dieses Mal ernster. »Als die Menschheit den Mond betreten hat, haben wir nichts besseres damit anzufangen gewusst, als die amerikanische Flagge in den Mondboden zu rammen und somit genau das Gegenteil von dem gemacht, was diese Mission eigentlich aussagen soll. Deshalb fühle ich mich gerade verpflichtet, ebenso zurückzutreten, auch wenn es mich auf ein Merkmal meiner Identität reduziert, eines, das wir glaubten, bereits überwunden zu haben: Meine Nationalität.«

Adua lehnte sich vor. »Seid ihr alle verrückt geworden? Wir ziehen einfach alle ein Los und der Zufall entscheidet. Wie kann man nur so lange herumdiskutieren, wegen einer Sache, von der wir uns einig waren, dass es nur ein Symbol ist?« Sie sah sie alle an und schüttelte den Kopf. »Wir entscheiden jetzt die komplette Reihenfolge per Los. Also außer Owen. Du willst ja so lange wie möglich bei deinen Proben bleiben«, bestimmte Adua streng.

Baihu sah erleichtert aus. Er legte seine Hand auf Aduas Schulter. »Danke. Du bist großartig. So machen wir es«, sagte er feierlich.

Alle nickten zustimmend und niemand erhob Einspruch.

»Schön. Also der Zufall entscheidet«, verkündete Baihu. »Hat jemand eine Idee, wie wir das machen?«

»Sechs Figuren, alle ziehen eine. Blau gewinnt«, schlug Owen vor.

»Ich hol die Figuren«, sagte James. Er kramte in der Spielesammlung an der Wand und hatte anschießend die Figuren in der Hand, die er Baihu in die Hand drückte.

Lea war gerührt, als Baihu zu ihnen kam und sie jeweils eine Figur zogen. Lea zog als Letzte, und als sie sich die Figur in ihrer Handfläche anschaute, klopfte ihr Herz wie verrückt.

NINA – Jahr 2033, Sol 1 auf dem Mars

Auch wenn Nina dankbar war, wie lange und besonders wie gesund Eva hatte leben dürfen, ging es jetzt für ihren Geschmack zu schnell. Nicht viele hatten das Glück, 93 Jahre alt zu werden und fast bis zum Ende so fit zu bleiben. Trotzdem überwältigte Nina die Trauer über den nahenden Abschied ihrer Wegbegleiterin.

Immer, wenn Nina nach Deutschland geflogen war, um nach Eva zu sehen, war sie erstaunt gewesen, wie aktiv Eva war, obwohl sie bei den regelmäßigen Besuchen stets kleiner, dünner und faltiger geworden war. Sie hatte zuvor alle Gedanken daran verdrängt, dass selbst Eva nicht ewig leben würde.

Vor zwei Wochen war sie angerufen worden. Eva war laut der Ärzte so schwach, dass jederzeit mit dem Schlimmsten gerechnet werden musste. Also hatte Nina alles stehen und liegen gelassen und war nach Deutschland geflogen.

Sie war überrascht, wie schwach Eva geworden war. Mittlerweile schaffte sie es kaum aus dem Bett, um einige Schritte zu gehen. Nur ihr Geist war nach wie vor wach. Am Tag ihrer Ankunft hatte sie Ninas Hand genommen, sie mit zitternden Fingern getätschelt und gesagt: »Das mit Lea schaue ich mir noch an, danach seid ihr auf euch gestellt, ich gehe zu Will.«

Das hatte Nina einen Schauder über den Rücken gejagt. Sie war selbst nicht mehr die Jüngste. Anfang 70. Das war kein Alter in der heutigen Zeit, dennoch merkte auch sie manchmal den nagenden Zahn der Zeit. Sie konnte sich nichtsdestotrotz nicht vorstellen, dass Eva einmal sterben würde. Sie wusste, dass es eines Tages so weit sein würde, aber sie konnte es nicht wirklich greifen.

Eva war doch stets da gewesen, seit sie denken konnte! Solange sie sich erinnern konnte. Ihre frühsten Erinnerungen hatten mit Eva zu tun. Sie kannte Eva länger, als sie Tiffany kannte, sie hatte mit Eva ein viel längeres Band geknüpft als mit ihrer eigenen Mutter, die bereits vor vielen Jahren gestorben war.

Langsam streichelte Nina über den weißen Stoff des Nachthemdes, das Eva trug. Sie saß neben ihr auf der Bettkante, hielt ihre alte Freundin im Arm und befürchtete, dass sie unter ihren Fingern zu Staub verfallen würde, so zerbrechlich fühlte sie sich an.

Sie versuchte dem, was auf dem Bildschirm passierte, zu folgen. Es gelang ihr nicht. Sie musste ständig zu Eva schauen, die schwach atmete und die Augen nur halb geöffnet hatte.

»Schau dir das an«, sagte Nina andächtig und starrte auf die Videosequenzen der Crew. Sieben tapfere Männer und Frauen – darunter Lea. Ihre unsichere, schüchterne Lea, die sich zu einer starken Frau entwickelt hatte und nun in den Anzug stieg und von ihren Kollegen gesichert wurde.

Das Bild schaltete zurück zum Kontrollraum, den die Weltraumbehörden in Australien eingerichtet hatten, um die Mission gemeinsam zu steuern. Sowohl Nina als auch Tiff hatten eine Einladung erhalten und hätten sich die Landung auf dem Mars von dort aus ansehen können.

Nina hatte den Gedanken nicht ertragen, Eva alleine zu lassen. Nicht heute, nicht an diesem denkwürdigen Tag. Deswegen war sie hiergeblieben, in Deutschland, bei Eva, wo für sie alles begonnen hatte.

»Erinnerst du dich daran, als ich dir versprochen habe, eines Tages zum Mars zu fliegen?«, fragte Nina leise.

Eva deutete ein schwaches Nicken an. Ihre Lippen verzogen sich. Ein Lächeln. Sie wirkte zwar leicht weggetreten, aber sie war immer noch da.

Hoffentlich kamen die Ärzte schnell. Irgendwas stimmte nicht mit ihr.

Nina küsste ihre Schläfe und lächelte. »Ich dachte, ich hätte das Versprechen vor all den Jahren eingelöst, als ich Curiosity nach oben geschickt habe, aber … in dem Moment, als ich Lea das letzte Mal gesehen habe, bevor sie in das Raumschiff eingestiegen ist, wusste ich, dass es *das* ist. Der Moment, auf den wir beide hingearbeitet haben«, erzählte Nina. Einfach, um was gesagt zu haben, einfach, um Eva dazu zu drängen, sich zu konzentrieren.

Sie war so stolz gewesen, dass ihr als mütterliche Freundin diese Ehre zuteil kam. Als sie Lea zu der Schleuse begleitet hatte, die zum Raumschiff führte, war ihr Herz vor lauter Gefühlen übergequollen.

Während sie Lea bei ihrem Studium unterstützt und später ihre Doktorarbeit betreut hatte, war ihr nie der Gedanke gekommen, dass Lea diejenige sein würde, die den Traum von Eva und ihr verwirklichen würde. Sie hatte für die Robotertechnik gebrannt, und Nina hatte gehofft, sie würde eine passende Anstellung finden und Ninas Nachfolge antreten. Und auf einmal war das Unglaubliche passiert. Lea war von der Europäischen Weltraumbehörde vorgeschlagen worden, Europa während dieser Reise zu vertreten. Sie war eine hervorragende Technikerin und passte sowohl durch ihre ruhige, ausgeglichene Art als auch psychologisch perfekt ins Anforderungsprofil. Und nach einem harten Auswahlverfahren war sie tatsächlich ausgewählt worden, aus all den engagierten Ingenieuren und Technikern. Der Ehrgeiz hatte sie gepackt, und sie hatte sich bis zum Ende durchgekämpft.

Das alles war Nina durch den Kopf gegangen, als sie Lea zusammen mit unzähligen Kameras, Journalisten und Fans hinter der Absperrung bis fast zur Endurance begleitet hatte. Sie war vor Stolz und Rührung fast geplatzt, als sie versucht hatte, Lea in dem Raumanzug zu umarmen.

Sie hatte ihr auf Wunsch von Eva deren Ehering mitgegeben, den Eva vor Jahrzehnten von Will erhalten hatte, und hatte, spontan, ohne es vorher mit Tiff abgesprochen zu haben, ihren ebenfalls abgezogen, schnell an die Kette zu Evas Ring gefädelt und Lea in die Hand gedrückt. Als Glücksbringer.

Nun waren also ihre Eheringe dort angekommen. Auf dem Mars. Der von Eva und ihr eigener. Ihr war schwindelig. Bevor sie sich den Gefühlen hingab, sah sie erneut zu Eva, deren Augenlider sich abermals leicht gesenkt hatten.

Eva schien kurz davor zu sein, einzuschlafen, und den denkwürdigen Augenblick zu verpassen. Nina räusperte sich, und ihr traten Tränen in die Augen. Wieder überwältigte sie die Trauer um den nahenden Tod ihrer Freundin.

»Schau, sie öffnen das Raumschiff«, flüsterte Nina.

»Ich sehe es«, sagte Eva und klang energischer als all die letzten Tage.

»Das freut mich.« Nina lächelte.

»Ist das Lea?«, fragte Eva verwundert.

Zunächst dachte Nina, Eva würde träumen, doch ihre Freundin klang klar und konzentriert. Sie blickte zum Bildschirm und konnte ihren Augen kaum trauen. Das war tatsächlich Lea! Eigentlich sollte Baihu den Anfang machen, es hatte allerdings zuvor Gerüchte gegeben, dass sich die Crew nicht an die Reihenfolge halten würde, die zuvor festgelegt worden war. Nina richtete sich auf und nickte hastig. Die Kamera an Leas Helm wurde gezeigt. Das konnte nicht wahr sein!

»Sie ist die erste Frau, die den Mars betritt«, sagte Nina andächtig.

»Ich habe dir vor einer Ewigkeit gesagt, der Mars ist unser Planet. Was wollen wir auf dem grauen, öden Mond?«, fragte Eva.

Eine Träne lief über Ninas Wange. Einerseits wegen Eva, andererseits wegen dem, was sich vor ihren Augen abspielte.

Man sah Leas Gesicht, in schlechter Qualität durch das Glas des Helmes, dennoch konnte man ihr strahlendes Lächeln erkennen. Sie sagte etwas, das man nur sehr schlecht verstehen konnte. Der Kommentator wiederholte den Satz: »Die Menschheit erhält eine zweite Chance, möge sie behutsamer mit diesem Planeten umgehen als mit unserer Heimat.«

Nina fragte sich, ob die Worte ebenso spontan gesprochen worden waren wie damals von Armstrong, dessen Satz bis heute zu einem der bekanntesten Zitate gehörte. Alle waren sich bewusst, wie wichtig der Weltbevölkerung die ersten Worte waren, welche auf dem Mars nach der Landung geäußert wurden. Ein Symbol, das nur deswegen so mächtig war, weil Armstrong auf dem Mond die perfekten Worte gefunden hatte.

Nina gefiel der Satz, und sie hoffte, die menschliche Gemeinschaft würde ihn sich zu Herzen nehmen. Nach der Klimakrise, weltweiten Pandemien und einem nie zuvor gesehenen Artensterben wurde es Zeit, vereint vieles besser zu machen.

Ein Planet war von ihrer Spezies bereits heruntergewirtschaftet worden. Ob sie sich so weit entwickelt hatten, dass sie diesen zweiten Planeten besser behandelten? Oder würde Profit, Macht und Geldgier auch hier wieder Raubbau verursachen?

Sie sah zu Eva, die zwar schwach, zum Glück trotzdem ruhig atmete.

Wo blieb Tiff? Wo blieben die Ärzte? Was, wenn sie hier ernsthaft Hilfe brauchte?

»Es passt alles«, sagte Eva so leise, dass Nina sie kaum hören konnte. »Ich hatte ein erfülltes und langes Leben. Es ist an der Zeit.«

»Sag das nicht«, bat Nina und drückte Eva sanft.

»Wir Alten müssen Platz machen für die Jüngeren«, fügte Eva hinzu und deutete ein Nicken Richtung Fernseher an.

Nina seufzte.

Das Bild zeigte nun nicht mehr Leas Helmkamera, sondern die Kamera ihres Kapitäns, der an der Luke des Raumschiffes stand und ihren Abstieg aufmerksam verfolgte.

Ein Schritt. Ein weiterer Schritt. Ein Zögern. Dann erneut ein Schritt. Noch ein Zögern. Und plötzlich ein großer, beherzter Schritt in den roten Sand des Mars. Lea stand auf dem Mars.

Die Kamera wurde erneut umgeschaltet, und man sah Leas Augen, entschlossen, leuchtend, kämpferisch. Ihre wunderbare kleine Lea, so unsicher, schüchtern fast. Sie jetzt so zu sehen … Es war unglaublich.

Nina streichelte Evas Schultern. »Sie macht das so gut.«

»Danke, Nina.«

Verwundert wollte Nina fragen, für was sich Eva bedankte, doch da wurde umgeschaltet zum Bodenpersonal in Australien, wo alle jubelten und sich in den Armen hielten. Es wäre eine große Erfahrung gewesen, da zu sein, aber Nina war froh, dass sie den Moment mit Eva verbrachte.

Sie lachte, als sie die glücklichen Leute sah. Und nicht nur dort feierte man. Überall auf der Welt, wie die Bilder im Fernseher bewiesen. Auf allen Kontinenten, in allen Ländern hatten sich Menschen zum Public Viewing zusammengefunden und jubelten. Verschiedene Orte der Welt wurden in schneller Abfolge gezeigt, und überall war es das gleiche Bild: Die Welt hatte etwas zu feiern. Und endlich war es eine Teamleistung gewesen.

Es wurde zurück auf den Mars geschaltet. Man sah Lea in der Hocke, den Boden des Mars betrachtend. Man sah ihre Kollegen, die sich nach und nach hinzugesellten. Die Mitglieder der kleinen Crew umarmten sich ebenfalls, unbeholfen, offensichtlich nicht mehr an die Schwerkraft gewöhnt, aber glücklich.

Nina lächelte.

In dem Moment sackte Evas Kopf auf ihre Schulter. Alarmiert sah Nina sie an. Sie hatte die Augen geschlossen, ein Lächeln auf den Lippen. Sie atmete nicht mehr.

In dem Moment kamen eine Ärztin und ein Pfleger ins Zimmer, Tiff blieb an der Tür stehen. Nina schüttelte den Kopf, als sie begannen, die Arbeit zu tun, die sinnlos geworden war.

»Nein«, flüsterte sie. »Sie ist gegangen, weil sie das erreicht hat, was sie erreichen wollte.« Mit wackligen Schritten ging sie zu ihrer Frau. Doch sie sah nicht zu ihr, ihr Blick war weiterhin auf Eva gerichtet. »Sie war bereit zu gehen«, sagte sie laut, nicht um die Ärztin zu überzeugen, sondern um sich selbst zu beruhigen.

Der Pfleger legte behutsam Evas Hände auf die Decke und richtete ihren Kopf, damit er bequem auf dem Kissen lag. Die Ärztin nickte.

Nina konnte den Blick nicht ertragen. Sie wandte sich zu Tiff um. Sie war mit der ganzen Situation überfordert. »Sie ist gestorben«, sagte sie. »Und Lea ist wohlbehalten auf dem Mars angekommen.«

»Ich weiß.« Tiff umarmte sie.

Sie blieben noch einige Zeit und sahen zu Eva. Die Ärztin bat, sie zu rufen, wenn sie etwas bräuchten, dann verließ sie gemeinsam mit dem Pfleger den Raum. Langsam trat Nina ans Bett und berührte Evas Hand. Tiff sah mit tränenden Augen zu dem Bild, das neben Evas Bett auf einem Tisch stand und welches sie und Will zeigte.

»Ich kann nicht glauben, dass es zu Ende ist«, hauchte Nina verzweifelt. Ihre Augen brannten. »Dass das Leben dieser starken, besonderen Frau ein Ende gefunden hat.«

»Sie lebt in Leas Arbeit weiter«, versicherte Nina und räusperte sich. Sie trat vom Bett weg.

Nina ließ sich von ihr aus dem Zimmer führen, weg von Eva, den Gang entlang. Im Aufenthaltsraum saßen die Bewohner des Altersheims und jede Menge Pfleger, und sie alle sahen wie gebannt auf den Bildschirm. Für einen langen Augenblick hatte Nina Lea komplett vergessen. Evas Tod war schmerzhafter, als sie geahnt hatte. Doch sie blieb stehen, um ebenfalls einen Blick auf den Bildschirm zu werfen. Sie freute sich für Lea, die diese Erfahrung machen durfte, und sie war froh, dass Eva das noch erleben durfte. In dem Moment sah man erneut Leas Gesicht durch die Kamera eines Kollegen. Sie strahlte immer noch.

Übersicht der historischen Ereignisse

1901 – Die deutsche Übersetzung von H. G. Wells' Roman Krieg der Welten erscheint.

1960 – Die ersten sowjetischen Sonden Marsnik 1 und 2 sollen am Mars vorbeifliegen, erreichen aber nicht einmal die Erdumlaufbahn. Bis 1964 wird es mit weiteren Sonden versucht, doch alle Versuche schlagen fehl.

1964 – Die USA greifen in den Vietnamkrieg ein.

1964 – Sonde Mariner 3 kann nicht wie geplant den Erdorbit verlassen.

1965 – Das chemische Entlaubungsmittel Agent Orange wird erstmals großflächig im Vietnamkrieg genutzt.

1965 – US-Kampftruppen betreten Südvietnam.

1965 – Sonde Mariner 4 fliegt am Mars vorbei und macht erste Bilder vom Mars.

1967 – Drei Astronauten kommen ums Leben, als ein Feuer in Apollo 1 ausbricht.

1967 – Sonde Mariner 5 wird zur Venus geschickt.

1968 – Erster Flug um die Erdumlaufbahn mit Apollo 7.

1968 – Erster bemannter Flug zum Mond mit Apollo 8.

1968 – Die 68er-Bewegung hat ihren Höhepunkt und protestiert weltweit auch gegen den Vietnamkrieg.

1969 – Sonde Mariner 6 macht im Vorbeiflug mehrere Bilder vom Mars.

1969 – Sonde Mariner 7 macht im Vorbeiflug weitere Bilder vom Mars sowie dem Marsmond Phobos.

1969 – Erste bemannte Mondlandung mit Apollo 11.

1969 – Erste Vietnamkriegslotterie wird abgehalten.

1971 – Sonde Mariner 8 kann nicht wie geplant den Erdorbit verlassen.

1971 – Sonde Mariner 9 schwenkt als erster künstlicher Satellit in die Marsumlaufbahn, kartografiert die gesamte Marsoberfläche und liefert insgesamt 7.329 Aufnahmen.

1971 – Mit der sowjetischen Mars 3 landet das erste Mal eine Sonde erfolgreich auf dem Mars, doch der Funkkontakt bricht bereits 20 Sekunden nach der Landung ab.

1972 – Letzte bemannte Mondlandung mit Apollo 17.

1975 – Ende des Vietnamkrieges.

1975 – Viking 1 und Viking 2 landen auf dem Mars und machen detaillierte Aufnahmen der Marsoberfläche.

1977 – Die Sonden Voyager 1 und Voyager 2 starten ins Weltall.

1997 – Mars Pathfinder bringt den ersten erfolgreichen Mars-Rover Sojourner auf den Planeten.

1998 – Die internationale Raumstation ISS wird von 16 Staaten gemeinsam aufgebaut und bis heute betrieben.

2002 – Voyager 1 erreicht die Heliosphäre.

2004 – Die Mars-Rover Spirit und Opportunity landen auf dem Mars.

2007 – Voyager 2 erreicht die Heliosphäre.

2008 – Aufgrund technischer Schwierigkeiten wird der Start von Curiosity um zwei Jahre verschoben.

2008 – Die Sonde Phoenix weist flüssiges Wasser auf dem Mars nach.

2009 – Weltraumteleskop Kepler wird in den Weltraum gesendet, um nach Exoplaneten außerhalb des Sonnensystems zu suchen.

2010 – Kontaktaufnahmen zum Mars-Rover Spirit werden nicht mehr beantwortet. 2011 werden aktive Kontaktversuche beendet.

2011 – Mars-Rover Curiosity startet zum Mars.

2012 – Curiosity landet erfolgreich auf dem Mars und arbeitet seitdem auf dem Mars, um Bilder zu machen und Proben zu untersuchen. Zum Zeitpunkt der Veröffentlichung dieses Romans ist der Rover noch aktiv.

2018 – Nach einem Staubsturm kann der Mars-Rover Opportunity nicht wieder aus dem Ruhezustand aufgeweckt werden.

2021 – Die Rover Perseverance (USA) und Zhurong (China) landen auf dem Mars. Viele weitere Nationen erforschen zurzeit den Mars, auch die ESA (Europäische Weltraumorganisation). Mehrere Missionen sind geplant. Bemannte Raumflüge werden angedacht, sind aber (noch) nicht in Reichweite.

Die Crew der Endurance

LEA

geboren in Deutschland, Fachgebiet: Robotik und Technik

JAMES

geboren in den USA, Fachgebiet: Technik und IT-Systeme

OWEN

geboren in Kanada, Fachgebiet: Botanik und Astrobiologie

RIO

geboren in Vietnam, Fachgebiet: Geologie und Klimatologie

IRINA

geboren in der Ukraine, Fachgebiet: Astrochemie und Astrophysik

BAIHU

geboren in China, Fachgebiet: Medizin und Biologie

ADUA

geboren in Kenia, Fachgebiet: Psychologie und Medizin

Kleine Anmerkung:

Kurz vor Veröffentlichung begann Putin den Angriffskrieg gegen das ukrainische Volk. Ich hatte sofort das Gefühl, dass ich Irina, die bis dahin Russin war, zu einer Ukrainerin machen sollte. Ich möchte betonen, dass dies nicht als feindselige Aktion gegenüber dem russischen Volk verstanden werden darf – ich bin voller Bewunderung vor den mutigen Russinnen und Russen, die trotz der hohen Strafen gegen das Putin-Regime demonstrieren.

Danksagung

Diese Geschichte konnte nur mit Hilfe großartiger Menschen entstehen, darunter zählen auch die Autor:innen der vielen Sachbücher über den Mars und die Mitarbeitenden der umliegenden Sternwarten, deren Vorträge ich besuchen durfte.

Ich danke Birgit, die das Cover gestaltet hat und damit Eva, Nina und Lea Leben eingehaucht hat. Ich freue mich so über das tolle Gewand, das meine Geschichte nun tragen darf.

Melanie, es war wieder einmal deine tolle Arbeit, die meine Worte so lange poliert hat, bis sie glänzten. Ich danke dir und hoffe sehr, dass Eva, Nina und Lea nicht die letzten Figuren sind, an denen wir gemeinsam feilen.

Das Interesse am Mars hat mein Vater in mir geweckt. Ich erinnere mich noch sehr gut an die Mails, in denen wir uns gegenseitig die Neuigkeiten von Spirit und Opportunity berichtet haben. Ich war traurig, als die NASA die Kontaktversuche zu Opportunity aufgab, doch die beiden Rover haben sich die Rente auf dem roten Planeten auf jeden Fall verdient.

Du teilst mein Interesse an der Raumfahrt, Markus. Du machst die Recherchearbeit zu etwas, das in jedem Augenblick wie ein Abenteuer ist. Es macht Spaß, mit dir zu den Sternen zu reisen – wenn auch nur gedanklich.

Zum Schluss möchte ich euch danken, liebe Lesende: Dafür, dass ihr mir Vertrauen geschenkt habt, indem ihr euch das Buch gekauft und gelesen habt. Ich freue mich sehr, eure Gedanken zu dieser Geschichte zu erfahren. Schreibt mir eine Rezension oder eine Mail unter mail@sonja-bethke-jehle.de.

Alles Liebe, *Sonja*

Anbei ein Foto, das während meiner Recherchearbeit im Technikmuseum Speyer aufgenommen wurde. Einen Besuch dort kann ich sehr empfehlen.

Tango in der Dunkelheit

Wie eine Sehende einem Blinden das Tanzen beibringt

Felix und Fiona wollen bei der Hochzeit ihrer kleinen Schwester tanzen. Es gibt nur drei Probleme: Felix ist blind und kann nicht tanzen. Das größte Hindernis aber ist: Die beste Freundin seiner Schwester soll die Tanzlehrerin sein - und er hat sich nie gut mit ihr verstanden.

Aus über 200 Büchern wurde *Tango in der Dunkelheit* zusammen mit acht weiteren Büchern auf die Midlist des Skoutz Awards 2020 in der Kategorie Contemporary gewählt.

Umdrehungen

Gesamtausgabe

Ben und Zita sind frisch verliebt. Doch sie dürfen nur wenige Wochen der Unbeschwertheit erleben. Das Schicksal zwingt sie von heute auf morgen dazu, sich neu zu orientieren. Ein Unfall stellt sie auf eine harte Probe, als Ben schwer verletzt und mit einem Leben im Rollstuhl konfrontiert wird. Bei der Aussicht darauf, sich mit einer bleibenden Behinderung arrangieren zu müssen, reagiert er überfordert. Er zweifelt, ob Zita diese Herausforderung mit ihm bestehen und die Beziehung

dieser Belastung standhalten kann. Zu seiner Überraschung verspricht Zita, bei ihm zu bleiben. Allerdings ahnen die beiden nicht, welch steiniger Weg vor ihnen liegt, und was er ihnen abverlangen wird.

In dieser Gesamtausgabe sind die drei Romane *Das Leben steht still* (Band 1), *Das Leben geht weiter* (Band 2) und *Das Leben läuft gut* (Band 3) sowie sechs Kurzgeschichten enthalten.

Kontaktaufnahme

Sechs Personen. Vier Kontinente. Eine Verbindung.

Eine Astrobiologin in den USA entdeckt einen vielversprechenden Planeten, auf dem Wasser und möglicherweise auch außerirdisches Leben existieren könnten. Ein katholischer Pfarrer auf einer Nordseeinsel fühlt sich von einer Buddhistin angezogen, zögert jedoch, seine Gefühle zuzulassen. Eine Ärztin in Nigeria wird trotz Unfruchtbarkeit unverhofft schwanger. Ein schwuler Soldat beginnt während eines Auslandseinsatzes in Afghanistan eine Affäre mit einem Einheimischen, obwohl Homosexualität dort unter Strafe steht. Ein ehemaliger Maurer hadert mit seiner Berufsunfähigkeit, seit er im Rollstuhl sitzt. Ein Gefängnisinsasse hat Angst, nach der Entlassung wieder in sein Heimatdorf zurückzukehren, wo jeder ihn und seine Tat kennt.

Diese sechs Personen kommen sich immer näher, obwohl sie scheinbar nichts verbindet. Doch vielleicht können sie etwas voneinander lernen?

Schrankgeflüster

Jona lebt ein unauffälliges Leben im Kreise seiner Familie, als er sich verliebt - in einen Mann. Sofort weiß er, dass er es nicht wagen kann, seinen Gefühlen für Flo freien Lauf zu lassen. Als seine Schwester beginnt, gegen ihr Elternhaus zu rebellieren, denkt auch Jona darüber nach, sich stärker werdende Emotionen zu erlauben. Immer im Hinterkopf bleibt sein jüngerer Bruder - denn der ist seinen Eltern loyal ergeben und würde jede Gelegenheit nutzen, um Jona vor ihnen schlecht dastehen zu lassen. Doch je mehr er sich zu Flo hingezogen fühlt, desto unvorsichtiger wird Jona.